鲁迅作品单行本

且介亭杂文二集

鲁迅 著

人民文学出版社

图书在版编目（CIP）数据

且介亭杂文二集/鲁迅著. —3版. —北京：人民文学出版社，2022（2023.11重印）
ISBN 978-7-02-015276-6

Ⅰ.①且… Ⅱ.①鲁… Ⅲ.①鲁迅杂文—杂文集 Ⅳ.①I210.4

中国版本图书馆 CIP 数据核字（2019）第 096310 号

责任编辑　杜　丽
装帧设计　陶　雷
责任印制　任　祎

出版发行　人民文学出版社
社　　址　北京市朝内大街 166 号
邮政编码　100705

印　　刷　三河市宏盛印务有限公司
经　　销　全国新华书店等

字　　数　176 千字
开　　本　880 毫米×1230 毫米　1/32
印　　张　8.625　插页 2
版　　次　1958 年 7 月北京第 1 版
　　　　　2006 年 12 月北京第 3 版
印　　次　2023 年 11 月第 2 次印刷

书　　号　978-7-02-015276-6
定　　价　30.00 元

如有印装质量问题，请与本社图书销售中心调换。电话:010-65233595

本书收作者 1935 年所作杂文四十八篇，1935 年末经作者亲自编定，1937 年 7 月由上海三闲书屋初版。

目 录

序言 …………………………………………………… 1

一九三五年

叶紫作《丰收》序 …………………………………… 4
隐士 …………………………………………………… 8
"招贴即扯" …………………………………………… 12
书的还魂和赶造 ……………………………………… 16
漫谈"漫画" …………………………………………… 19
漫画而又漫画 ………………………………………… 22
《中国新文学大系》小说二集序 …………………… 24
内山完造作《活中国的姿态》序 …………………… 55
"寻开心" ……………………………………………… 59
非有复译不可 ………………………………………… 63
论讽刺 ………………………………………………… 66
从"别字"说开去 …………………………………… 69
田军作《八月的乡村》序 …………………………… 76
徐懋庸作《打杂集》序 ……………………………… 80
人生识字胡涂始 ……………………………………… 86
"文人相轻" …………………………………………… 89

"京派"和"海派" …………………………………… 93
镰田诚一墓记 …………………………………… 98
弄堂生意古今谈 ………………………………… 99
不应该那么写 …………………………………… 102
在现代中国的孔夫子 …………………………… 105
六朝小说和唐代传奇文有怎样的区别？ ……… 115
什么是"讽刺"？ ………………………………… 122
论"人言可畏" …………………………………… 125
再论"文人相轻" ………………………………… 129
《全国木刻联合展览会专辑》序 ………………… 132
文坛三户 ………………………………………… 134
从帮忙到扯淡 …………………………………… 138
《中国小说史略》日本译本序 …………………… 141
"题未定"草（一至三）…………………………… 144
名人和名言 ……………………………………… 156
"靠天吃饭" ……………………………………… 162
几乎无事的悲剧 ………………………………… 165
"题未定"草（四）（不发表）
三论"文人相轻" ………………………………… 168
　【备考】分明的是非和热烈的好恶（魏金枝）… 170
四论"文人相轻" ………………………………… 172
五论"文人相轻"——明术 ……………………… 176
"题未定"草（五）………………………………… 182
论毛笔之类 ……………………………………… 189

逃名 …………………………………………………… 192

六论"文人相轻"——二卖 …………………………… 196

七论"文人相轻"——两伤 …………………………… 201

萧红作《生死场》序 …………………………………… 206

陀思妥夫斯基的事 ……………………………………… 209

孔另境编《当代文人尺牍钞》序 ……………………… 212

杂谈小品文 ……………………………………………… 215

"题未定"草(六至九) ………………………………… 219

论新文字 ………………………………………………… 242

《死魂灵百图》小引 …………………………………… 246

后记 ……………………………………………………… 249

序　　言

　　昨天编完了去年的文字,取发表于日报的短论以外者,谓之《且介亭杂文》;今天再来编今年的,因为除做了几篇《文学论坛》[1],没有多写短文,便都收录在这里面,算是《二集》。

　　过年本来没有什么深意义,随便那天都好,明年的元旦,决不会和今年的除夕就不同,不过给人事借此时时算有一个段落,结束一点事情,倒也便利的。倘不是想到了已经年终,我的两年以来的杂文,也许还不会集成这一本。

　　编完以后,也没有什么大感想。要感的感过了,要写的也写过了,例如"以华制华"[2]之说罢,我在前年的《自由谈》上发表时,曾大受傅公红蓼之流的攻击,今年才又有人提出来,却是风平浪静。一定要到得"不幸而吾言中",这才大家默默无言,然而为时已晚,是彼此都大可悲哀的。我宁可如邵洵美[3]辈的《人言》之所说:"意气多于议论,捏造多于实证。"

　　我有时决不想在言论界求得胜利,因为我的言论有时是枭鸣,报告着大不吉利事,我的言中,是大家会有不幸的。在今年,为了内心的冷静和外力的迫压,我几乎不谈国事了,偶尔触着的几篇,如《什么是讽刺》,如《从帮忙到扯淡》,也无一不被禁止。别的作者的遭遇,大约也是如此的罢,而天下太

1

平,直到华北自治[4],才见有新闻记者恳求保护正当的舆论[5]。我的不正当的舆论,却如国土一样,仍在日即于沦亡,但是我不想求保护,因为这代价,实在是太大了。

单将这些文字,过而存之,聊作今年笔墨的记念罢。

一九三五年十二月三十一日,鲁迅记于上海之且介亭。

* * *

〔1〕《文学论坛》《文学》月刊的一个专栏,自第二卷第一号(1934年1月)开始,至第六卷第六号(1936年6月)结束。

〔2〕"以华制华" 作者在1933年4月21日《申报·自由谈》发表《"以夷制夷"》一文,抨击帝国主义"以华制华"的策略,傅红蓼等就在《大晚报·火炬》上发表文章,加以攻击。参看《伪自由书·"以夷制夷"》及其附录。

〔3〕 邵洵美(1906—1968) 浙江余姚人。曾留学英国、法国,1928年在上海创办金屋书店,主编《金屋月刊》,提倡唯美主义文学。他和章克标是《人言》周刊的"编辑同人"。该刊第一卷第三期(1934年3月)曾译载鲁迅用日文写的《关于中国的两三件事》一文中谈监狱一节,文末的"编者注"中攻击鲁迅的杂文"强辞夺理","意气多于议论,捏造多于实证"。

〔4〕 华北自治 1935年,日本帝国主义策动所谓"华北五省自治运动",11月指使汉奸殷汝耕(原国民党冀东行政督察专员)在通县成立"冀东防共自治委员会"。国民党政府屈从日本压力,指派宋哲元与日本华北驻防军推荐的王揖唐、王克敏等于12月18日成立"冀察政务委员会",以满足日本关于"华北政权特殊化"的要求。

〔5〕 保护正当的舆论 1935年底,国内新闻界纷纷致电国民党

政府,要求"保障舆论"。如平津报界12月10日的电文中说:"凡不以武力或暴力为背景之言论,政府必当予以保障。"12月12日,南京新闻学会的电文要求"保障正当舆论"和"新闻从业者之自由"。

一九三五年

叶紫作《丰收》序[1]

作者写出创作来,对于其中的事情,虽然不必亲历过,最好是经历过。诘难者问:那么,写杀人最好是自己杀过人,写妓女还得去卖淫么?答曰:不然。我所谓经历,是所遇,所见,所闻,并不一定是所作,但所作自然也可以包含在里面。天才们无论怎样说大话,归根结蒂,还是不能凭空创造。描神画鬼,毫无对证,本可以专靠了神思,所谓"天马行空"似的挥写了,然而他们写出来的,也不过是三只眼,长颈子,就是在常见的人体上,增加了眼睛一只,增长了颈子二三尺而已。这算什么本领,这算什么创造?

地球上不只一个世界,实际上的不同,比人们空想中的阴阳两界还利害。这一世界中人,会轻蔑,憎恶,压迫,恐怖,杀戮别一世界中人,然而他不知道,因此他也写不出,于是他自称"第三种人",他"为艺术而艺术",他即使写了出来,也不过是三只眼,长颈子而已。"再亮些"[2]?不要骗人罢!你们的眼睛在那里呢?

伟大的文学是永久的,许多学者们这么说。对啦,也许是永久的罢。但我自己,却与其看薄凯契阿,雨果[3]的书,宁可看契诃夫,高尔基[4]的书,因为它更新,和我们的世界更接近。中国确也还盛行着《三国志演义》和《水浒传》[5],但这是为了社会还有三国气和水浒气的缘故。《儒林外史》[6]作者的手段何尝在罗贯中下,然而留学生漫天塞地以来,这部书就好像不永久,也不伟大了。伟大也要有人懂。

这里的六个短篇,都是太平世界的奇闻,而现在却是极平常的事情。因为极平常,所以和我们更密切,更有大关系。作者还是一个青年,但他的经历,却抵得太平天下的顺民的一世纪的经历,在转辗的生活中,要他"为艺术而艺术",是办不到的。但我们有人懂得这样的艺术,一点用不着谁来发愁。

这就是伟大的文学么?不是的,我们自己并没有这么说。"中国为什么没有伟大文学产生?"[7]我们听过许多指导者的教训了,但可惜他们独独忘却了一方面的对于作者和作品的摧残。"第三种人"教训过我们,希腊神话里说什么恶鬼有一张床,捉了人去,给睡在这床上,短了,就拉长他,太长,便把他截短。[8]左翼批评就是这样的床,弄得他们写不出东西来了。现在这张床真的摆出来了[9],不料却只有"第三种人"睡得不长不短,刚刚合式。仰面唾天,掉在自己的眼睛里,天下真会有这等事。

但我们却有作家写得出东西来,作品在摧残中也更加坚实。不但为一大群中国青年读者所支持,当《电网外》在《文学新地》上以《王伯伯》的题目发表后,就得到世界的读者了。[10]这就是作者已经尽了当前的任务,也是对于压迫者的答复:文学是战斗的!

我希望将来还有看见作者的更多,更好的作品的时候。

一九三五年一月十六日,鲁迅记于上海。

*　　*　　*

〔1〕 本篇最初印入叶紫短篇小说集《丰收》。

叶紫(1910—1939),原名俞鹤林,湖南益阳人,作家。《丰收》收短篇小说六篇,《奴隶丛书》之一,1935年3月奴隶社出版,假托"上海容光书局"发行。

〔2〕 "再亮些"　杜衡著有长篇小说《再亮些》,1934年5月起连载于《现代》第五卷第一期至第五期和第六卷第一期(未刊完)。出单行本时书名改为《叛徒》,篇首《题解》中引用歌德临终时所说的话:"再亮些,再亮些!"

〔3〕 薄凯契阿(G. Boccàccio,1313—1375)　通译薄伽丘,欧洲文艺复兴时期意大利作家,著有故事集《十日谈》等。雨果(V. Hugo,1802—1885),法国作家,著有长篇小说《悲惨世界》等。

〔4〕 契诃夫(А. П. Чехов,1860—1904)　俄国作家,著有大量短篇小说和剧本《樱桃园》等。高尔基(М. Горький,1868—1936),苏联作家,著有长篇小说《母亲》、《阿尔达莫诺夫家的事业》和自传体三部曲《童年》、《在人间》、《我的大学》等。

〔5〕 《三国志演义》　即《三国演义》,长篇小说,明代罗贯中著,现在通行的是清代毛宗岗改订本,一百二十回。《水浒传》,又名《忠义水浒传》,长篇小说,明代施耐庵著,有百回本、百二十回本和清初金圣叹删订的七十一回本等。

〔6〕 《儒林外史》　长篇小说,清代吴敬梓著,共五十五回。

〔7〕 "中国为什么没有伟大文学产生"　郑伯奇在《春光》月刊

创刊号(1934年3月)发表《伟大的作品底要求》一文,其中说:"中国近数十年发生过很多的伟大事变,为什么还没有产生出一部伟大的作品?"接着,该刊第三期又在《中国目前为什么没有伟大的作品产生?》的征文题下,刊出十五篇应征的文章。

〔8〕 希腊神话中有"普洛克路斯忒斯之床"的故事,说强盗普洛克路斯忒斯有长短不同的两张床,他把长人放在短床上,将他锯短;又把矮人放在长床上,将他拉长。

〔9〕 指1934年6月国民党"中央宣传委员会图书杂志审查委员会"成立。

〔10〕《电网外》在《文学新地》月刊创刊号(1934年9月)发表时,题为《王伯伯》,作者署名杨镜英;发表后曾被译为俄文,刊登在国际革命作家联盟机关刊物《国际文学》上。

隐　　士[1]

　　隐士,历来算是一个美名,但有时也当作一个笑柄。最显著的,则有刺陈眉公的"翩然一只云中鹤,飞去飞来宰相衙"的诗,至今也还有人提及。[2]我以为这是一种误解。因为一方面,是"自视太高",于是别方面也就"求之太高",彼此"忘其所以",不能"心照",而又不能"不宣",从此口舌也多起来了。

　　非隐士的心目中的隐士,是声闻不彰,息影山林的人物。但这种人物,世间是不会知道的。一到挂上隐士的招牌,则即使他并不"飞去飞来",也一定难免有些表白,张扬;或是他的帮闲们的开锣喝道——隐士家里也会有帮闲,说起来似乎不近情理,但一到招牌可以换饭的时候,那是立刻就有帮闲的,这叫作"啃招牌边"。这一点,也颇为非隐士的人们所诟病,以为隐士身上而有油可揩,则隐士之阔绰可想了。其实这也是一种"求之太高"的误解,和硬要有名的隐士,老死山林中者相同。凡是有名的隐士,他总是已经有了"悠哉游哉,聊以卒岁"[3]的幸福的。倘不然,朝砍柴,昼耕田,晚浇菜,夜织履,又那有吸烟品茗,吟诗作文的闲暇?陶渊明[4]先生是我们中国赫赫有名的大隐,一名"田园诗人",自然,他并不办期刊,也赶不上吃"庚款"[5],然而他有奴子。汉晋时候的奴子,是不但侍候主人,并且给主人种地,营商的,正是生财器具。所以虽是渊明先生,也还略略有些生财之道在,要不然,他老人家不但没有酒喝,而且没有饭吃,早已在东篱旁边饿死了。

所以我们倘要看看隐君子风,实际上也只能看看这样的隐君子,真的"隐君子"[6]是没法看到的。古今著作,足以汗牛而充栋[7],但我们可能找出樵夫渔父的著作来?他们的著作是砍柴和打鱼。至于那些文士诗翁,自称什么钓徒樵子的,倒大抵是悠游自得的封翁或公子,何尝捏过钓竿或斧头柄。要在他们身上赏鉴隐逸气,我敢说,这只能怪自己胡涂。

登仕,是敲饭之道,归隐,也是敲饭之道。假使无法敲饭,那就连"隐"也隐不成了。"飞去飞来",正是因为要"隐",也就是因为要敲饭;肩出"隐士"的招牌来,挂在"城市山林"里,这就正是所谓"隐",也就是敲饭之道。帮闲们或开锣,或喝道,那是因为自己还不配"隐",所以只好揩一点"隐"油,其实也还不外乎敲饭之道。汉唐以来,实际上是入仕并不算鄙,隐居也不算高,而且也不算穷,必须欲"隐"而不得,这才看作士人的末路。唐末有一位诗人左偃[8],自述他悲惨的境遇道:"谋隐谋官两无成",是用七个字道破了所谓"隐"的秘密的。

"谋隐"无成,才是沦落,可见"隐"总和享福有些相关,至少是不必十分挣扎谋生,颇有悠闲的余裕。但赞颂悠闲,鼓吹烟茗,[9]却又是挣扎之一种,不过挣扎得隐藏一些。虽"隐",也仍然要敲饭,所以招牌还是要油漆,要保护的。泰山崩,黄河溢,隐士们目无见,耳无闻,但苟有议及自己们或他的一伙的,则虽千里之外,半句之微,他便耳聪目明,奋袂而起,好像事件之大,远胜于宇宙之灭亡者,也就为了这缘故。其实连和苍蝇也何尝有什么相关。[10]

明白这一点,对于所谓"隐士"也就毫不诧异了,心照不宣,彼此都省事。

一月二十五日。

* * *

〔1〕 本篇最初发表于1935年2月20日上海《太白》半月刊第一卷第十一期,署名长庚。

〔2〕 陈眉公 陈继儒(1558—1639),字仲醇,号眉公,华亭(今上海松江)人。明代文学家、书画家。诸生。曾隐居小昆山,但又常周旋官绅间。"翩然一只云中鹤,飞去飞来宰相衙"是清代蒋士铨所作传奇《临川梦·隐奸》一出出场诗的末两句,全诗为:"妆点山林大架子,附庸风雅小名家。终南捷径无心走,处士虚声尽力夸。獭祭诗书充著作,蝇营钟鼎润烟霞。翩然一只云间鹤,飞去飞来宰相衙。"按松江古名云间,所以这诗曾被人认为是刺陈眉公的。1935年1月16日《申报·自由谈》刊登再青(阿英)的《明末的反山人文学》一文中,曾引用这一首诗。

〔3〕 "悠哉游哉,聊以卒岁" 语出《左传》襄公二十一年:"诗曰:'优哉游哉,聊以卒岁'。"按现在的通行本《诗经》中并无"聊以卒岁"句;"优哉游哉"则见于《小雅·采菽》。

〔4〕 陶渊明(约372—427) 一名潜,字元亮,浔阳柴桑(今江西九江)人,晋代诗人。南朝梁钟嵘在《诗品》中称他为"古今隐逸诗人之宗"。

〔5〕 "庚款" 指美英等国退还的庚子赔款。1900年(庚子)八

国联军入侵我国,次年强迫清政府订立《辛丑条约》,其中规定付给各国"偿款"银四亿五千万两。后来英、美等国宣布将赔款中尚未付给的部分"退还",作为在我国兴办学校、图书馆、医院等机构和设立各种学术文化奖金的经费。

〔6〕 "隐君子" 即隐士。语出《史记·老庄申韩列传》:"老子,隐君子也。"

〔7〕 汗牛充栋 语出柳宗元《陆文通先生墓表》:"其为书,处则充栋宇,出则汗牛马。"

〔8〕 左偃 南唐诗人,长居金陵(今南京),终生未仕。有《锺山集》,已佚。《全唐诗》载有他的诗十首。"谋隐谋官两无成",原作"谋身谋隐两无成",是他的七律《寄韩侍郎》中的一句。

〔9〕 赞颂悠闲,鼓吹烟茗 周作人、林语堂等人长期提倡悠闲的生活情趣。1934年林语堂创办《人间世》半月刊,更大肆提倡"以闲适为格调"的小品文。在他所办的《人间世》、《论语》等刊物上,经常登载反映闲适生活的谈烟说茗一类文字。

〔10〕 《人间世》的《发刊词》中,曾说该刊内容"包括一切,宇宙之大,苍蝇之微,皆可取材,故名之为人间世。"

"招贴即扯"[1]

工愁的人物,真是层出不穷。开年正月,就有人怕骂倒了一切古今人,只留下自己的没意思。[2]要是古今中外真的有过这等事,这才叫作希奇,但实际上并没有,将来大约也不会有。岂但一切古今人,连一个人也没有骂倒过。凡是倒掉的,决不是因为骂,却只为揭穿了假面。揭穿假面,就是指出了实际来,这不能混谓之骂。

然而世间往往混为一谈。就以现在最流行的袁中郎[3]为例罢,既然扛出来当作招牌,看客就不免议论这招牌,怎样撕破了衣裳,怎样画歪了脸孔。这其实和中郎本身是无关的,所指的是他的自以为徒子徒孙们的手笔。然而徒子徒孙们就以为骂了他的中郎爷,愤慨和狼狈之状可掬,觉得现在的世界是比五四时代更狂妄了。但是,现在的袁中郎脸孔究竟画得怎样呢?时代很近,文证具存,除了变成一个小品文的老师,"方巾气"[4]的死敌而外,还有些什么?

和袁中郎同时活在中国的,无锡有一个顾宪成[5],他的著作,开口"圣人",闭口"吾儒",真是满纸"方巾气"。而且疾恶如仇,对小人决不假借。他说:"吾闻之:凡论人,当观其趋向之大体。趋向苟正,即小节出入,不失为君子;趋向苟差,即小节可观,终归于小人。又闻:为国家者,莫要于扶阳抑阴,君子即不幸有讹误,当保护爱惜成就之;小人即小过乎,当早排绝,无令为后患。……"(《自反录》)推而广之,也就是倘要论袁中郎,当看他趋向之大体,趋向苟正,不妨恕其偶讲空话,作小品文,因为他还有更重要的一方面在。正如李白[6]会做诗,就可以不责其喝酒,如果只会喝酒,便以半个李白,或李白的徒子徒孙自命,那可是应该赶紧将他"排绝"的。

中郎还有更重要的一方面么?有的。万历三十七年,顾宪成辞官,时中郎"主陕西乡试,发策,有'过劣巢由'之语。监临者问'意云何?'袁曰:'今吴中大贤亦不出,将令世道何所倚赖,故发此感尔。'"(《顾端文公年谱》[7]下)中郎正是一个关心世道,佩服"方巾气"人物的人,赞《金瓶梅》[8],作小品文,并不是他的全部。

中郎之不能被骂倒,正如他之不能被画歪。但因此也就不能作他的蛆虫们的永久的巢穴了。

一月二十六日。

* * *

〔1〕 本篇最初发表于1935年2月20日《太白》半月刊第一卷第十一期,署名公汗。

过去城市中有些人家在临街的墙壁上,写着"招贴即扯"、"不许招贴"等字样,以防止别人在上面粘贴广告。

〔2〕 林语堂在《论语》第五十七期(1935年1月16日)发表《做文与做人》一文,其中说:"你骂吴稚晖蔡元培胡适之老朽,你自己也得打算有吴稚晖蔡元培胡适之地位,能不能这样操持。你骂袁中郎消

沉,你也得自己照照镜子,做个京官,能不能像袁中郎之廉洁自守,兴利除弊。不然天下的人被你骂完了,只剩你一个人,那岂不是很悲观的现象?"林语堂(1895—1976),福建龙溪人,作家。早年留学美国德国,回国后任北京大学、北京女子师范大学等校教授,参与创办《语丝》。三十年代在上海主编《论语》、《人间世》、《宇宙风》等杂志,提倡所谓性灵幽默文学。

〔3〕 袁中郎(1568—1610) 名宏道,字中郎,湖广公安(今属湖北)人,明代文学家。他与兄宗道,弟中道,反对文学上的拟古主义,主张"独抒性灵,不拘格套",世称"公安派"。当时林语堂、周作人等提倡"公安派"文章,借明人小品以宣扬所谓"闲适"、"性灵"。

〔4〕 "方巾气" 又称"头巾气",意思就是道学气。方巾是明代学者士人日常所戴的帽子,明代王圻《三才图会·衣服》卷一载:"方巾:此即古所谓角巾也……相传国初服此,取四方平定之意。"林语堂在《方巾气研究》一文(连载于1934年4月28日、30日、5月3日《申报·自由谈》)中说:"方巾气道学气是幽默之魔敌。"

〔5〕 顾宪成(1550—1612) 字叔时,无锡(今属江苏)人。明万历进士,官至吏部郎中,曾因"忤旨"被革职;万历三十六年(1608)始起为南京光禄寺少卿,力辞不就。他在万历三十二年重修无锡的东林书院,与高攀龙等同在东林书院讲学,是明末东林党的重要人物,死后谥端文。著有《泾皋藏稿》、《小心斋劄记》、《自反录》等。下文顾宪成引述的是宋人赵抃的话,见《宋史·赵抃传》。

〔6〕 李白(701—762) 字太白,祖籍陇西成纪(今甘肃秦安),后迁居绵州昌隆(今四川江油),唐代诗人。玄宗初曾诏供奉翰林,不久去职。著有《李太白集》。

〔7〕《顾端文公年谱》 四卷,由顾宪成之子与沐、孙枢、曾孙贞

观相继编定,成书于清康熙三十三年(1694)。

〔8〕 《金瓶梅》 长篇小说,明代兰陵笑笑生撰,一百回。它广泛反映了明代社会的世态和生活,其中有不少淫秽的描写。明代沈德符《野获编》卷二十五《金瓶梅》条载:"袁中郎《觞政》以《金瓶梅》配《水浒传》为外典,予恨未得见。丙午(1606)遇中郎京邸,问'曾有全秩否?'曰'第睹数卷,甚奇快!'"按袁中郎在《觞政》之十"掌故"中分酒经酒谱、子史诗文、词曲传奇为内典、外典、逸典,并说"传奇则《水浒传》、《金瓶梅》为逸典。"

书的还魂和赶造[1]

把大部的丛书印给读者看,是宋朝就有的[2],一直到现在。缺点是因为部头大,所以价钱贵。好处是把研究一种学问的书汇集在一处,能比一部一部的自去寻求更省力;或者保存单本小种的著作在里面,使它不易于灭亡。但这第二种好处,是也靠着部头大,价钱贵,人们就因此格外珍重的缺点的。

但丛书也有蠹虫。从明末到清初,就时有欺人的丛书出现。那方法之一,是删削内容,轻减刻费,而目录却有一大串,使购买者只觉其种类之多;之二,是不用原题,别立名目,甚至另题撰人,使购买者只觉其收罗之广。如《格致丛书》,《历代小史》,《五朝小说》,《唐人说荟》[3]等,就都是的。现在是大抵消灭了,只有末一种化名为《唐代丛书》,有时还在流毒。

然而时代改变,新花样也要跟着出来了。

推测起新花样来:其一,是豫先设定一种丛书的大名,罗列目录,大如宇宙,微至苍蝇身上的细菌,无所不包,这才分头觅人,托他译作,限定时日,必须完工,虽然译作者未必定是专家,但总之有许多手同时在稿纸上写字,于是不必穷年累月,一大部煌煌巨制也就出现了;其二,是原有一批零碎的旧译作,一向不甚流行,或者虽曾流行,而现在却已经过了时候,于是聚在一起,略加类别,开成一串五花八门的目录,而一大部煌煌巨制也就出现了。

出版者是明白读者们的心想的,有些读者们,苦于不知道什么是必要的书,所以往往以为被选进丛书里的,总该是必要的书籍;而且丛书里的一本,价钱也比单行本便宜,所以看起来好像很上算;加以大小一律,也很合人们爱好整齐的心情。本数又多,一下子可以填满几书架,规模不大的图书馆有这几部,馆员就省下时常留心选购新书的精神了。然而出版者是又很明白购买者们的经济状况的,他深知道现在他们手头已没有这许多钱,所以这些书一定是廉价,使他们拚命的办出来,或者是分期豫约,使他们逐渐的缴进去。

汇印新作,当然是很好的,但新作必须是精粹的本子,这才可以救读者们的智识的饥荒。就是重印旧作,也并不算坏,不过这旧作必须已是一种带着文献性的本子,这才足供读者们的研究。如果仅仅是克日速成的草稿,或是栈房角落的存书,改换新装,招摇过市,但以"大"或"多"或"廉"诱人,使读者化去不少的钱,实际上却不过得到一大堆废物,这恶影响之在读书界是很不小的。

凡留心于文化的前进的人,对于这些书应该加以检讨!

二月十五日。

* * *

〔1〕 本篇最初发表于1935年3月5日《太白》半月刊第一卷第十二期,署名长庚。

〔2〕 我国最早印行的丛书,是南宋宁宗嘉泰元年(1201)太学生

俞鼎孙及其兄俞经辑刊的《儒学警悟》,内收宋人著作六种,共四十一卷。度宗咸淳九年(1273),左圭又辑刊《百川学海》十集,共一百种,收有汉、晋、六朝、唐、宋各代著作,其中宋人著作,占十分之八以上。

〔3〕 《格致丛书》 明代万历间胡文焕编。据《汇刻书目》说:"是编杂采诸书,更易名目,古书一经其点窜,使人厌观。且所列诸书,亦无定数……世间所行之本,部部各殊,究不知其全书凡几种。"所收各书从周代到明代都有,名目较多的一部凡分三十七类,共三四六种,现存者只一六八种。《历代小史》,明代万历间李栻编,收六朝至明代的野史、杂记共一〇六种,每种一卷。《五朝小说》,不著编者名氏,收魏、晋一一四种,唐一〇四种,宋、元一四四种,明一〇九种。《唐人说荟》,旧有桃源居士编刻本,收小说、杂记一四四种,清代乾隆间陈莲塘增编为一六四种。后来坊刻本又改名《唐代丛书》。

漫谈"漫画"[1]

孩子们吵架,有一个用木炭——上海是大抵用铅笔了——在墙壁上写道:"小三子可乎之及及也,同同三千三百刀!"[2]这和政治之类是毫不相干的,然而不能算小品文。画也一样,住家的恨路人到对门来小解,就在墙上画一个乌龟,题几句话,也不能叫它作"漫画"。为什么呢?就因为这和被画者的形体或精神,是绝无关系的。

漫画的第一件紧要事是诚实,要确切的显示了事件或人物的姿态,也就是精神。

漫画是 Karikatur[3]的译名,那"漫",并不是中国旧日的文人学士之所谓"漫题""漫书"的"漫"。当然也可以不假思索,一挥而就的,但因为发芽于诚实的心,所以那结果也不会仅是嬉皮笑脸。这一种画,在中国的过去的绘画里很少见,《百丑图》或《三十六声粉铎图》[4]庶几近之,可惜的是不过戏文里的丑脚的摹写;罗两峰的《鬼趣图》[5],当不得已时,或者也就算进去罢,但它又太离开了人间。

漫画要使人一目了然,所以那最普通的方法是"夸张",但又不是胡闹。无缘无故的将所攻击或暴露的对象画作一头驴,恰如拍马家将所拍的对象做成一个神一样,是毫没有效果的,假如那对象其实并无驴气息或神气息。然而如果真有些驴气息，那就糟了，从此之后，越看越像，比读一本做得很厚的传记还明白。关于事件的漫画，也一样的。所以漫画虽然有夸张，却还是要诚实。"燕山雪花大如席"[6]，是夸张，但燕山究竟有雪花，就含着一点诚实在里面，使我们立刻知道燕山原来有这么冷。如果说"广州雪花大如席"，那可就变成笑话了。

"夸张"这两个字也许有些语病，那么，说是"廓大"也可以的。廓大一个事件或人物的特点固然使漫画容易显出效果来，但廓大了并非特点之处却更容易显出效果。矮而胖的，瘦而长的，他本身就有漫画相了，再给他秃头，近视眼，画得再矮而胖些，瘦而长些，总可以使读者发笑。但一位白净苗条的美人，就很不容易设法，有些漫画家画作一个髑髅或狐狸之类，却不过是在报告自己的低能。有些漫画家却不用这呆法子，他用廓大镜照了她露出的搽粉的臂膊，看出她皮肤的褶皱，看见了这些褶皱中间的粉和泥的黑白画。这么一来，漫画稿子就成功了，然而这是真实，倘不信，大家或自己也用廓大镜去照照去。于是她也只好承认这真实，倘要好，就用肥皂和毛刷去洗一通。

因为真实，所以也有力。但这种漫画，在中国是很难生存的。我记得去年就有一位文学家说过，他最讨厌论人用显微镜。

欧洲先前，也并不两样。漫画虽然是暴露，讥刺，甚而至于是攻击的，但因为读者多是上等的雅人，所以漫画家的笔锋的所向，往往只在那些无拳无勇的无告者，用他们的可笑，衬出雅人们的完全和高尚来,以分得一枝雪茄的生意。像西班牙的戈雅(Francisco de Goya)和法国的陀密埃(Honoré Daumier)[7]那样的漫画家,到底还是不可多得的。

二月二十八日。

* * *

〔1〕 本篇最初印入《小品文和漫画》一书。该书是《太白》半月刊一卷纪念的特辑,内收关于小品文和漫画的文章五十八篇,1935年3月生活书店出版。

〔2〕 "小三子可乎之及及也"二句,意思是"小三子可恶之极,戳他三千三百刀。""同同",形容戳的声音。

〔3〕 Karikatur 德语,又译"讽刺画"。

〔4〕 《百丑图》 描绘一百出丑角戏的图画,作者不详。《三十六声粉铎图》,全名为《天长宣氏三十六声粉铎图咏》,描绘昆剧三十六出丑角戏的图画,并加题咏。清代宣鼎作,《申报馆丛书》之一。

〔5〕 罗两峰(1733—1799) 名聘,字遁夫,号两峰,江苏甘泉(今江都)人,清代画家。嘉庆时居扬州,为"扬州八怪"之一。《鬼趣图》,是八幅讽刺世态的画。

〔6〕 "燕山雪花大如席" 李白《北风行》中的句子。燕山在河北蓟县东南。

〔7〕 戈雅(1746—1828) 西班牙讽刺画家。作品多取材于民间生活,作有铜版组画《奇想集》、版画集《战争的灾难》等。陀密埃(1808—1879),通译杜米埃,法国画家。晚年曾参加巴黎公社革命运动,作品有石版画《立法肚子》等。

漫画而又漫画[1]

德国现代的画家格罗斯(George Grosz)[2],中国已经绍介过好几回,总可以不算陌生人了。从有一方说,他也可以算是漫画家;那些作品,大抵是白地黑线的。

他在中国的遭遇,还算好,翻印的画虽然制版术太坏了,或者被缩小,黑线白地却究竟还是黑线白地。不料中国"文艺"家的脑子今年反常了,在挂着"文艺"招牌的杂志[3]上绍介格罗斯的黑白画,线条都变了雪白;地子呢,有蓝有红,真是五颜六色,好看得很。

自然,我们看石刻的拓本,大抵是黑地白字的。但翻印的绘画,却还没有见过将青绿山水变作红黄山水,水墨龙化为水粉龙的大改造。有之,是始于二十世纪过了三十五年的上海的"文艺"家。我才知道画家作画时候的调色,配色之类,都是多事。一经中国"文艺"家的手,全无问题,——嗡,嗡,随随便便。

这些翻印的格罗斯的画是有价值的,是漫画而又漫画。

二月二十八日。

* * *

〔1〕 本篇最初印入《小品文和漫画》一书,署名且介。

〔2〕 格罗斯(1893—1959) 德国画家、装帧设计家,后移居美国。1929年上海春潮书局出版许霞(许广平)翻译、鲁迅校订的匈牙利童话《小彼得》,收有格罗斯作的插图六幅,鲁迅并在序文中作了介绍(参看《三闲集·〈小彼得〉译本序》)。1932年在上海举行的"德国版画展览会"中,曾展出他作的《席勒剧本〈强盗〉警句图》十幅。

〔3〕 挂着"文艺"招牌的杂志 指《文艺画报》,月刊,穆时英、叶灵凤编,1934年10月创刊,1935年4月停刊,共出四期。上海杂志公司出版。该刊第一卷第三期(1935年2月)曾刊载格罗斯的漫画八幅,其中四幅就是蓝地、红地、黑地和五彩的。

《中国新文学大系》小说二集序[1]

一

凡是关心现代中国文学的人，谁都知道《新青年》[2]是提倡"文学改良"，后来更进一步而号召"文学革命"的发难者。但当一九一五年九月中在上海开始出版的时候，却全部是文言的。苏曼殊[3]的创作小说，陈嘏[4]和刘半农[5]的翻译小说，都是文言。到第二年，胡适[6]的《文学改良刍议》发表了，作品也只有胡适的诗文和小说是白话。后来白话作者逐渐多了起来，但又因为《新青年》其实是一个论议的刊物，所以创作并不怎样著重，比较旺盛的只有白话诗；至于戏曲和小说，也依然大抵是翻译。

在这里发表了创作的短篇小说的，是鲁迅。从一九一八年五月起，《狂人日记》，《孔乙己》，《药》等，陆续的出现了，算是显示了"文学革命"的实绩，又因那时的认为"表现的深切和格式的特别"，颇激动了一部分青年读者的心。然而这激动，却是向来怠慢了绍介欧洲大陆文学的缘故。一八三四年顷，俄国的果戈理（N. Gogol）就已经写了《狂人日记》；[7]一八八三年顷，尼采（Fr. Nietzsche）[8]也早借了苏鲁支（Zarathustra）的嘴，说过"你们已经走了从虫豸到人的路，在你们里面还有许多份是虫豸。你们做过猴子,到了现在,人还尤其猴子,无论比那一个猴子"的。而且《药》的收束,也分明的留着安特莱夫(L. Andreev)[9]式的阴冷。但后起的《狂人日记》意在暴露家族制度和礼教的弊害,却比果戈理的忧愤深广,也不如尼采的超人的渺茫。此后虽然脱离了外国作家的影响,技巧稍为圆熟,刻划也稍加深切,如《肥皂》,《离婚》等,但一面也减少了热情,不为读者们所注意了。

从《新青年》上,此外也没有养成什么小说的作家。

较多的倒是在《新潮》[10]上。从一九一九年一月创刊,到次年主干者们出洋留学而消灭的两个年中,小说作者就有汪敬熙,罗家伦,杨振声,俞平伯,欧阳予倩和叶绍钧。自然,技术是幼稚的,往往留存着旧小说上的写法和语调;而且平铺直叙,一泻无余;或者过于巧合,在一刹时中,在一个人上,会聚集了一切难堪的不幸。然而又有一种共同前进的趋向,是这时的作者们,没有一个以为小说是脱俗的文学,除了为艺术之外,一无所为的。他们每作一篇,都是"有所为"而发,是在用改革社会的器械,——虽然也没有设定终极的目标。

俞平伯[11]的《花匠》以为人们应该屏绝矫揉造作,任其自然,罗家伦[12]之作则在诉说婚姻不自由的苦痛,虽然稍嫌浅露,但正是当时许多智识青年们的公意;输入易卜生(H. Ibsen)[13]的《娜拉》和《群鬼》的机运,这时候也恰恰成熟了,不过还没有想到《人民之敌》和《社会柱石》。杨振声[14]是极要描写民间疾苦的;汪敬熙[15]并且装着笑容,揭露了好学生的秘密和苦人的灾难。但究竟因为是上层的智识者,所以笔墨总不免伸缩于描写身边琐事和小民生活之间。后来,欧阳予倩[16]致力于剧本去了;叶绍钧[17]却有更远大的发展。汪敬熙又在《现代评论》[18]上发表创作,至一九二五年,自选了一本《雪夜》,但他好像终于没有自觉,或者忘却了先前的奋斗,以为他自己的作品,是并无"什么批评人生的意义的"了。序中有云——

"我写这些篇小说的时候,是力求着去忠实的描写我所见的几种人生经验。我只求描写的忠实,不搀入丝毫批评的态度。虽然一个人叙述一件事实之时,他的描写是免不了受他的人生观之影响,但我总是在可能的范围之内,竭力保持一种客观的态度。

"因为持了这种客观态度的缘故,我这些短篇小说是不会有什么批评人生的意义。我只写出我所见的几种经验给读者看罢了。读者看了这些小说,心中对于这些种经验有什么评论,是我所不问的。"

杨振声的文笔,却比《渔家》更加生发起来,但恰与先前的战友汪敬熙站成对蹠:他"要忠实于主观",要用人工来制造理想的人物。而且凭自己的理想还怕不够,又请教过几个朋友,删改了几回,这才完成一本中篇小说《玉君》[19],那自序道——

"若有人问玉君是真的,我的回答是没有一个小说家说实话的。说实话的是历史家,说假话的才是小说家。历史家用的是记忆力,小说家用的是想像力。历史家取的是科学态度,要忠实于客观;小说家取的是艺术态度,要忠实于主观。一言以蔽之,小说家也如艺术家,想把天然艺术化,就是要以他的理想与意志去补天然之缺陷。"

他先决定了"想把天然艺术化",唯一的方法是"说假话","说假话的才是小说家"。于是依照了这定律,并且博采众议,将《玉君》创造出来了,然而这是一定的:不过一个傀儡,她的降生也就是死亡。我们此后也不再见这位作家的创作。

二

"五四"事件一起,这运动的大营的北京大学负了盛名,但同时也遭了艰险。终于,《新青年》的编辑中枢不得不复归上海[20],《新潮》群中的健将,则大抵远远的到欧美留学去了,《新潮》这杂志,也以虽有大吹大擂的豫告,却至今还未出版的"名著绍介"收场[21];留给国内的社员的,是一万部《子民先生言行录》[22]和七千部《点滴》[23]。创作衰歇了,为人生的文学自然也衰歇了。

但上海却还有着为人生的文学的一群,不过也崛起了为文学的文学的一群[24]。这里应该提起的,是弥洒社[25]。它在一九二三年三月出版的《弥洒》(Musai)上,由胡山源[26]作的《宣言》(《弥洒临凡曲》)告诉我们说——

"我们乃是艺文之神;
我们不知自己何自而生,
也不知何为而生:

....
我们一切作为只知顺着我们的 Inspiration！"[27]

到四月出版的第二期，第一页上便分明的标出了这是"无目的无艺术观不讨论不批评而只发表顺灵感所创造的文艺作品的月刊"，即是一个脱俗的文艺团体的刊物。但其实，是无意中有着假想敌的。陈德征[28]的《编辑余谈》说："近来文学作品，也有商品化的，所谓文学研究者，所谓文人，都不免带有几分贩卖者底色彩！这是我们所深恶而且深以为痛心疾首的一件事。……"就正是和讨伐"垄断文坛"[29]者的大军一鼻孔出气的檄文。这时候，凡是要独树一帜的，总打着憎恶"庸俗"的幌子。

一切作品，诚然大抵很致力于优美，要舞得"翩跹回翔"，唱得"宛转抑扬"，然而所感觉的范围却颇为狭窄，不免咀嚼着身边的小小的悲欢，而且就看这小悲欢为全世界。在这刊物上，作为小说作者而出现的，是胡山源，唐鸣时，赵景沄，方企留，曹贵新[30]；钱江春和方时旭[31]，却只能数作速写的作者。从中最特出的是胡山源，他的一篇《睡》，是实践宣言，笼罩全群的佳作，但在《樱桃花下》（第一期），却正如这面的过度的睡觉一样，显出那面的病的神经过敏来了。"灵感"也究竟要露出目的。赵景沄的《阿美》，虽然简单，虽然好像不能"无所为"，却强有力的写出了连敏感的作者们也忘却了的"丫头"的悲惨短促的一世。

一九二四年中发祥于上海的浅草社[32]，其实也是"为艺术而艺术"的作家团体，但他们的季刊，每一期都显示着努力：向外，在摄取异域的营养，向内，在挖掘自己的魂灵，要发现心里的眼睛和喉舌，来凝视这世界，将真和美歌唱给寂寞的人们。韩君格，孔襄我，胡絮若，高世华，林如稷，徐丹歌，顾瑱，莎子，亚士，陈翔鹤，陈炜谟，竹影女士，都是小说方面的工作者；连后来是中国最为杰出的抒情诗人冯至[33]，也曾发表他幽婉的名篇。次年，中枢移入北京，社员好像走散了一些，《浅草》季刊改为篇叶较少的《沉钟》周刊[34]了，但锐气并不稍衰，第一期的眉端就引着吉辛（G. Gissing）[35]的坚决的句子——

"而且我要你们一齐都证实……

我要工作啊，一直到我死之一日。"

但那时觉醒起来的智识青年的心情，是大抵热烈，然而悲凉的。即使寻到一点光明，"径一周三"[36]，却更分明的看见了周围的无涯际的黑暗。摄取来的异域的营养又是"世纪末"[37]的果汁：王尔德（Oscar Wilde）[38]，尼采（Fr. Nietzsche），波特莱尔（Ch. Baudelaire）[39]，安特莱夫（L. Andreev）们所安排的。"沉自己的船"[40]还要在绝处求生，此外的许多作品，就往往"春非我春，秋非我秋"[41]，玄发朱颜，却唱着饱经忧患的不欲明言的断肠之曲。虽是冯至的饰以诗情，莎子[42]的托辞小草，还是不能掩饰的。凡这些，似乎多出于蜀中的作者，蜀中的受难之早，也即此可以想见了。

不过这群中的作者们也未尝自馁。陈炜谟[43]在他的小说集《炉边》的"Proem"里说——

"但我不要这样；生活在我还在刚开头，有许多命运的猛兽正在那边张牙舞爪等着我在。可是这也不用怕。人虽不必去崇拜太阳，但何至于懦怯得连暗夜也要躲避呢？怎的，秃笔不会写在破纸上么？若干年之后，回想此时的我，即不管别人，在自己或也可值眷念罢，如果值得忆念的地方便应该忆念。……"

自然，这仍是无可奈何的自慰的伤心之言，但在事实上，沉钟社却确是中国的最坚韧，最诚实，挣扎得最久的团体。它好像真要如吉辛的话，工作到死掉之一日；如"沉钟"的铸造者，死也得在水底里用自己的脚敲出洪大的钟声[44]。然而他们并不能做到，他们是活着的，时移世易，百事俱非；他们是要歌唱的，而听者却有的睡眠，有的槁死，有的流散，眼前只剩下一片茫茫白地，于是也只好在风尘颒洞中，悲哀孤寂地放下了他们的箜篌了。

后来以"废名"出名的冯文炳[45]，也是在《浅草》中略见一斑的作者，但并未显出他的特长来。在一九二五年出版的《竹林的故事》里，才见以冲淡为衣，而如著者所说，仍能"从他们当中理出我的哀愁"的作品。可惜的是大约作者过于珍惜他有限的"哀愁"，不久就更加不欲像先前一般的闪露，于是从率直的读者看来，就只见其有意低徊，顾影自怜之态了。

冯沅君[46]有一本短篇小说集《卷葹》——是"拔心不死"的草名，也是一九二三年起，身在北京，而以"淦女士"的笔名，发表于上海创造社的刊物上的作品。其中的《旅行》是提炼了《隔绝》和《隔绝之后》（并在《卷葹》内）的精粹的名文,虽嫌过于说理,却还未伤其自然;那"我很想拉他的手,但是我不敢,我只敢在间或车上的电灯被震动而失去它的光的时候,因为我害怕那些搭客们的注意。可是我们又自己觉得很骄傲的,我们不客气的以全车中最尊贵的人自命。"这一段,实在是五四运动直后,将毅然和传统战斗,而又怕敢毅然和传统战斗,遂不得不复活其"缠绵悱恻之情"的青年们的真实的写照。和"为艺术而艺术"的作品中的主角,或夸耀其颓唐,或衔鬻其才绪,是截然两样的。然而也可以复归于平安。陆侃如[47]在《卷施》再版后记里说:"'淹'训'沈',取《庄子》'陆沈'之义。现在作者思想变迁,故再版时改署沅君。……只因作者秉性疏懒,故托我代说。"诚然,三年后的《春痕》[48],就只剩了散文的断片了,更后便是关于文学史的研究。这使我又记起匈牙利的诗人彼兑菲(Petöfi Sándor)[49]题 B. Sz. 夫人照像的诗来——

"听说你使你的男人很幸福,我希望不至于此,因为他是苦恼的夜莺,而今沉默在幸福里了。苛待他罢,使他因此常常唱出甜美的歌来。"

我并不是说:苦恼是艺术的渊源,为了艺术,应该使作家们永久陷在苦恼里。不过在彼兑菲的时候,这话是有些真实的;在十年前的中国,这话也有些真实的。

三

在北京这地方,——北京虽然是"五四运动"的策源地,但自从支持着《新青年》和《新潮》的人们,风流云散以来,一九二〇至二二年这三年间,倒显着寂寞荒凉的古战场的情景。《晨报副刊》[50],后来是《京报副刊》[51]露出头角来了,然而都不是怎么注重文艺创作的刊物,它们在小说一方面,只绍介了有限的作家:蹇先艾,许钦文,王鲁彦,黎锦明,黄鹏基,尚钺,向培良。

蹇先艾[52]的作品是简朴的,如他在小说集《朝雾》里说——

"……我已经是满过二十岁的人了,从老远的贵州跑到北京来,灰沙之中彷徨了也快七年,时间不能说不长,怎样混过的,并自身都茫然不知。是这样匆匆地一天一天的去了,童年的影子越发模糊消淡起来,像朝雾似的,袅袅的飘失,我所感到的只有空虚与寂寞。这几个岁月,除近两年信笔涂鸦的几篇新诗和似是而非的小说之外,还做了什么呢?每一回忆,终不免有点凄寥撞击心头。所以现在决然把这个小说集付印了,……借以纪念从此阔别的可爱的童年。……若果不失赤子之心的人们肯毅然光顾,或者从中间也寻得出一点幼稚的风味来罢?……"

诚然,虽然简朴,或者如作者所自谦的"幼稚",但很少文饰,也足够写出他心曲的哀愁。他所描写的范围是狭小的,几个平常人,一些琐屑事,但如《水葬》,却对我们展示了"老远的贵州"的乡间习俗的冷酷,和出于这冷酷中的母性之爱的伟大,——贵州很远,但大家的情境是一样的。

这时——一九二四年——偶然发表作品的还有裴文中[53]和李健吾[54]。前者大约并不是向来留心创作的人,那《戎马声中》,却拉杂的记下了游学的青年,为了炮火下的故乡和父母而惊魂不定的实感。后者的《终条山的传说》是绚烂了,虽在十年以后的今日,还可以看见那藏在用口碑织就的华服里面的身体和灵魂。

蹇先艾叙述过贵州,裴文中关心着榆关,凡在北京用笔写出他的胸臆来的人们,无论他自称为用主观或客观,其实往往是乡土文学,从北京这方面说,则是侨寓文学的作者。但这又非如勃兰兑斯(G. Brandes)[55]所说的"侨民文学",侨寓的只是作者自己,却不是这作者所写的文章,因此也只见隐现着乡愁,很难有异域情调来开拓读者的心胸,或者眩耀他的眼界。许钦文[56]自名他的第一本短篇小说集为《故乡》,也就是在不知不觉中,自招为乡土文学的作者,不过在还未开手来写乡土文学之前,他却已被故乡所放逐,生活驱逐他到异地去了,他只好回忆"父亲的花园",而且是已不存在的花园,因为回忆故乡的已不存在的事物,是比明明存在,而只有自己不能接近的事物较为舒适,也更能自慰的——

"父亲的花园最盛的几年距今已有几时,已难确切的计算。当时的盛况虽曾照下一像,如今挂在父亲的房里,无奈为时已久,那时乡间的摄影又很幼稚,现已模胡莫辨了。挂在它旁边的芳姊的遗像也已不大清楚,惟有父亲题在像上的字句却很明白:'性既执拗,遇复可怜,一朝痛割,我独何堪!'

"⋯⋯⋯⋯

"我想父亲的花园就是能够重行种起种种的花来,那时的盛况总是不能恢复的了,因为已经没有了芳姊。"

无可奈何的悲愤,是令人不得不舍弃的,然而作者仍不能舍弃,没有法,就再寻得冷静和诙谐来做悲愤的衣裳;裹起来了,聊且当作"看破"。并且将这手段用到描写种种人物,尤其是青年人物去。因为故意的冷静,所以也刻深,而终不免带着令人疑虑的嬉笑。"虽有忮心,不怨飘瓦"[57],冷静要死静;包着愤激的冷静和诙谐,是被观察和被描写者所不乐受的,他们不承认他是一面无生命,无意见的镜子。于是他也往往被排进讽刺文学作家里面去,尤其是使女士们皱起了眉头。

这一种冷静和诙谐,如果滋长起来,对于作者本身其实倒是危险的。他也能活泼的写出民间生活来,如《石宕》,但可惜不多见。

看王鲁彦[58]的一部分的作品的题材和笔致,似乎也是乡土文学的作家,但那心情,和许钦文是极其两样的。许钦文所苦恼的是失去了地上的"父亲的花园",他所烦冤的却是离开了天上的自由的乐土。他听得"秋雨的诉苦"说——

"地太小了,地太脏了,到处都黑暗,到处都讨厌。人人只知道爱金钱,不知道爱自由,也不知道爱美。你们人类的中间没有一点亲爱,只有仇恨。你们人类,夜间像猪一般的甜甜蜜蜜的睡着,白天像狗一般的争斗着,撕打着⋯⋯

"这样的世界,我看得惯吗?我为什么不应该哭呢?

在野蛮的世界上,让野兽们去生活着罢,但是我不,我们不……唔,我现在要离开这世界,到地底去了……"

这和爱罗先珂(V. Eroshenko)[59]的悲哀又仿佛相像的,然而又极其两样。那是地下的土拨鼠,欲爱人类而不得,这是太空的秋雨,要逃避人间而不能。他只好将心还给母亲,才来做"人",骗得母亲的微笑。秋天的雨,无心的"人",和人间社会是不会有情愫的。要说冷静,这才真是冷静;这才能够和"托尔斯小"的无抵抗主义一同抹杀"牛克斯"的斗争说;和"达我文"的进化说一并嘲弄"克鲁屁特金"的互助论[60];对专制不平,但又向自由冷笑。作者是往往想以诙谐之笔出之的,但也因为太冷静了,就又往往化为冷话,失掉了人间的诙谐。

然而"人"的心是究竟还不尽的,《柚子》一篇,虽然为湘中的作者所不满[61],但在玩世的衣裳下,还闪露着地上的愤懑,在王鲁彦的作品里,我以为倒是最为热烈的的了。

我所说的这湘中的作家是黎锦明[62],他大约是自小就离开了故乡的。在作品里,很少乡土气息,但蓬勃着楚人的敏感和热情。他一早就在《社交问题》里,对易卜生一流的解放论者掷了斯忒林培黎(A. Strindberg)[63]式的投枪;但也能精致而明丽的说述儿时的"轻微的印象"。待到一九二六年,他布告不满于自己了,他在《烈火》再版的自序上说——

"在北京生活的人们,如其有灵魂,他们的灵魂恐怕未有不染遍了灰色罢,自然,《烈火》即在这情形中写成,当我去年春时来到上海,我的心境完全变了,对于它,只有遗弃的一念。……"

他判过去的生活为灰色,以早期的作品为童骏了。果然,在此后的《破垒集》中,的确很换了些披挂,有含讥的轻妙的小品,但尤其显出好的故事作者的特色来:有时如中国的"磊砢山房"[64]主人的瑰奇;有时如波兰的显克微支(H. Sienkiewicz)[65]的警拔,却又不以失望收场,有声有色,总能使读者欣然终卷。但其失,则又即在主旨居陆离光怪的装饰之中,时或永被沉埋,倘一显现,便又见得鹘突了。

《现代评论》比起日报的副刊来,比较的着重于文艺,但那些作者,也还是新潮社和创造社[66]的老手居多。凌叔华[67]的小说,却发祥于这一种期刊的,她恰和冯沅君的大胆,敢言不同,大抵很谨慎的,适可而止的描写了旧家庭中的婉顺的女性。即使间有出轨之作,那是为了偶受着文酒之风的吹拂,终于也回复了她的故道了。这是好的,——使我们看见和冯沅君,黎锦明,川岛[68],汪静之[69]所描写的绝不相同的人物,也就是世态的一角,高门巨族的精魂。

四

一九二五年十月间,北京突然有莽原社[70]出现,这其实不过是不满于《京报副刊》编辑者的一群,另设《莽原》周刊,却仍附《京报》发行,聊以快意的团体。奔走最力者为高长虹[71],中坚的小说作者也还是黄鹏基,尚钺,向培良三个;而鲁迅是被推为编辑的。但声援的很不少,在小说方面,有文炳,沅君,霁野,静农,小酩,青雨等。到十一月,《京报》要停止副刊以外的小幅了,便改为半月刊,由未名社出版,其时所介绍的新作品,是描写着乡下的沉滞的氛围气的魏金枝[72]之作:《留下镇上的黄昏》。

但不久这莽原社内部冲突了,长虹一流,便在上海设立了狂飙社。所谓"狂飙运动",那草案其实是早藏在长虹的衣袋里面的,常要乘机而出,先就印过几期周刊;那《宣言》,又曾在一九二五年三月间的《京报副刊》上发表,但尚未以"超人"自命,还带着并不自满的声音——

"黑沉沉的暗夜,一切都熟睡了,死一般的,没有一点声音,一件动作,阒寂无聊的长夜呵!

"这样的,几百年几百年的时期过去了,而晨光没有来,黑夜没有止息。

"死一般的,一切的人们,都沉沉的睡着了。

"于是有几个人,从黑暗中醒来,便互相呼唤着:

"——时候到了,期待已经够了。

"——是呵,我们要起来了。我们呼唤着,使一切不安于期待的人们也起来罢。

"——若是晨光终于不来,那么,也起来罢。我们将点起灯来,照耀我们幽暗的前途。

"——软弱是不行的,睡着希望是不行的。我们要作强者,打倒障碍或者被障碍压倒。我们并不惧怯,也不躲避。

"这样呼唤着,虽然是微弱的罢,听呵,从东方,从西方,从南方,从北方,隐隐的来了强大的应声,比我们更要强大的应声。

"一滴水泉可以作江河之始流,一片树叶之飘动可以兆暴风之将来,微小的起源可以生出伟大的结果。因为这个缘故,我们的周刊便叫作《狂飙》。"

不过后来却日见其自以为"超越"了。然而拟尼采样的彼此都不能解的格言式的文章,终于使周刊难以存在,可记的也仍然只是小说方面的黄鹏基,尚钺,——其实是向培良一个作者而已。

黄鹏基[73]将他的短篇小说印成一本,称为《荆棘》,而第二次和读者相见的时候,已经改名"朋其"了。他是首先明白晓畅的主张文学不必如奶油,应该如刺,文学家不得颓丧,应该刚健的人;他在《刺的文学》(《莽原》周刊二十八期)里,说明了"文学绝不是无聊的东西","文学家并不一定就是得天独厚的特等民族","也不是成天哭泣的鲛人"。他说——

"我以为中国现代的作品,应该是像一丛荆棘。因为在一片沙漠里,憧憬的花都会慢慢地消灭的,社会生出荆棘来,他的叶是有刺的,他的茎是有刺的,以至于他的根也是有刺的。——请不要拿植物生理来反驳我——一篇作品的思想,的结构,的练句,的用字,都应该把我们常感觉到的刺的意味儿表现出来。真的文学家……应该先站起来,使我们不得不站起来。他应该充实自己的力,让人们怎样充实他自己的力,知道他自己的力,表现他自己的力。一篇作品的成功至少要使读者一直读下去,无暇辨文字的美恶,——恶劣的感觉,固然不好,就是美妙的感觉,也算失败。——而要想因循,苟且而不得。怎样抓着他的病的深处,就很利害地刺他一下。一般整饬的结构,平凡的字句,会使他跑到旁处去的,我们应该反对。

"'沙漠里遍生了荆棘,中国人就会过人的生活了!'这是我相信的。"

朋其的作品的确和他的主张并不怎么背驰,他用流利而诙谐的言语,暴露,描画,讽刺着各式人物,尤其是智识者层。他或者装着傻子,说出青年的思想来,或者化为渝腿,跑进阔佬们的家里去[74]。但也许因为力求生动,流利的缘故罢,抉剔就不能深,而且结末的特地装置的滑稽,也往往毁损掉全篇的力量。讽刺文学是能死于自身的故意的戏笑的。不久他又"自招"(《荆棘》卷首)道:"写出'刺的文学'四字,也不过因了每天对于霸王鞭的欣赏,和自己的'生也不辰',未能十分领略花的意味儿,"那可大有徘徊之状了。此后也没有再看见他"刺的文学"。

尚钺[75]的创作,也是意在讥刺,而且暴露,搏击的,小说集《斧背》之名,便是自提的纲要。他创作的态度,比朋其严肃,取材也较为广泛,时时描写着风气未开之处——河南信阳——的人民。可惜的是为才能所限,那斧背就太轻小了,使他为公和为私的打击的效力,大抵失在由于器械不良,手段生涩的不中里。

向培良[76]当发表他第一本小说集《飘渺的梦》时,一开首就说——

"时间走过去的时候,我的心灵听见轻微的足音,我把这个很拙笨地移到纸上去了,这就是我这本小册子的来源罢!"

的确,作者向我们叙述着他的心灵所听到的时间的足音,有些是借了儿童时代的天真的爱和憎,有些是借着羁旅时候的寂寞的闻和见,然而他并不"拙笨",却也不矫揉造作,只如熟人相对,娓娓而谈,使我们在不甚操心的倾听中,感到一种生活的色相。但是,作者的内心是热烈的,倘不热烈,也就不能这么平静的娓娓而谈了,所以他虽然间或休息于过去的"已经失去的童心"中,却终于爱了现在的"在强有力的憎恶后面,发现更强有力的爱"的"虚无的反抗者",向我们介绍了强有力的《我离开十字街头》[77]。下面这一段就是那不知名的反抗者所自述的憎恶——

"为什么我要跑出北京?这个我也说不出很多的道理。总而言之:我已经讨厌了这古老的虚伪的大城。在这里面游离了四年之后,我已经刻骨地讨厌了这古老的虚伪的大城。在这里面,我只看见请安,打拱,要皇帝,恭维执政——卑怯的奴才! 卑劣,怯懦,狡猾,以及敏捷的逃躲,这都是奴才们的绝技! 厌恶的深感在我口中,好似生的腥鱼在我口中一般;我需要呕吐,于是提着我的棍走了。"

在这里听到了尼采声,正是狂飙社的进军的鼓角。尼采教人们准备着"超人"的出现,倘不出现,那准备便是空虚。但尼采却自有其下场之法的:发狂和死。否则,就不免安于空虚,或者反抗这空虚,即使在孤独中毫无"末人"[78]的希求温暖之心,也不过蔑视一切权威,收缩而为虚无主义者(Nihilist)。巴札罗夫(Bazarov)是相信科学的;他为医术而死,一到所蔑视的并非科学的权威而是科学本身,那就成为沙宁(Sanin)[79]之徒,只好以一无所信为名,无所不为为实了。但狂飙社却似乎仅止于"虚无的反抗",不久就散了队,现在所遗留的,就只有向培良的这响亮的战叫,说明着半绥惠略夫(Sheveriov)[80]式的"憎恶"的前途。

未名社[81]却相反,主持者韦素园[82],是宁愿作为无名的泥土,来栽植奇花和乔木的人,事业的中心,也多在外国文学的译述。待到接办《莽原》后,在小说方面,魏金枝之外,又有李霁野[83],以锐敏的感觉创作,有时深而细,真如数着每一片叶的叶脉,但因此就往往不能广,这也是孤寂的发掘者所难以两全的。台静农[84]是先不想到写小说,后不愿意写小说的人,但为了韦素园的奖劝,为了《莽原》的索稿,他挨到一九二六年,也只得动手了。《地之子》的后记里自己说——

"那时我开始写了两三篇,预备第二年用。素园看了,他很满意我从民间取材;他遂劝我专在这一方面努力,并且举了许多作家的例子。其实在我倒不大乐于走这一条路。人间的酸辛和凄楚,我耳边所听到的,目中所看见的,已经是不堪了;现在又将它用我的心血细细地写出,能说这不是不幸的事么?同时我又没有生花的笔,能够献给我同时代的少男少女以伟大的欢欣。"

此后还有《建塔者》。要在他的作品里吸取"伟大的欢欣",诚然是不容易的,但他却贡献了文艺;而且在争写着恋爱的悲欢,都会的明暗的那时候,能将乡间的死生,泥土的气息,移在纸上的,也没有更多,更勤于这作者的了。

五

临末,是关于选辑的几句话——

一,文学团体不是豆荚,包含在里面的,始终都是豆。大约集成时本已各个不同,后来更各有种种的变化。在这里,一九二六年后之作即不录,此后的作者的作风和思想等,也不论。

二,有些作者,是有自编的集子的,曾在期刊上发表过的初期的文章,集子里有时却不见,恐怕是自己不满,删去了。但我间或仍收在这里面,因为我以为就是圣贤豪杰,也不必自惭他的童年;自惭,倒是一个错误。

三,自编的集子里的有些文章,和先前在期刊上发表的,字句往往有些不同,这当然是作者自己添削的。但这里却有时采了初稿,因为我觉得加了修饰之后,也未必一定比质朴的初稿好。

以上两点,是要请作者原谅的。

四,十年中所出的各种期刊,真不知有多少,小说集当然也不少,但见闻有限,自不免有遗珠之憾。至于明明见了集子,却取舍失当,那就即使并非偏心,也一定是缺少眼力,不想来勉强辩解了。

一九三五年三月二日写讫。

《中国新文学大系》小说二集序

* * *

〔1〕 本篇最初印入《〈中国新文学大系〉小说二集》。

《中国新文学大系》是从1917年新文学运动开始到1926年十年间的创作和理论的选集,计分文学建设理论、文学论争、小说(一至三集)、散文(一至二集)、诗歌、戏剧、史料·索引等共十册,赵家璧主编,上海良友图书印刷公司发行,1935年至1936年间出齐。鲁迅负责编选的《小说二集》,是那一时期在文学研究会和创造社两个团体以外的作家的作品,于1935年1月开始编选,至2月底选讫,5月间最后删定,7月间出书,共收三十三位作者的小说五十九篇。

〔2〕 《新青年》 综合性月刊,"五四"时期倡导新文化运动、传播马克思主义的重要刊物。1915年9月创刊于上海,由陈独秀主编。第一卷名《青年杂志》,第二卷起改名《新青年》。1916年底迁至北京。从1918年1月起,李大钊等参加编辑工作。1921年4月第八卷第六号起移广州出版。1922年7月出满九卷后休刊,共出九卷,每卷六期。1923年6月起改出季刊,季刊共出九册,1926年7月以后即未再出版。该刊第二卷第五号(1917年1月)发表了胡适的《文学改良刍议》,第六号又发表了陈独秀的《文学革命论》。

〔3〕 苏曼殊(1884—1918) 名玄瑛,字子谷,后为僧,法号曼殊,广东中山人,文学家。曾参加南社。著有小说《断鸿零雁记》等。《新青年》第二卷第三、四号(1916年11月、12月)发表他的小说《碎簪记》。

〔4〕 陈嘏 当时的一个翻译家。《新青年》自创刊号(1915年9月)至第二卷第二号(1916年10月)止曾连载他翻译的屠格涅夫的小说《春潮》和《初恋》。

〔5〕 刘半农(1891—1934) 名复,江苏江阴人。历任北京大学

教授、北平大学女子文理学院院长等。他曾参加《新青年》的编辑工作，是新文学运动初期重要作家之一。后留学法国，研究语音学。著有《半农杂文》、诗集《扬鞭集》以及《中国文法通论》、《四声实验录》等。他所译葡萄牙席尔洼的小说《欧洲花园》发表于《新青年》第二卷第三号（1916年11月）。

〔6〕 胡适（1891—1962） 字适之，安徽绩溪人。早年留学美国，曾获美国哥伦比亚大学哲学博士学位，回国后任北京大学教授。当时他是《新青年》杂志的编者之一。他在《新青年》第二卷第六号（1917年2月）发表了《白话诗八首》，在第三卷第一号（1917年3月）发表过所译莫泊桑的小说《二渔夫》等。

〔7〕 果戈理（Н. В. Гоголь，1809—1852） 俄国作家。《狂人日记》，短篇小说，内容描写一个小职员因爱慕上司的女儿而发狂的故事。

〔8〕 尼采（F. Nietzsche，1844—1900） 德国哲学家，唯意志论者。鼓吹"超人"哲学。这里所引的话见《札拉图斯特拉如是说·序言》第三节。

〔9〕 安特莱夫（Л. Н. Андреев，1871—1919） 通译安德烈耶夫，俄国作家。十月革命后流寓国外。作品多描写人生的阴暗面，有悲观主义气息。著有中篇小说《红的笑》等。

〔10〕 《新潮》 综合性月刊，新潮社编，五四新文化运动初期的重要刊物之一。1919年1月创刊于北京，不久主要成员傅斯年、罗家伦等赴欧美留学后，该刊1922年3月出至第三卷第二号停刊。

〔11〕 俞平伯（1900—1990） 名铭衡，字平伯，浙江德清人。文学家。曾任北京大学教授。他的短篇小说《花匠》发表于《新潮》第一卷第四号（1919年4月）。

〔12〕 罗家伦（1897—1969） 浙江绍兴人，五四新文化运动的参

加者,后任清华大学、中央大学校长等职。这里指的是他的短篇小说《是爱情还是苦痛?》,发表于《新潮》第一卷第三号(1919年3月)。

〔13〕 易卜生(H. Ibsen,1828—1906) 挪威剧作家。他在《娜拉》和《群鬼》中提出了婚姻和家庭的改革问题;在《人民之敌》(又译《国民之敌》)和《社会柱石》中提出了社会的改革问题。《娜拉》和《国民之敌》曾译载于《新青年》第四卷第六号"易卜生号"(1918年6月)。

〔14〕 杨振声(1890—1956) 山东蓬莱人,小说家。曾任北京大学、武昌大学教授。他的短篇小说《渔家》发表于《新潮》第一卷第三号,描写在渔霸剥削和警察勒索下的渔民的悲惨遭遇。

〔15〕 汪敬熙(1897—1968) 江苏吴县人,小说家。曾任广州中山大学教授。这里所说"好学生的秘密",指短篇小说《一个勤学的学生》,发表于《新潮》第一卷第二号(1919年2月);"苦人的灾难"指短篇小说《雪夜》,发表于《新潮》第一卷第一号。后来他在《现代评论》第一卷第二十三、二十四号(1925年5月)上发表了短篇小说《瘸子王二的驴》等。他的短篇小说集《雪夜》收作品九篇,1925年10月上海亚东图书馆出版。

〔16〕 欧阳予倩(1889—1962) 湖南浏阳人,戏剧家。《新潮》第一卷第二号曾发表他的短篇小说《断手》。

〔17〕 叶绍钧(1894—1988) 字圣陶,江苏吴县人,作家,文学研究会发起人之一。著有童话集《稻草人》、长篇小说《倪焕之》和短篇小说集《隔膜》、《火灾》等。

〔18〕 《现代评论》 综合性周刊,胡适、陈源、王世杰、徐志摩等人主办的同人杂志。1924年12月创刊于北京,1927年7月移至上海出版,1928年底出至第八卷第二〇九期停刊。这个杂志的主要成员被称为"现代评论派"。

〔19〕 《玉君》 1925年2月出版,现代社发行,《现代丛书》之一。作者在该书《自序》的末尾说:"先谢谢邓叔存先生,为了他的批评,我改了第一遍。再谢谢陈通伯先生,为了他的批评,我改了第二遍。最后再谢谢胡适之先生,为了他的批评,我改了第三遍。"按邓叔存即邓以蛰,陈通伯即陈源,胡适之即胡适。

〔20〕 《新青年》月刊于第八卷第一号(1920年9月)起,设编辑部于上海,由新青年社出版(以前该刊系由上海群益书社印行)。

〔21〕 《新潮》最末一期第三卷第二号是《1920年名著介绍特号》,于1922年3月间出版。

〔22〕 《孑民先生言行录》 新潮社编,共收杂文八十四篇及附录三篇,1920年10月出版。蔡孑民,即蔡元培。

〔23〕 《点滴》 周作人翻译的外国短篇小说集,新潮社《文艺丛书》之一,1920年8月出版。

〔24〕 为人生的文学的一群 指文学研究会。为文学的文学的一群,指创造社等。

〔25〕 弥洒社 文学团体,胡山源、钱江春等组成,1923年3月在上海创办《弥洒》月刊,共出六期。弥洒,通译缪斯,希腊神话中的文艺女神。

〔26〕 胡山源(1897—1988) 江苏江阴人,曾任世界书局编辑。他的短篇小说《睡》和《碧桃花下》(文中误作《樱桃花下》)分别发表于《弥洒》第一期和第三期(文中误作第一期)。

〔27〕 Inspiration 英语:灵感。

〔28〕 陈德征 浙江浦江人。1927年以后任国民党上海市党部主任委员、国民党政府上海市教育局长等职。

〔29〕 "垄断文坛" 创造社为《创造》季刊出版刊登的广告中有

这样的话:"自文化运动发生后,我国新文艺为一、二偶像所垄断"。(1921年9月29日《时事新报》)

〔30〕 唐鸣时(1901—1982) 浙江嘉善人,翻译工作者。译有莫里哀的《史嘉本的诡计》等。赵景沄(?—1929),浙江平湖人。他的短篇小说《阿美》发表于《弥洒》月刊第一期。方企留,应为张企留,江苏松江(今属上海)人。曹贵新(1894—1966后),江苏常熟人。

〔31〕 钱江春(1900—1927) 江苏松江(今属上海)人。弥洒社的发起人和主要成员之一。方时旭,笔名云郎,浙江绍兴人。

〔32〕 浅草社 1922年在上海成立的文学团体,主要成员有林如稷、陈炜谟、陈翔鹤、冯至等。1923年3月创办《浅草》季刊,1925年2月出至第四期停刊。

〔33〕 冯至(1905—1993) 河北涿县人,诗人。著有诗集《昨日之歌》、《北游及其他》等。《浅草》季刊第一卷第三期(1923年12月)上发表了他的短篇小说《蝉与晚祷》。

〔34〕 《沉钟》周刊 文艺刊物,沉钟社编,1925年10月在北京创刊,共出十期。1926年8月改出半月刊,中经停刊复刊,至1934年2月出至第三十四期停刊。主要作者除原浅草社同人外还有杨晦等。

〔35〕 吉辛(1857—1903) 英国小说家、散文家,著有《文苑外史》(New Grub Street)、《四季随笔》(Private Papers of Henry Ryecroft)等。

〔36〕 "径一周三" 即直径与圆周的比。语出《周髀算经》卷上汉代赵君卿注:"圆径一而周三。"

〔37〕 "世纪末" 原指十九世纪末叶。当时西方资本主义国家走向帝国主义阶段,在社会生活和文化思想等方面呈现颓废现象,在此时期出现的具有这种倾向的文学作品,被称为"世纪末"文学。

〔38〕 王尔德(1854—1900) 英国唯美派作家。著有剧本《莎乐

美》、《温德米夫人的扇子》等。

〔39〕 波特莱尔（1821—1867） 法国诗人。著有诗集《恶之华》等。

〔40〕 "沉自己的船" 是《浅草》第一卷第三期（1923年12月）所载高世华短篇小说的题目。小说写水手们因不堪船上士兵的凶暴，把船撞沉，同归于尽。这里所说绝处求生，是指小说结尾沉船时，水手们唱着歌："不若就地齐下灰（水）……齐向死里去求活……"

〔41〕 "春非我春，秋非我秋" 语出《汉书·礼乐志》中《郊祀歌》之九："日出入安穷，时世不与人同；故春非我春，夏非我夏，秋非我秋，冬非我冬。"

〔42〕 莎子 原名韩德章，天津人。这里说的托辞小草，是指他在《沉钟》周刊第九期（1925年12月）发表的短篇小说《白头翁底故事》，写一种名叫白头翁的小草，开花后经风雨摧残，花冠雕零，只留下白色绒毛，自以为还是青春少年，却被同伴们讥为"白发老人"，因而感到悲伤。按沉钟社中有一些四川作家，但冯至和莎子都不是。

〔43〕 陈炜谟（1903—1955） 四川泸县人，小说家。《炉边》是他的短篇小说集，收1924年至1926年间所作小说七篇，卷首有Proem（英语，序言或小引的意思）一篇。1927年北新书局出版。

〔44〕 这是德国剧作家霍普特曼的剧本《沉钟》里面的故事。

〔45〕 冯文炳（1901—1967） 笔名废名，湖北黄梅人，小说家。《竹林的故事》是他的短篇小说集，收作品十四篇，1925年10月新潮社出版；他在《自序》中说："我开始做小说，在1922年秋天……都可以说是现在的产物，我愿读者从他们当中理出我的哀愁。"

〔46〕 冯沅君（1900—1974） 河南唐河人，小说家、文学史家。《卷葹》应为《卷葹》，《乌合丛书》之一，1927年1月北新书局出版。书

中所收小说四篇,都先在《创造周报》和《创造》季刊发表过。

〔47〕 陆侃如(1903—1978) 江苏海门人,文学史家。冯沅君的丈夫,曾与冯沅君合著《中国诗史》。

〔48〕《春痕》 中篇小说,冯沅君著。内容是"假定为一女子寄给她的情人的五十封信",1928年10月北新书局出版。

〔49〕 彼兑菲(1823—1849) 通译裴多菲,匈牙利诗人。参加1848年匈牙利反抗奥地利侵略的民族革命,1849年在与协助奥国的沙俄军队作战中牺牲。一说他在瑟什堡战役中与一批匈牙利士兵被俘,押至西伯利亚,约于1856年病卒。著有《民族之歌》、《勇敢的约翰》等。

〔50〕《晨报副刊》 北京《晨报》的副刊,1921年10月20日创刊,1928年6月5日停刊。《晨报》是研究系的机关报,在政治上拥护北洋军阀政府,但其副刊在孙伏园编辑期间(1924年10月以前),是赞助新文化运动的重要刊物之一。1925年10月以后,改由新月派的徐志摩编辑。

〔51〕《京报副刊》 《京报》是邵飘萍创办的报纸。《京报副刊》,孙伏园编辑,1924年12月创刊,1926年4月24日奉系军阀张作霖封闭《京报》时停刊。

〔52〕 蹇先艾(1906—1994) 贵州遵义人,小说家。《朝雾》收《水葬》等短篇小说十一篇,1927年8月北新书局出版。《水葬》写贵州乡间一个穷人因偷窃被人抛入水中淹死(水葬),而他的老母天黑后还在倚门等候着他回家的故事。

〔53〕 裴文中(1904—1982) 河北丰润人,考古学家。他的短篇小说《戎马声中》发表于1924年11月19日的《晨报副刊》。

〔54〕 李健吾(1906—1982) 山西安邑(今运城)人,文学家。他的短篇小说《终条山的传说》发表于1924年12月15日的《晨报副刊》。

〔55〕 勃兰兑斯(1842—1927) 丹麦文学批评家。他的《十九世纪文学主流》第一卷题为《侨民文学》(Emigrant Literature),是关于几位流寓国外的法国作家的评论。

〔56〕 许钦文(1897—1984) 浙江绍兴人,小说家。《故乡》,《乌合丛书》之一,收《父亲的花园》等小说二十七篇,1926年4月北新书局出版。他的短篇小说《石宕》是《故乡》之后的作品,发表于《莽原》半月刊第十三期(1926年7月10日),写几个石匠在山石崩裂下丧生的惨剧。

〔57〕 "虽有忮心,不怨飘瓦" 语出《庄子·达生》:"虽有忮心者,不怨飘瓦。"

〔58〕 王鲁彦(1901—1944) 浙江镇海人,小说家。他的短篇小说集《柚子》,收《秋雨的诉苦》、《灯》、《柚子》、《华丽的头发》等十一篇,1924年北新书局出版。

〔59〕 爱罗先珂(В. Я. Ерошенко,1889—1952) 俄国诗人和童话作家。童年时因病双目失明。所作童话剧《桃色的云》曾由鲁迅译成中文,其中的主角是一只地下的土拨鼠。

〔60〕 这里的一些话都见于王鲁彦的小说,如在《灯》中说:"罢了,罢了,母亲。我还你这颗心……母亲,我不再灰心了,我愿意做'人'了。"又在《柚子》中说:"托尔斯小先生说过:'自由之代价者,血与泪也。'"又在《华丽的头发》中说:"她很有学问。她接着说了许多达我文的进化论的原理,又举了许多牛克司,克鲁屁特金等等的欧西名人的话来引证。"(按"托尔斯小"、"达我文"、"牛克司"、"克鲁屁特金"系对托尔斯泰、达尔文、马克思、克鲁泡特金的谑称。)

〔61〕 指黎锦明在他的短篇小说《社交问题》(发表于1924年12月《晨报副刊》)中的话:"《小说月报》之《橘子》一篇作品,只觉得满目

的油滑调,而且不曾感得一丝毫忠实的兴味……湖南人底头,橘子!杀人的事描作滑稽派小说,真是玩世!"(按这里说的《橘子》,即指王鲁彦的《柚子》,最初发表于1924年10月《小说月报》第十五卷第十期。)

〔62〕 黎锦明(1905—1999) 湖南湘潭人,小说家。他的短篇集《烈火》收《轻微的印象》等小说十篇,1925年开明书店出版;又《破垒集》收小说八篇,1927年开明书店出版。

〔63〕 斯忒林培黎(1849—1912) 一译斯忒林培克,通译斯特林堡,瑞典作家。他是一个轻视妇女解放论者。所著短篇小说集《结婚》,对妇女解放持嘲讽的态度。黎锦明的《社交问题》是写一个女青年追逐虚荣、对爱情采取轻率态度的小说。

〔64〕 "磊砢山房" 清代文学家屠绅的书室名。屠绅(1744—1801),字贤书,别号磊砢山人,江苏江阴人。著有长篇小说《蟫史》、笔记小说《六合内外琐言》等。

〔65〕 显克微支(1846—1916) 波兰小说家。著有《你往何处去》、《火与剑》等。

〔66〕 创造社 文学团体。1921年6月成立,主要成员有郭沫若、郁达夫、成仿吾等。1929年2月被国民党政府封闭。

〔67〕 凌叔华(1900—1990) 广东番禺人,小说家。著有短篇小说集《花之寺》、《女人》等。这里说的"出轨之作",指发表于《现代评论》第一卷第五期(1925年1月10日)的《酒后》,写一个年轻的妻子酒后要求丈夫同意她去吻一下酒醉的客人。

〔68〕 川岛 章廷谦(1901—1981),笔名川岛,浙江上虞人,作家。著有短篇小说集《月夜》。

〔69〕 汪静之(1902—1996) 安徽绩溪人,诗人。著有诗集《蕙的风》、中篇小说《耶稣的吩咐》等。

〔70〕莽原社　文学团体,主要成员有鲁迅、高长虹、韦素园等。1925年4月24日创办《莽原》周刊,由鲁迅编辑,11月27日出至第三十二期止;次年1月10日起改为半月刊,未名社发行;8月鲁迅去厦门后由韦素园接编,1927年12月25日出至第二卷第二十四期停刊。

〔71〕高长虹(1898—约1956)　山西盂县人,作家。1925年参加莽原社,参与编辑《莽原》周刊,1926年10月在上海组织狂飙社,出版《狂飙》周刊。下面所说的"拟尼采样的彼此都不能解的格言式的文章",指高在《狂飙》周刊上发表的总题为《幻想与做梦》的小品。

〔72〕魏金枝(1900—1972)　浙江嵊县人,作家。他的短篇小说《留下镇上的黄昏》,发表于《莽原》半月刊第十二期(1926年2月25日),后收入短篇集《七封书信的自传》。

〔73〕黄鹏基(1901—1952)　笔名朋其,四川仁寿人,小说家。他的短篇集《荆棘》收小说十一篇,是《狂飙丛书》之一,1926年8月开明书店出版。他在《刺的文学》一文中说,"文学家……的作品也不是只为浮在面上供一般吃了饭没事干的人赞赏的奶油"。

〔74〕这里是指黄鹏基的两个短篇:《我的情人》和《火腿先生在人海中的奔走》,分别发表于《莽原》周刊第三十一期和第二十五期,后来都收入《荆棘》。

〔75〕尚钺(1902—1982)　河南罗山人,小说家、历史学家。他的短篇集《斧背》收小说十九篇,《狂飙丛书》之一,1928年5月泰东图书局出版。

〔76〕向培良(1905—1959)　湖南黔阳人,狂飙社主要成员之一。《飘渺的梦》收小说十四篇,《乌合丛书》之一,1926年6月北新书局出版;引在这里的几句话,就是这本小说集的题词。他在题为《野花》的一个短篇中说:"我深深忏悔,向已经失去的童心,忏悔那过去的往

事,儿时的回忆,稚子之心的悲与欢。"

〔77〕 《我离开十字街头》 向培良的中篇小说,《狂飙丛书》之一,1926年10月光华书局出版。他在这书的《前记》里说:"我知道他是一个反抗者,虚无的反抗者……但是我非常爱他,因为我在他强有力的憎恨后面,发现更强有力的爱来。"

〔78〕 "末人" 尼采著作中的用语,与"超人"相对,指平庸猥琐、浅陋渺小的人。尼采的《察拉图斯忒拉如是说·序言》第五节中说:"'我们发现了幸福了,'末人说而且眨着眼。他们离开了那些地方,凡是难于生活的:因为人要些温暖。"(据鲁迅译文。)

〔79〕 巴札罗夫 俄国作家屠格涅夫的小说《父与子》的主角,文学作品中最早的虚无主义者的典型。沙宁,俄国作家阿尔志跋绥夫的小说《沙宁》的主角,虚无主义者。

〔80〕 绥惠略夫 阿尔志跋绥夫的小说《工人绥惠略夫》的主角,无政府主义者。

〔81〕 未名社 文学团体,1925年秋成立于北京,主要成员有鲁迅、韦素园、曹靖华、李霁野、台静农等。先后出版过《莽原》半月刊、《未名半月刊》和《未名丛刊》、《未名新集》等。1931年秋后因经济困难,无形解体。

〔82〕 韦素园(1902—1932) 安徽霍丘人,未名社成员。译有果戈理中篇小说《外套》、俄国短篇小说集《最后的光芒》、北欧诗歌小品集《黄花集》等。

〔83〕 李霁野(1904—1997) 安徽霍丘人,未名社成员。著有短篇小说集《影》,译有安特列夫剧本《往星中》、《黑假面人》等。《影》于1928年开明书店出版,其中《嫩黄瓜》篇中有这样的话:"手抚摸着藤叶,我可以清清楚楚摸出它的叶脉来。"

〔84〕 台静农(1902—1990) 安徽霍丘人,未名社成员。著有短篇小说集《地之子》、《建塔者》等。《地之子》收小说十四篇,《建塔者》收小说十篇,二书都编入《未名新集》,由未名社于1928年11月、1930年8月先后出版。

内山完造作《活中国的姿态》序[1]

　　这也并非自己的发见,是在内山书店里听着漫谈的时候拾来的,据说:像日本人那样的喜欢"结论"的民族,就是无论是听议论,是读书,如果得不到结论,心里总不舒服的民族,在现在的世上,好像是颇为少有的,云。

　　接收了这一个结论之后,就时时令人觉得很不错。例如关于中国人,也就是这样的。明治时代的支那研究的结论,似乎大抵受着英国的什么人做的《支那人气质》[2]的影响,但到近来,却也有了面目一新的结论了。一个旅行者走进了下野的有钱的大官的书斋,看见有许多很贵的砚石,便说中国是"文雅的国度";一个观察者到上海来一下,买几种猥亵的书和图画,再去寻寻奇怪的观览物事,便说中国是"色情的国度"。连江苏和浙江方面,大吃竹笋的事,也算作色情心理的表现的一个证据。[3]然而广东和北京等处,因为竹少,所以并不怎么吃竹笋。倘到穷文人的家里或者寓里去,不但无所谓书斋,连砚石也不过用着两角钱一块的家伙。一看见这样的事,先前的结论就通不过去了,所以观察者也就有些窘,不得不另外摘出什么适当的结论来。于是这一回,是说支那很难懂得,支那是"谜的国度"了。

　　据我自己想:只要是地位,尤其是利害一不相同,则两国之间不消说,就是同国的人们之间,也不容易互相了解的。

例如罢,中国向西洋派遣过许多留学生,其中有一位先生,好像也并不怎样喜欢研究西洋,于是提出了关于中国文学的什么论文,使那边的学者大吃一惊,得了博士的学位,回来了。然而因为在外国研究得太长久,忘记了中国的事情,回国之后,就只好来教授西洋文学。他一看见本国里乞丐之多,非常诧异,慨叹道:他们为什么不去研究学问,却自甘堕落的呢?所以下等人实在是无可救药的。

不过这是极端的例子。倘使长久的生活于一地方,接触着这地方的人民,尤其是接触,感得了那精神,认真的想一想,那么,对于那国度,恐怕也未必不能了解罢。

著者是二十年以上,生活于中国,到各处去旅行,接触了各阶级的人们的,所以来写这样的漫文,我以为实在是适当的人物。事实胜于雄辩,这些漫文,不是的确放着一种异彩吗?自己也常常去听漫谈,其实是负有捧场的权利和义务的,但因为已是很久的"老朋友"了,所以也想添几句坏话在这里。其一,是有多说中国的优点的倾向,这是和我的意见相反的,不过著者那一面,也自有他的意见,所以没有法子想。还有一点,是并非坏话也说不定的,就是读起那漫文来,往往颇有令人觉得"原来如此"的处所,而这令人觉得"原来如此"的处所,归根结蒂,也还是结论。幸而卷末没有明记着"第几章:结论",所以仍不失为漫谈,总算还好的。

然而即使力说是漫谈,著者的用心,还是在将中国的一部分的真相,绍介给日本的读者的。但是,在现在,总依然是因了各种的读者,那结果也不一样罢。这是没有法子的事。据我看来,日本和中国的人们之间,是一定会有互相了解的时候的。新近的报章上,虽然又在竭力的说着"亲善"呀,"提携"呀[4],到得明年,也不知道又将说些什么话,但总而言之,现在却不是这时候。

倒不如看看漫文,还要有意思一点罢。

一九三五年三月五日鲁迅记于上海。

* * *

〔1〕 本篇最初印入《活中国的姿态》。

《活中国的姿态》,日本内山完造著,1935年11月东京学艺书院出版;有尤炳圻的中文译本,书名改为《一个日本人的中国观》,1936年8月开明书店出版。本篇原以日文写成,由作者自译为中文,参看本书《后记》。

内山完造(1885—1959) 日本人。1913年来华,先经营药品,后在上海开设内山书店,经售日文书籍。1927年10月与鲁迅结识后常有交往,1945年回国。

〔2〕 《支那人气质》 长期旅居中国的美国传教士斯密斯(A. H. Smith,1845—1932)著,日本有澀江保译本,1896年东京博文馆出版。参看《华盖集续编·马上支日记(七月二日)》。

〔3〕 指日本安冈秀夫著《从小说看来的支那民族性》(1926年4月东京聚芳阁出版)一书中对中国人的随意诬蔑。该书《耽享乐而淫风炽盛》一篇中甚至说:"彼国人的嗜笋……也许是因为那挺然翘然的姿势,引起想像来的罢。"参看《华盖集续编·马上支日记(七月二日、四日)》。

〔4〕 "亲善"、"提携"　1935年1月日本外相广田弘毅在议会发表"中日亲善"、"经济提携"的演说,以欺骗中日人民。蒋介石于2月1日就此发表谈话:"此次日本广田外相在其议会所发表对我国之演词,吾人认为亦具诚意,吾国朝野对此当有深刻之谅解……制裁一切冲动及反日行为,以示信谊。"在这以前,1934年5月间日本公使有吉明已经与黄郛在上海进行"中日亲善"谈判;6月间有吉明又到南京见汪精卫,商谈"中日提携"问题。

"寻 开 心"[1]

我有时候想到,忠厚老实的读者或研究者,遇见有两种人的文章,他是会吃冤枉苦头的。一种,是古里古怪的诗和尼采式的短句,以及几年前的所谓未来派的作品。这些大概是用怪字面,生句子,没意思的硬连起来的,还加上好几行很长的点线。作者本来就是乱写,自己也不知道什么意思。但认真的读者却以为里面有着深意,用心的来研究它,结果是到底莫名其妙,只好怪自己浅薄。假如你去请教作者本人罢,他一定不加解释,只是鄙夷的对你笑一笑。这笑,也就愈见其深。

还有一种,是作者原不过"寻开心",说的时候本来不当真,说过也就忘记了。当然和先前的主张会冲突,当然在同一篇文章里自己也会冲突。但是你应该知道作者原以为作文和吃饭不同,不必认真的。你若认真的看,只能怪自己傻。最近的例子就是悍膂先生的研究语堂先生为什么会称赞《野叟曝言》[2]。不错,这一部书是道学先生的悖慢淫毒心理的结晶,和"性灵"缘分浅得很,引了例子比较起来,当然会显出这称赞的出人意外。但其实,恐怕语堂先生之憎"方巾气",谈"性灵",讲"潇洒"[3],也不过对老实人"寻开心"而已,何尝真知道"方巾气"之类是怎么一回事;也许简直连他所称赞的《野叟曝言》也并没有怎么看。所以用本书和他那别的主张来比较研究,是永久不会懂的。自然,两面非常不同,这很清楚,但怎么竟至于称赞起来了呢,也还是一个"不可解"。我的意思是以为有些事情万不要想得太深,想得太忠厚,太老实,我们只要知道语堂先生那时正在崇拜袁中郎,而袁中郎也曾有过称赞《金瓶梅》的事实,就什么骇异之意也没有了。

还有一个例子。如读经,在广东,听说是从燕塘军官学校提倡起来的;去年,就有官定的小学校用的《经训读本》出版,[4]给五年级用的第一课,却就是"孔子谓曾子曰:身体发肤,受之父母,不敢毁伤,孝之始也。……"那么,"为国捐躯"是"孝之终"么?并不然,第三课还有"模范",是乐正子春述曾子闻诸夫子之说云:"天之所生,地之所养,无人为大。父母全而生之,子全而归之,可谓孝矣。不亏其体,不辱其身,可谓全矣。故君子顷步而弗敢忘孝也。……"

还有一个最近的例子,就在三月七日的《中华日报》上。那地方记的有"北平大学教授兼女子文理学院文史系主任李季谷氏"赞成《一十宣言》[5]原则的谈话,末尾道:"为复兴民族之立场言,教育部应统令设法标榜岳武穆,文天祥,方孝孺等有气节之名臣勇将,俾一般高官戎将有所法式云"。

凡这些,都是以不大十分研究为是的。如果想到"全而归之"和将来的临阵冲突,或者查查岳武穆们的事实,看究竟是怎样的结果,"复兴民族"了没有,那你一定会被捉弄得发昏,其实也就是自寻烦恼。语堂先生在暨南大学讲演道:"……做人要正正经经,不好走入邪道,……一走入邪道,……一定失业,……然而,作文,要幽默,和做人不同,要玩玩笑笑,寻开心,……"(据《芒种》本)〔6〕这虽然听去似乎有些奇特,但其实是很可以启发人的神智的:这"玩玩笑笑,寻开心",就是开开中国许多古怪现象的锁的钥匙。

三月七日。

* * *

〔1〕 本篇最初发表于1935年4月5日《太白》半月刊第二卷第二期,署名杜德机。

〔2〕 林语堂在《论语》半月刊第四十期(1934年5月1日)发表的《语录体举例》中说:"近读《野叟曝言》,知是白话上等文字,见过数段,直可作修辞学上之妙语举例。"次年1月他又在《人间世》半月刊第十九期的《新年附录:1934年我所爱读的书籍》中举了三本书,第一本即为《野叟曝言》,说它"增加我对儒道的认识。儒道有什么好处此书可以见到"。不久悍膂(聂绀弩)就在《太白》半月刊第一卷第十二期(1935年3月5日)《谈野叟曝言》一文中,列举该书的"最方巾气"、"不是性灵"、"否认思想自由"、"心灵不健全"、"白中之文"五点,以为"《野叟曝言》处处和林语堂先生底主张相反,为甚么林先生还要再三推荐呢?"《野叟曝言》,清代夏敬渠所著的长篇小说。

〔3〕 讲"潇洒" 林语堂在《文饭小品》月刊创刊号(1935年2月)发表的《说潇洒》一文中说:"人品与文学同是一种道理。讲潇洒,就是讲骨气,讲性灵,讲才华。"

〔4〕 广东军阀陈济棠于1933年间通令全省学校恢复读经,燕塘军事政治学校首先实行;后来又成立经书编审委员会,编成中小学读本。小学的《经训读本》共二册,广东省政府教育厅编辑,1934年9月商务印书馆出版,供五、六年级之用。这里所引的《读本》中的课文,"身体

发肤"等句,见《孝经·开宗明义章》;"天之所生"等句,见《礼记·祭义》。

〔5〕 《一十宣言》 指1935年1月10日王新命、何炳松等十教授所发表的"中国本位的文化建设"宣言,其中说:"在文化的领域中,我们看不见现在的中国了……要使中国能在文化的领域中抬头,要使中国的政治、社会和思想都具有中国的特征,必须从事于中国本位的文化建设。"李季谷(1895—1968),即李宗武,浙江绍兴人。

〔6〕 这是林语堂在暨南大学的讲演《做文与做人》中的话,见《芒种》半月刊创刊号所载曹聚仁的《我和林语堂先生往还的终始》一文。按这篇讲稿曾发表于《论语》半月刊第五十七期(1935年1月16日),但其中并无这里所引的话。《芒种》,刊载杂文、小品文的半月刊,徐懋庸、曹聚仁主编,1935年3月5日创刊,同年10月停刊。

非有复译不可[1]

　　好像有人说过,去年是"翻译年"[2];其实何尝有什么了不起的翻译,不过又给翻译暂时洗去了恶名却是真的。

　　可怜得很,还只译了几个短篇小说到中国来,创作家就出现了,说它是媒婆,而创作是处女。[3]在男女交际自由的时候,谁还喜欢和媒婆周旋呢,当然没落。后来是译了一点文学理论到中国来,但"批评家"幽默家之流又出现了,说是"硬译","死译","好像看地图"[4],幽默家还从他自己的脑子里,造出可笑的例子来[5],使读者们"开心",学者和大师们的话是不会错的,"开心"也总比正经省力,于是乎翻译的脸上就被他们画上了一条粉。

　　但怎么又来了"翻译年"呢,在并无什么了不起的翻译的时候?不是夸大和开心,它本身就太轻飘飘,禁不起风吹雨打的缘故么?

　　于是有些人又记起了翻译,试来译几篇。但这就又是"批评家"的材料了,其实,正名定分,他是应该叫作"唠叨家"的,是创作家和批评家以外的一种,要说得好听,也可以谓之"第三种"。他像后街的老虎婆一样,并不大声,却在那里唠叨,说是莫非世界上的名著都译完了吗,你们只在译别人已经译过的,有的还译过了七八次。

记得中国先前,有过一种风气,遇见外国——大抵是日本——有一部书出版,想来当为中国人所要看的,便往往有人在报上登出广告来,说"已在开译,请万勿重译为幸"。他看得译书好像订婚,自己首先套上约婚戒指了,别人便莫作非分之想。自然,译本是未必一定出版的,倒是暗中解约的居多;不过别人却也因此不敢译,新妇就在闺中老掉。这种广告,现在是久不看见了,但我们今年的唠叨家,却正继承着这一派的正统。他看得翻译好像结婚,有人译过了,第二个便不该再来碰一下,否则,就仿佛引诱了有夫之妇似的,他要来唠叨,当然罗,是维持风化。但在这唠叨里,他不也活活的画出了自己的猥琐的嘴脸了么?

前几年,翻译的失了一般读者的信用,学者和大师们的曲说固然是原因之一,但在翻译本身也有一个原因,就是常有胡乱动笔的译本。不过要击退这些乱译,诬赖,开心,唠叨,都没有用处,唯一的好方法是又来一回复译,还不行,就再来一回。譬如赛跑,至少总得有两个人,如果不许有第二人入场,则先在的一个永远是第一名,无论他怎样蹩脚。所以讥笑复译的,虽然表面上好像关心翻译界,其实是在毒害翻译界,比诬赖,开心的更有害,因为他更阴柔。

而且复译还不止是击退乱译而已,即使已有好译本,复译也还是必要的。曾有文言译本的,现在当改译白话,不必说了。即使先出的白话译本已很可观,但倘使后来的译者自己觉得可以译得更好,就不妨再来译一遍,无须客气,更不必管那些无聊的唠叨。取旧译的长处,再加上自己的新心得,这才会成功一种近于完全的定本。但因言语跟着时代的变化，将来还可以有新的复译本的，七八次何足为奇，何况中国其实也并没有译过七八次的作品。如果已经有，中国的新文艺倒也许不至于现在似的沉滞了。

三月十六日。

※　　　※　　　※

〔1〕 本篇最初发表于1935年4月上海《文学》月刊第四卷第四号"文学论坛"栏，署名庚。

〔2〕 "翻译年" 当系1935年。《文学》第四卷第一号（1935年1月）"文学论坛"栏载有《今年该是什么年》一文，其中说："过去的一年是'杂志年'，这好像大家都已承认了。今年该是什么年呢？记得也早已有人预测过——不，祝愿过——该是'翻译年'。"

〔3〕 郭沫若在1921年2月《民铎》月刊第二卷第五号发表致该刊编者李石岑的信中说："我觉得国内人士只注重媒婆，而不注重处子；只注重翻译，而不注重产生。"认为"处子应当尊重，媒婆应当稍加遏抑。"

〔4〕 指梁实秋，参看本书第234页注〔3〕。他在《新月》第二卷第六、七号合刊（1929年9月）发表的《论鲁迅先生的"硬译"》一文中，指摘鲁迅的翻译是"硬译"、"死译"，并说："读这样的书，就如同看地图一般，要伸着手指来寻找句法的线索位置。"参看《二心集·"硬译"与"文学的阶级性"》。

〔5〕 指刘半农，参看本书第43页注〔5〕。他在《中国文法通论》的《四版附言》中，故意将《论语·学而》中的"子曰：'学而时习之，不亦说乎？'"一句，按欧化句法排列成几种句式，加以嘲笑。参看《花边文学·玩笑只当它玩笑（上）》。

论　讽　刺[1]

我们常不免有一种先入之见,看见讽刺作品,就觉得这不是文学上的正路,因为我们先就以为讽刺并不是美德。但我们走到交际场中去,就往往可以看见这样的事实,是两位胖胖的先生,彼此弯腰拱手,满面油晃晃的正在开始他们的扳谈——

"贵姓?……"

"敝姓钱。"

"哦,久仰久仰!还没有请教台甫……"

"草字阔亭。"

"高雅高雅。贵处是……?"

"就是上海……"

"哦哦,那好极了,这真是……"

谁觉得奇怪呢?但若写在小说里,人们可就会另眼相看了,恐怕大概要被算作讽刺。有好些直写事实的作者,就这样的被蒙上了"讽刺家"——很难说是好是坏——的头衔。例如在中国,则《金瓶梅》写蔡御史的自谦和恭维西门庆道:"恐我不如安石之才,而君有王右军之高致矣!"还有《儒林外史》写范举人因为守孝,连象牙筷也不肯用,但吃饭时,他却"在燕窝碗里拣了一个大虾圆子送在嘴里",和这相似的情形是现在还可以遇见的；在外国，则如近来已被中国读者所注意了的果戈理的作品，他那《外套》[2]（韦素园译，在《未名丛刊》中）里的大小官吏，《鼻子》[3]（许遐译，在《译文》中）里的绅士，医生，闲人们之类的典型，是虽在中国的现在，也还可以遇见的。这分明是事实，而且是很广泛的事实，但我们皆谓之讽刺。

人大抵愿意有名，活的时候做自传，死了想有人分讣文，做行实，甚而至于还"宣付国史馆立传"。人也并不全不自知其丑，然而他不愿意改正，只希望随时消掉，不留痕迹，剩下的单是美点，如曾经施粥赈饥之类，却不是全般。"高雅高雅"，他其实何尝不知道有些肉麻，不过他又知道说过就完，"本传"里决不会有，于是也就放心的"高雅"下去。如果有人记了下来，不给它消灭，他可要不高兴了。于是乎挖空心思的来一个反攻，说这些乃是"讽刺"，向作者抹一脸泥，来掩藏自己的真相。但我们也每不免来不及思索，跟着说，"这些乃是讽刺呀！"上当真可是不浅得很。

同一例子的还有所谓"骂人"。假如你到四马路去，看见雉妓在拖住人，倘大声说："野鸡在拉客"，那就会被她骂你是"骂人"。骂人是恶德，于是你先就被判定在坏的一方面了；你坏，对方可就好。但事实呢，却的确是"野鸡在拉客"，不过只可心里知道，说不得，在万不得已时，也只能说"姑娘勒浪[4]做生意"，恰如对于那些弯腰拱手之辈，做起文章来，是要改作"谦以待人，虚以接物"的。——这才不是骂人，这才不是讽刺。

其实,现在的所谓讽刺作品,大抵倒是写实。非写实决不能成为所谓"讽刺";非写实的讽刺,即使能有这样的东西,也不过是造谣和诬蔑而已。

三月十六日。

*　　*　　*

〔1〕 本篇最初发表于1935年4月《文学》月刊第四卷第四号"文学论坛"栏,署名敖。

〔2〕《外套》 中篇小说,韦素园译,《未名丛刊》之一。1926年9月出版。

〔3〕《鼻子》 中篇小说,鲁迅译,最初发表于《译文》第一卷第一期(1934年9月),署名许遐。后收入《译丛补》。

〔4〕 勒浪　上海方言,"在"的意思。

从"别字"说开去[1]

　　自从议论写别字[2]以至现在的提倡手头字[3],其间的经过,恐怕也有一年多了,我记得自己并没有说什么话。这些事情,我是不反对的,但也不热心,因为我以为方块字本身就是一个死症,吃点人参,或者想一点什么方法,固然也许可以拖延一下,然而到底是无可挽救的,所以一向就不大注意这回事。

　　前几天在《自由谈》上看见陈友琴先生的《活字与死字》[4],才又记起了旧事来。他在那里提到北大招考,投考生写了误字,"刘半农教授作打油诗去嘲弄他,固然不应该",但我"曲为之辩,亦可不必"。那投考生的误字,是以"倡明"为"昌明",刘教授的打油诗,是解"倡"为"娼妓",我的杂感,是说"倡"不必一定作"娼妓"解,自信还未必是"曲"说;至于"大可不必"之评,那是极有意思的,一个人的言行,从别人看来,"大可不必"之点多得很,要不然,全国的人们就好像是一个了。

　　我还没有明目张胆的提倡过写别字,假如我在做国文教员,学生写了错字,我是要给他改正的,但一面也知道这不过是治标之法。至于去年的指摘刘教授,却和保护别字微有不同。(一)我以为既是学者或教授,年龄至少和学生差十年,不但饭菜多吃了万来碗了,就是每天认一个字,也就要比学生多识三千六百个,比较的高明,是应该的,在考卷里发见几个错字,"大可不必"飘飘然生优越之感,好像得了什么宝贝一样。况且(二)现在的学校,科目繁多,和先前专攻八股的私塾,大不相同了,纵使文字不及从前,正也毫不足怪,先前的不写错字的书生,他知道五洲的所在,原质的名目吗?自然,如果精通科学,又擅文章,那也很不坏,但这不能含含胡胡,责之一般的学生,假使他要学的是工程,那么,他只要能筑堤造路,治河导淮就尽够了,写"昌明"为"倡明",误"留学"为"流学",堤防决不会因此就倒塌的。如果说,别国的学生对于本国的文字,决不致闹出这样的大笑话,那自然可以归罪于中国学生的偏偏不肯学,但也可以归咎于先生的不善教,要不然,那就只能如我所说:方块字本身就是一个死症。

改白话以至提倡手头字,其实也不过一点樟脑针,不能起死回生的,但这就又受着缠不清的障害,至今没有完。还记得提倡白话的时候,保守者对于改革者的第一弹,是说改革者不识字,不通文,所以主张用白话。对于这些打着古文旗子的敌军,是就用古书作"法宝",这才打退的,以毒攻毒,反而证明了反对白话者自己的不识字,不通文。要不然,这古文旗子恐怕至今还不倒下。去年曹聚仁先生为别字辩护,战法也是搬古书,弄得文人学士之自以为识得"正字"者,哭笑不得,因为那所谓"正字"就有许多是别字。这确是轰毁旧营垒的利器。现在已经不大有人来辩文的白不白——但"寻开心"者除外——字的别不别了,因为这会引到今文《尚书》[5],骨甲文字[6]去,麻烦得很。这就是改革者的胜利——至于这改革的损益,自然又作别论。

陈友琴先生的《死字和活字》,便是在这决战之后,重整阵容的最稳的方法,他已经不想从根本上斤斤计较字的错不错,即别不别了。他只问字的活不活;不活,就算错。他引了一段何仲英先生的《中国文字学大纲》来做自己的代表[7]——

"……古人用通借,也是写别字,也是不该。不过积古相沿,一向通行,到如今没有法子强人改正。假使个个字都能够改正,是《易经》里所说的'傒父之蛊'。纵使不能,岂可在古人写的别字以外再加许多别字呢?古人写的别字,通行到如今,全国相同,所以还可解得。今人若添写许多别字,各处用各处的方音去写,别省别县的人,就不能懂得了,后来全国的文字,必定彼此不同,这不是一种大障碍么?……"

这头几句,恕我老实的说罢,是有些可笑的。假如我们先不问有没有法子强人改正,自己先来改正一部古书试试罢,第一个问题是拿什么做"正字",《说文》,金文,[8]骨甲文,还是简直用陈先生的所谓"活字"呢?纵使大家愿意依,主张者自己先就没法改,不能"幹父之蛊"[9]。所以陈先生的代表的接着的主张是已经错定了的,就一任他错下去,但是错不得添,以免将来破坏文字的统一。是非不谈,专论利害,也并不算坏,但直白的说起来,却只是维持现状说而已。

维持现状说是任何时候都有的,赞成者也不会少,然而在任何时候都没有效,因为在实际上决定做不到。假使古时候用此法,就没有今之现状,今用此法,也就没有将来的现状,直至辽远的将来,一切都和太古无异。以文字论,则未有文字之时,就不会象形以造"文",更不会孳乳而成"字",〔10〕篆决不解散而为隶,隶更不简单化为现在之所谓"真书"〔11〕。文化的改革如长江大河的流行,无法遏止,假使能够遏止,那就成为死水,纵不干涸,也必腐败的。当然,在流行时,倘无弊害,岂不更是非常之好?然而在实际上,却断没有这样的事。回复故道的事是没有的,一定有迁移;维持现状的事也是没有的,一定有改变。有百利而无一害的事也是没有的,只可权大小。况且我们的方块字,古人写了别字,今人也写别字,可见要写别字的病根,是在方块字本身的,别字病将与方块字本身并存,除了改革这方块字之外,实在并没有救济的十全好方法。

复古是难了,何先生也承认。不过现状却也维持不下去,因为我们现在一般读书人之所谓"正字",其实不过是前清取士的规定,一切指示,都在薄薄的三本所谓"翰苑分书"的《字学举隅》〔12〕中,但二十年来,在不声不响中又有了一点改变。从古讫今,什么都在改变,但必须在不声不响中,倘一道破,就一定有窒碍,维持现状说来了,复古说也来了。这些说头自然也无效。但一时不失其为一种窒碍却也是真的,它能够使一部分的有志于改革者迟疑一下子,从招潮者变为乘潮者。

我在这里,要说的只是维持现状说听去好像很稳健,但实际上却是行不通的,史实在不断的证明着它只是一种"并无其事":仅在这一些。

三月二十一日。

* * *

〔1〕 本篇最初发表于1935年4月20日上海《芒种》半月刊第一卷第四期,署名旅隼。

〔2〕 议论写别字 1933年10月,刘半农在《论语》第二十六期发表的《阅卷杂诗(六首)》,对当年北京大学招考时学生在国文试卷中所写的别字大加嘲弄。鲁迅在同年10月16日《申报·自由谈》发表《"感旧"以后(下)》(后收入《准风月谈》),对刘的这种态度进行了批评;接着曹聚仁就"别字"问题在10月22日、28日《申报·自由谈》发表了《谈"别字"》和《再张目一下——续谈别字》两篇文章。

〔3〕 提倡手头字 1935年初,一部分文化教育界人士及杂志社曾发起推行手头字运动,主张将手头字正式用于出版物,并发表了第一期推行的三百个字,都较出版物中所用文字笔画减省。据他们发表的《推行手头字缘起》说,手头字是"手头上大家都这么写,可是书本上并不这么印"的字。

〔4〕 陈友琴(1902—1996) 安徽南陵人。当时是上海务本女子中学教员。他的《活字与死字》发表于1935年3月16日、18日、19日的《申报·自由谈》。

〔5〕 今文《尚书》 《尚书》是我国上古历史文件和部分追记古代事迹著作的汇编,为儒家经典之一。有今文、古文之别:今文《尚书》系汉初伏胜所传,欧阳氏及大小夏侯氏所习,以汉代当时通行的隶书抄写;古文《尚书》传为汉代孔安国在孔子宅壁中所得,用秦汉以前的古文字书写(后来流传的古文《尚书》,相传为东晋梅赜伪造)。据《汉书·

艺文志》称："刘向以中古文校欧阳、大小夏侯三家经文，……文字异者七百有余。"

〔6〕 骨甲文字　即甲骨文，又称"卜辞"，殷商时代在龟甲和兽骨上所刻记载占卜情况的文字，1899年始于河南安阳（殷代故都）发现，是我国目前所见最早的文字。

〔7〕 陈友琴在《活字与死字》一文中说："所谓'活字'者，就是大多数认识文字的人所公认的字……识字太多的朋友，搬出许多奇字僻字古字，与实际运用文字的需要全不相干，我对于这一类的字，一概谥以佳号曰'死字'。"最后又说："我觉得我们的同行何仲英先生（按陈、何当时都是教员）的话，可以做我的代表。"《中国文字学大纲》，1922年2月商务印书馆出版。

〔8〕《说文》《说文解字》的略称。东汉许慎撰，我国第一部系统介绍汉字形、音、义的著作。金文，又称"钟鼎文"，是殷、周到汉代青铜器上铸刻的记事文字。

〔9〕 "幹父之蛊"　语出《周易·蛊》初六："幹父之蛊，有子，考无咎。"三国时魏国王弼注："幹父之事，能承先轨，堪其任者也。"后称儿子能完成父亲所未竟的事业，因而掩盖了父亲的过错为"幹蛊"。

〔10〕 关于"文"和"字"的这一解释，原出《说文解字·序目》中，原文是："仓颉之初作书，盖依类象形，故谓之文，其后形声相益，即谓之字；字者，言孳乳而浸多也。"

〔11〕 关于篆、隶、"真书"（楷书），是汉字演进过程中先后出现的几种字体的名称。篆书分大篆小篆，大篆是从西周到战国通行的字体，但各国有异。秦始皇时统一字体，称为小篆。隶书开始于秦代，把小篆匀圆的笔画稍改平直，到汉代才出现平直扁正的正式的隶书。楷书始于汉末，以后取代隶书，通行至今。

〔12〕《字学举隅》 清代龙启瑞编,是一部"辨正通俗文字"的书,分"辨似、正讹、摘误"三类。此书刻本的字体,系由翰林二十余人分写而成,故称"翰苑分书"。

田军作《八月的乡村》序[1]

爱伦堡(Ilia Ehrenburg)[2]论法国的上流社会文学家之后,他说,此外也还有一些不同的人们:"教授们无声无息地在他们的书房里工作着,实验 X 光线疗法的医生死在他们的职务上,奋身去救自己的伙伴的渔夫悄然沉没在大洋里面。……一方面是庄严的工作,另一方面却是荒淫与无耻。"

这末两句,真也好像说着现在的中国。然而中国是还有更其甚的呢。手头没有书,说不清见于那里的了,也许是已经汉译了的日本箭内亘[3]氏的著作罢,他曾经一一记述了宋代的人民怎样为蒙古人所淫杀,俘获,践踏和奴使。然而南宋的小朝廷却仍旧向残山剩水间的黎民施威,在残山剩水间行乐;逃到那里,气焰和奢华就跟到那里,颓靡和贪婪也跟到那里。"若要官,杀人放火受招安;若要富,跟着行在卖酒醋。"[4]这是当时的百姓提取了朝政的精华的结语。

人民在欺骗和压制之下,失了力量,哑了声音,至多也不过有几句民谣。"天下有道,则庶人不议。"[5]就是秦始皇隋炀帝,他会自承无道么?百姓就只好永远箝口结舌,相率被杀,被奴。这情形一直继续下来,谁也忘记了开口,但也许不能开口。即以前清末年而论,大事件不可谓不多了:雅片战争,中法战争,中日战争,戊戌政变,义和拳变,八国联军,以至民元革命。然而我们没有一部像样的历史的著作,更不必说文学作品了。"莫谈国事",是我们做小民的本分。

我们的学者[6]也曾说过:要征服中国,必须征服中国民族的心。其实,中国民族的心,有些是早给我们的圣君贤相武将帮闲之辈征服了的。近如东三省被占之后,听说北平富户,就不愿意关外的难民来租房子,因为怕他们付不出房租。在南方呢,恐怕义军的消息,未必能及鞭毙土匪,蒸骨验尸,阮玲玉[7]自杀,姚锦屏化男[8]的能够耸动大家的耳目罢?"一方面是庄严的工作,另一方面却是荒淫与无耻。"

但是,不知道是人民进步了,还是时代太近,还未湮没的缘故,我却见过几种说述关于东三省被占的事情的小说。这《八月的乡村》,即是很好的一部,虽然有些近乎短篇的连续,结构和描写人物的手段,也不能比法捷耶夫的《毁灭》[9],然而严肃,紧张,作者的心血和失去的天空,土地,受难的人民,以至失去的茂草,高粱,蝈蝈,蚊子,搅成一团,鲜红的在读者眼前展开,显示着中国的一份和全部,现在和未来,死路与活路。凡有人心的读者,是看得完的,而且有所得的。

"要征服中国民族,必须征服中国民族的心!"但这书却于"心的征服"有碍。心的征服,先要中国人自己代办。宋曾以道学替金元治心,明曾以党狱替满清箝口。这书当然不容于满洲帝国[10],但我看也因此当然不容于中华民国。这事情很快的就会得到实证。如果事实证明了我的推测并没有错,那也就证明了这是一部很好的书。

好书为什么倒会不容于中华民国呢?那当然,上面已经说过几回了——

"一方面是庄严的工作,另一方面却是荒淫与无耻!"

这不像序。但我知道,作者和读者是决不和我计较这些的。

一九三五年三月二十八日之夜,鲁迅读毕记。

* * *

〔1〕 本篇最初印入《八月的乡村》。

田军(1907—1988),原名刘鸿霖,笔名萧军、田军等,辽宁义县人,小说家。《八月的乡村》是他的长篇小说,《奴隶丛书》之一,1935年8月奴隶社出版,假托"上海容光书局"发行。

〔2〕 爱伦堡(И. Г. Эренбург,1891—1967) 苏联作家。这里的引文见于他所作的《最后的拜占庭人》一文(据黎烈文译文,载1935年3月《译文》月刊第二卷第一期,改题为《论莫洛亚及其他》)。

〔3〕 箭内亘(1875—1926) 日本史学家。著有《蒙古史研究》、《元朝制度考》、《元代经略东北考》等。

〔4〕 这是南宋时流传的民谣,见于南宋庄季裕《鸡肋编》。

〔5〕 "天下有道,则庶人不议" 孔子的话,语出《论语·季氏》。据朱熹《集注》:"上无失政,则下无私议,非箝其口使不敢言也。"

〔6〕 指胡适。1933年3月18日,他在北平对新闻记者的谈话中说:"日本只有一个方法可以征服中国,即悬崖勒马,彻底停止侵略中国,反过来征服中国民族的心。"(见3月22日《申报·北平通讯》)

〔7〕 阮玲玉(1910—1935) 广东中山人,电影演员。因婚姻问题受到一些报纸的毁谤,于1935年3月8日自杀。参看本书《论"人言可畏"》。

〔8〕 姚锦屏化男　1935年3月间,报载东北一个二十岁的女子姚锦屏自称男身,后经医师检验,还是女性。事后她向人解释:"因欲赴新疆寻父心切,第恐女性远征,诸多不便,故不得已而出此。"

〔9〕 法捷耶夫(А. А. Фадеев,1901—1956)　苏联作家。《毁灭》是他所著的长篇小说,有鲁迅译本,1931年三闲书屋出版。

〔10〕 满洲帝国　日本帝国主义侵占我国东北后,于1932年3月在长春制造所谓"满洲国",以清废帝溥仪为"执政";1934年3月改称"满洲帝国",溥仪改称"皇帝"。

徐懋庸作《打杂集》序[1]

我觉得中国有时是极爱平等的国度。有什么稍稍显得特出,就有人拿了长刀来削平它。以人而论,孙桂云[2]是赛跑的好手,一过上海,不知怎的就萎靡不振,待到到得日本,不能跑了;阮玲玉算是比较的有成绩的明星,但"人言可畏",到底非一口气吃下三瓶安眠药片不可。自然,也有例外,是捧了起来。但这捧了起来,却不过为了接着摔得粉碎。大约还有人记得"美人鱼"[3]罢,简直捧得令观者发生肉麻之感,连看见姓名也会觉得有些滑稽。契诃夫说过:"被昏蛋所称赞,不如战死在他手里。"[4]真是伤心而且悟道之言。但中国又是极爱中庸的国度,所以极端的昏蛋是没有的,他不和你来战,所以决不会爽爽快快的战死,如果受不住,只好自己吃安眠药片。

在所谓文坛上当然也不会有什么两样:翻译较多的时候,就有人来削翻译,说它害了创作;近一两年,作短文的较多了,就又有人来削"杂文"[5],说这是作者的堕落的表现,因为既非诗歌小说,又非戏剧,所以不入文艺之林,他还一片婆心,劝人学学托尔斯泰,做《战争与和平》似的伟大的创作去。这一流论客,在礼仪上,别人当然不该说他是"昏蛋"的。批评家吗?他谦虚得很,自己不承认。攻击杂文的文字虽然也只能说是杂文,但他又决不是杂文作家,因为他不相信自己也相率而堕落。如果恭维他为诗歌小说戏剧之类的伟大的创作者,那么,恭维者之为"昏蛋"也无疑了。归根结底,不是东西而已。不是东西之谈也要算是"人言",这就使弱者觉得倒是安眠药片较为可爱的缘故。不过这并非战死。问是有人要问的:给谁害死的呢? 种种议论的结果,凶手有三位:曰,万恶的社会;曰,本人自己;曰,安眠药片。完了。

我们试去查一通美国的"文学概论"或中国什么大学的讲义,的确,总不能发现一种叫作 Tsa_wen 的东西。这真要使有志于成为伟大的文学家的青年,见杂文而心灰意懒:原来这并不是爬进高尚的文学楼台去的梯子。托尔斯泰将要动笔时,是否查了美国的"文学概论"或中国什么大学的讲义之后,明白了小说是文学的正宗,这才决心来做《战争与和平》似的伟大的创作的呢? 我不知道。但我知道中国的这几年的杂文作者,他的作文,却没有一个想到"文学概论"的规定,或者希图文学史上的位置的,他以为非这样写不可,他就这样写,因为他只知道这样的写起来,于大家有益。农夫耕田,泥匠打墙,他只为了米麦可吃,房屋可住,自己也因此有益之事,得一点不亏心的餬口之资,历史上有没有"乡下人列传"或"泥水匠列传",他向来就并没有想到。如果他只想着成什么所谓气候,他就先进大学,再出外洋,三做教授或大官,四变居士或隐逸去了。历史上很尊隐逸,《居士传》[6]不是还有专书吗,多少上算呀,噫!

但是,杂文这东西,我却恐怕要侵入高尚的文学楼台去的。小说和戏曲,中国向来是看作邪宗的,但一经西洋的"文学概论"列为正宗,我们也就奉之为宝贝,《红楼梦》《西厢记》[7]之类,在文学史上竟和《诗经》《离骚》并列了。杂文中之一体的随笔,因为有人说它近于英国的Essay[8],有些人也就顿首再拜,不敢轻薄。寓言和演说,好像是卑微的东西,但伊索和契开罗[9],不是坐在希腊罗马文学史上吗?杂文发展起来,倘不赶紧削,大约也未必没有扰乱文苑的危险。以古例今,很可能的,真不是一个好消息。但这一段话,我是和不是东西之流开开玩笑的,要使他爬耳搔腮,热剌剌的觉得他的世界有些灰色。前进的杂文作者,倒决不计算着这些。

其实,近一两年来,杂文集的出版,数量并不及诗歌,更其赶不上小说,慨叹于杂文的泛滥,还是一种胡说八道。只是作杂文的人比先前多几个,却是真的,虽然多几个,在四万万人口里面,算得什么,却就要谁来疾首蹙额?中国也真有一班人在恐怕中国有一点生气;用比喻说:此之谓"虎伥"[10]。

这本集子的作者先前有一本《不惊人集》[11],我只见过一篇自序;书呢,不知道那里去了。这一回我希望一定能够出版,也给中国的著作界丰富一点。我不管这本书能否入于文艺之林,但我要背出一首诗来比一比:"夫子何为者?栖栖一代中。地犹鄹氏邑,宅接鲁王宫。叹凤嗟身否,伤麟怨道穷。今看两楹奠,犹与梦时同。"这是《唐诗三百首》[12]里的第一首,是"文学概论"诗歌门里的所谓"诗"。但和我们不相干,那里能够及得这些杂文的和现在切贴,而且生动,泼剌,有益,而且也能移人情。能移人情,对不起得很,就不免要搅乱你们的文苑，至少，是将不是东西之流的唾向杂文的许多唾沫，一脚就踏得无踪无影了，只剩下一张满是油汗兼雪花膏的嘴脸。

这嘴脸当然还可以唠叨，说那一首"夫子何为者"并非好诗，并且时代也过去了。但是，文学正宗的招牌呢？"文艺的永久性"呢？

我是爱读杂文的一个人，而且知道爱读杂文还不只我一个，因为它"言之有物"。我还更乐观于杂文的开展，日见其斑斓。第一是使中国的著作界热闹，活泼；第二是使不是东西之流缩头；第三是使所谓"为艺术而艺术"的作品，在相形之下，立刻显出不死不活相。我所以极高兴为这本集子作序，并且借此发表意见，愿我们的杂文作家，勿为虎伥所迷，以为"人言可畏"，用最末的稿费买安眠药片去。

一九三五年三月三十一日，鲁迅记于上海之卓面书斋。

* * * *

〔1〕 本篇最初发表于1935年5月5日《芒种》半月刊第六期，后印入《打杂集》。

徐懋庸（1910—1977），浙江上虞人，作家，左联成员。曾编辑《新语林》半月刊和《芒种》半月刊。《打杂集》收杂文四十八篇，附录别人的文字六篇，1935年6月生活书店出版。

〔2〕 孙桂云　当时的女子短跑运动员。1930年4月上旬在杭州举行的第四届全国运动会，首次增设女子短跑项目，她代表"东特区"参赛，夺得女子五十米和一百米冠军，成绩分别为七秒四和十三秒八。

〔3〕 "美人鱼"　当时女游泳运动员杨秀琼的绰号。杨秀琼

(1918—1982),广东东莞人。1933年和1934年先后参加中国第五届全运会、第十届远东运动会,取得多项游泳冠军。有一段时期报纸上连日刊登关于她的消息,其中有国民党政府行政院秘书长褚民谊为她拉缰和挥扇等记事。

〔4〕 这句话见于契诃夫遗著《随笔》。

〔5〕 削"杂文" 这里是指林希隽,他在《杂文和杂文家》(发表于1934年9月《现代》第五卷第五期)一文中说:杂文的"意义是极端狭窄的。如果碰着文学之社会的效果之全般问题,则决不能与小说戏曲并日而语的。"又说:"无论杂文家之群如何地为杂文辩护,主观的地把杂文的价码抬得如何高,可是这堕落的事实是不容掩讳的。"最后还说:"俄国为什么能够有《和平与战争》这类伟大的作品的产生?……而我们的作家呢,岂就永远写写杂文而引为莫大的满足么?"

〔6〕《居士传》 清代彭际清著,五十六卷。全书共有传记五十六篇,列名者三百人,系采辑史传、各家文集及佛家杂说而成。

〔7〕《西厢记》 杂剧,元代王实甫著。

〔8〕 Essay 英语:随笔、小品文、短论等。

〔9〕 伊索(Aesop,约前六世纪) 相传是古希腊寓言作家,现在流传的《伊索寓言》,共有三百余篇,系后人编集。契开罗(M. T. Cicero,前106—前43),通译西塞罗。古罗马政治家及演说家。《伊索寓言》和《西塞罗文录》,我国均有译本出版。

〔10〕 "虎伥" 又作"伥鬼",旧时迷信传说,人被虎吃掉后,其"鬼魂"反助虎吃人,称为"虎伥"或"伥鬼"。唐代裴铏《传奇·马拯》:"此是伥鬼,被虎所食之人也,为虎前呵道耳。"

〔11〕《不惊人集》 徐懋庸的杂文集,当时因国民党图书杂志审查委员会不予通过,未能出版,后于1937年7月由上海千秋出版社印

行。它的自序以《〈不惊人集〉前记》为题,曾发表于1934年6月20日《人间世》半月刊第六期。

〔12〕 《唐诗三百首》 八卷,清代蘅塘退士(孙洙)编。"夫子何为者"一诗是卷五"五言律诗"的第一首,题为《经鲁祭孔子而叹之》,唐玄宗(李隆基)作。第四句中的"接"字一作"即";末句中的"犹"字一作"当"。

人生识字胡涂始[1]

中国的成语只有"人生识字忧患始"[2],这一句是我翻造的。

孩子们常常给我好教训,其一是学话。他们学话的时候,没有教师,没有语法教科书,没有字典,只是不断的听取,记住,分析,比较,终于懂得每个词的意义,到得两三岁,普通的简单的话就大概能够懂,而且能够说了,也不大有错误。小孩子往往喜欢听人谈天,更喜欢陪客,那大目的,固然在于一同吃点心,但也为了爱热闹,尤其是在研究别人的言语,看有什么对于自己有关系——能懂,该问,或可取的。

我们先前的学古文也用同样的方法,教师并不讲解,只要你死读,自己去记住,分析,比较去。弄得好,是终于能够有些懂,并且竟也可以写出几句来的,然而到底弄不通的也多得很。自以为通,别人也以为通了,但一看底细,还是并不怎么通,连明人小品都点不断的,又何尝少有?[3] 人们学话,从高等华人以至下等华人,只要不是聋子或哑子,学不会的是几乎没有的,一到学文,就不同了,学会的恐怕不过极少数,就是所谓学会了的人们之中,请恕我坦白的再来重复的说一句罢,大约仍然胡胡涂涂的还是很不少。这自然是古文作怪。因为我们虽然拚命的读古文,但时间究竟是有限的,不像说话,整天的可以听见；而且所读的书，也许是《庄子》和《文选》[4]呀，《东莱博议》呀，《古文观止》[5]呀，从周朝人的文章，一直读到明朝人的文章，非常驳杂，脑子给古今各种马队践踏了一通之后，弄得乱七八遭，但蹄迹当然是有些存留的，这就是所谓"有所得"。这一种"有所得"当然不会清清楚楚，大概是似懂非懂的居多，所以自以为通文了，其实却没有通，自以为识字了，其实也没有识。自己本是胡涂的，写起文章来自然也胡涂，读者看起文章来，自然也不会倒明白。然而无论怎样的胡涂文作者，听他讲话，却大抵清楚，不至于令人听不懂的——除了故意大显本领的讲演之外。因此我想，这"胡涂"的来源，是在识字和读书。

例如我自己，是常常会用些书本子上的词汇的。虽然并非什么冷僻字，或者连读者也并不觉得是冷僻字。然而假如有一位精细的读者，请了我去，交给我一枝铅笔和一张纸，说道，"您老的文章里，说过这山是'崚嶒'的，那山是'巉岩'的，那究竟是怎么一副样子呀？您不会画画儿也不要紧，就钩出一点轮廓来给我看看罢。请，请，请……"这时我就会腋下出汗，恨无地洞可钻。因为我实在连自己也不知道"崚嶒"和"巉岩"究竟是什么样子，这形容词，是从旧书上钞来的，向来就并没有弄明白，一经切实的考查，就糟了。此外如"幽婉"，"玲珑"，"蹒跚"，"喽啰"……之类，还多得很。

说是白话文应该"明白如话"，已经要算唱厌了的老调了，但其实，现在的许多白话文却连"明白如话"也没有做到。倘要明白，我以为第一是在作者先把似识非识的字放弃，从活人的嘴上,采取有生命的词汇,搬到纸上来;也就是学学孩子,只说些自己的确能懂的话。至于旧语的复活,方言的普遍化,那自然也是必要的,但一须选择,二须有字典以确定所含的意义,这是另一问题,在这里不说它了。

四月二日。

※　　※　　※

〔1〕 本篇最初发表于1935年5月《文学》月刊第四卷第五号"文学论坛"栏,署名庚。

〔2〕 "人生识字忧患始"　宋代苏轼《石苍舒醉墨堂》一诗中的句子:"人生识字忧患始,姓名粗记可以休。"

〔3〕 指林语堂、刘大杰等。当时出版的刘大杰标点、林语堂校阅的《袁中郎全集》、刘大杰校点的张岱《琅嬛文集》等,其中有不少断句错误。参看《花边文学·骂杀与捧杀》和本书《"题未定"草(六)》等。

〔4〕 《庄子》　战国时道家学派的代表人物庄周及其后学的著作集。《文选》,即《昭明文选》,共三十卷,南朝梁昭明太子萧统编选的自秦汉至齐梁的诗文总集。1933年9月《大晚报》征求"推荐书目"时,施蛰存曾提倡青年读这些书。作者在《准风月谈·重三感旧》等文中曾予批评,可参看。

〔5〕 《东莱博议》　宋代吕祖谦著,是一部取《左传》中史事加以评论的文集。旧本题为《东莱左氏博议》,共二十五卷,一六八篇。后来通行的是明人删节本,只十二卷,八十六篇。《古文观止》,清代吴楚材、吴调侯编选的古文读本,共十二卷,收自先秦至明代的文章二二二篇。

"文人相轻"[1]

老是说着同样的一句话是要厌的。在所谓文坛上,前年嚷过一回"文人无行"[2],去年是闹了一通"京派和海派"[3],今年又出了新口号,叫作"文人相轻"[4]。

对于这风气,口号家很愤恨,他的"真理哭了"[5],于是大声疾呼,投一切"文人"以轻蔑。"轻蔑",他是最憎恶的,但因为他们"相轻",损伤了他理想中的一道同风的天下,害得他自己也只好施行轻蔑术了。自然,这是"即以其人之道,还治其人之身"[6],是古圣人的良法,但"相轻"的恶弊,可真也不容易除根。

我们如果到《文选》里去找词汇[7]的时候,大概是可以遇着"文人相轻"这四个字的,拾来用用,似乎也还有些漂亮。然而,曹聚仁[8]先生已经在《自由谈》(四月九日至十一日)上指明,曹丕之所谓"文人相轻"者,是"文非一体,鲜能备善,是以各以所长,相轻所短",凡所指摘,仅限于制作的范围。一切别的攻击形体,籍贯,诬赖,造谣,以至施蛰存[9]先生式的"他自己也是这样的呀",或魏金枝[10]先生式的"他的亲戚也和我一样了呀"之类,都不在内。倘把这些都作为曹丕所说的"文人相轻",是混淆黑白,真理虽然大哭,倒增加了文坛的黑暗的。

我们如果到《庄子》里去找词汇,大概又可以遇着两句宝贝的教训:"彼亦一是非,此亦一是非"[11],记住了来作危急之际的护身符,似乎也不失为漂亮。然而这是只可暂时口说,难以永远实行的。喜欢引用这种格言的人,那精神的相距之远,更甚于叭儿之与老聃[12],这里不必说它了。就是庄生自己,不也在《天下篇》里,历举了别人的缺失,以他的"无是非"轻了一切"有所是非"的言行吗?[13]要不然,一部《庄子》,只要"今天天气哈哈哈……"七个字就写完了。

　　但我们现在所处的并非汉魏之际,也不必恰如那时的文人,一定要"各以所长,相轻所短"。凡批评家的对于文人,或文人们的互相评论,各各"指其所短,扬其所长"固可,即"掩其所短,称其所长"亦无不可。然而那一面一定得有"所长",这一面一定得有明确的是非,有热烈的好恶。假使被今年新出的"文人相轻"这一个模模胡胡的恶名所吓昏,对于充风流的富儿,装古雅的恶少,销淫书的瘪三,无不"彼亦一是非,此亦一是非",一律拱手低眉,不敢说或不屑说,那么,这是怎样的批评家或文人呢?——他先就非被"轻"不可的!

四月十四日。

*　　　*　　　*

　〔1〕　本篇最初发表于1935年5月《文学》月刊第四卷第五号"文学论坛"栏,署名隼。

　〔2〕　"文人无行"　1933年3月9日《大晚报》副刊《辣椒与橄榄》上刊载有若谷的《恶癣》一文,文中把一些作家生活上的某些癖习都

说成是"恶癖",是"文人无行"的表现。参看《伪自由书·文人无文》及其备考。

〔3〕 "京派和海派" 参看《花边文学·"京派"与"海派"》和本书《"京派"和"海派"》及其注〔2〕。

〔4〕 "文人相轻" 原语出自三国魏曹丕《典论·论文》:"文人相轻,自古而然。"1935年1月《论语》第五十七期刊载林语堂的《做文与做人》一文,把文艺界的论争都说成是"文人相轻"。文中说:"文人好相轻,与女子互相评头品足相同。……于是白话派骂文言派,文言派骂白话派,民族文学派骂普罗,普罗骂第三种人,大家争营对垒,成群结党,一枪一矛,街头巷尾,报上屁股,互相臭骂……原其心理,都是大家要取媚于世。"

〔5〕 "真理哭了" 此语出处未详。

〔6〕 "即以其人之道,还治其人之身" 语出朱熹《中庸》第十三章注文。

〔7〕 到《文选》里去找词汇 施蛰存在1933年10月8日《申报·自由谈》发表的《〈庄子〉与〈文选〉》一文中说,他所以推荐这两部书,是因为"从这两部书中可以参悟一点做文章的方法,同时也可以扩大一点字汇。"

〔8〕 曹聚仁(1900—1972) 浙江浦江人,作家。曾任暨南大学教授和《涛声》周刊主编。著有《我与我的世界》、《鲁迅评传》等。这里提到他的文章,题目是《论"文人相轻"》,其中曾引用曹丕《典论·论文》中的话。曹丕(187—226),字子桓,沛国谯(今安徽亳县)人,曹操的次子。建安二十五年(220)废汉献帝而自立为帝,即魏文帝。他爱好文学,除诗作外,兼擅批评,所著《典论》五卷,已佚,其中《论文》一篇,收于《文选》卷五十二。

〔9〕 施蛰存(1905—2003) 浙江杭州人,作家。曾主编《现代》月刊、《文饭小品》等。1933年他在《大晚报》上向青年推荐《庄子》与《文选》,并说他正在读佛经,受到鲁迅批评。他在一些答辩文章中,说鲁迅也曾捐资重刻《百喻经》,"玩木刻,考究版本,……以骈体文为白话书信作序"等。暗指鲁迅"自己也是这样的"。参看《准风月谈》中《"感旧"以后(上)》、《扑空》、《答"兼示"》等文所附施蛰存各文。

〔10〕 魏金枝 参看本书第52页注〔72〕。他在《文饭小品》第三期(1935年4月)发表的《再说"卖文"》中说,在一次宴会上,茅盾"问我为什么到教会学校去教书。语意之间,似乎颇为不屑","但日子过得不多,……茅盾的一个亲戚,想到我在教书的教会学校里来找事做了"。

〔11〕 "彼亦一是非,此亦一是非" 语出《庄子·齐物论》。在关于《庄子》与《文选》的论争中,施蛰存于1933年10月20日《申报·自由谈》发表《致黎烈文先生书》,声称"我不想使自己不由自主地被卷入漩涡,所以我不再说什么话了",并在最后说"此亦一是非,彼亦一是非,唯无是非观,庶几免是非"。

〔12〕 老聃 即老子(约前571—?),姓李名耳,字伯阳,外字(号)聃,春秋时楚国人,道家学派的创始人。

〔13〕《庄子·天下篇》说:"墨翟、禽滑釐之意则是,其行则非也。"又说:"宋钘、尹文……其为人太多,其自为太少。"又说:"彭蒙之师……所言之韪(是),不免于非。"

"京派"和"海派"[1]

去年春天,京派大师曾经大大的奚落了一顿海派小丑,海派小丑也曾经小小的回敬了几手[2],但不多久,就完了。文滩上的风波,总是容易起,容易完,倘使不容易完,也真的不便当。我也曾经略略的赶了一下热闹[3],在许多唇枪舌剑中,以为那时我发表的所说,倒也不算怎么分析错了的。其中有这样的一段——

"……北京是明清的帝都,上海乃各国之租界,帝都多官,租界多商,所以文人之在京者近官,没海者近商,近官者在使官得名,近商者在使商获利,而自己亦赖以糊口。要而言之:不过'京派'是官的帮闲,'海派'则是商的帮忙而已。……而官之鄙商,固亦中国旧习,就更使'海派'在'京派'眼中跌落了。……"

但到得今年春末,不过一整年带点零,就使我省悟了先前所说的并不圆满。目前的事实,是证明着京派已经自己贬损,或是把海派在自己眼睛里抬高,不但现身说法,演述了派别并不专与地域相关,而且实践了"因为爱他,所以恨他"的妙语。当初的京海之争,看作"龙虎斗"固然是错误,就是认为有一条官商之界也不免欠明白。因为现在已经清清楚楚,到底搬出一碗不过黄鳝田鸡,炒在一起的苏式菜——"京海杂烩"

来了。

实例,自然是琐屑的,而且自然也不会有重大的例子。举一点罢。一,是选印明人小品的大权,分给海派来了;以前上海固然也有选印明人小品的人,但也可以说是冒牌的,这回却有了真正老京派的题签[4],所以的确是正统的衣钵。二,是有些新出的刊物[5],真正老京派打头,真正小海派煞尾了;以前固然也有京派开路的期刊,但那是半京半海派所主持的东西,和纯粹海派自说是自掏腰包来办的出产品颇有区别的。要而言之:今儿和前儿已不一样,京海两派中的一路,做成一碗了。

到这里要附带一点声明:我是故意不举出那新出刊物的名目来的。先前,曾经有人用过"某"字,什么缘故我不知道。但后来该刊的一个作者在该刊上说,他有一位"熟悉商情"的朋友,以为这是因为不替它来作广告。[6]这真是聪明的好朋友,不愧为"熟悉商情"。由此启发,子细一想,他的话实在千真万确:被称赞固然可以代广告,被骂也可以代广告,张扬了荣是广告,张扬了辱又何尝非广告。例如罢,甲乙决斗,甲赢,乙死了,人们固然要看杀人的凶手,但也一样的要看那不中用的死尸,如果用芦席围起来,两个铜板看一下,准可以发一点小财的。我这回的不说出这刊物的名目来,主意却正在不替它作广告,我有时很不讲阴德,简直要妨碍别人的借死尸敛钱。然而,请老实的看官不要立刻责备我刻薄。他们那里肯放过这机会,他们自己会敲了锣来承认的。

声明太长了一点了。言归正传。我要说的是直到现在,由事实证明，我才明白了去年京派的奚落海派，原来根柢上并不是奚落，倒是路远迢迢的送来的秋波。

文豪，究竟是有真实本领的，法朗士做过一本《泰绮思》[7]，中国已有两种译本了，其中就透露着这样的消息。他说有一个高僧在沙漠中修行，忽然想到亚历山大府的名妓泰绮思，是一个贻害世道人心的人物，他要感化她出家，救她本身，救被惑的青年们，也给自己积无量功德。事情还算顺手，泰绮思竟出家了，他恨恨的毁坏了她在俗时候的衣饰。但是，奇怪得很，这位高僧回到自己的独房里继续修行时，却再也静不下来了，见妖怪，见裸体的女人。他急遁，远行，然而仍然没有效。他自己是知道因为其实爱上了泰绮思，所以神魂颠倒了的，但一群愚民，却还是硬要当他圣僧，到处跟着他祈求，礼拜，拜得他"哑子吃黄连"——有苦说不出。他终于决计自白，跑回泰绮思那里去，叫道"我爱你！"然而泰绮思这时已经离死期不远，自说看见了天国，不久就断气了。

不过京海之争的目前的结局，却和这一本书的不同，上海的泰绮思并没有死，她也张开两条臂膊，叫道"来嘘！"于是——团圆了。

《泰绮思》的构想，很多是应用弗洛伊特[8]的精神分析学说的，倘有严正的批评家，以为算不得"究竟是有真实本领"，我也不想来争辩。但我觉得自己却真如那本书里所写的愚民一样，在没有听到"我爱你"和"来嘘"之前，总以为奚落单是奚落，鄙薄单是鄙薄，连现在已经出了气的弗洛伊特学说也想不到。

到这里又要附带一点声明：我举出《泰绮思》来，不过取其事迹，并非处心积虑，要用妓女来比海派的文人。这种小说中的人物，是不妨随意改换的，即改作隐士，侠客，高人，公主，大少，小老板之类，都无不可。况且泰绮思其实也何可厚非。她在俗时是泼剌的活，出家后就刻苦的修，比起我们的有些所谓"文人"，刚到中年，就自叹道"我是心灰意懒了"的死样活气来，实在更其像人样。我也可以自白一句：我宁可向泼剌的妓女立正，却不愿意和死样活气的文人打棚〔9〕。

至于为什么去年北京送秋波，今年上海叫"来嚄"了呢？说起来，可又是事前的推测，对不对很难定了。我想：也许是因为帮闲帮忙，近来都有些"不景气"，所以只好两界合办，把断砖，旧袜，皮袍，洋服，巧克力，梅什儿……之类，凑在一处，重行开张，算是新公司，想借此来新一下主顾们的耳目罢。

　　　　　　　　　　　　　　　　四月十四日。

＊　　　＊　　　＊

　　〔1〕　本篇最初发表于1935年5月5日《太白》半月刊第二卷第四期，署名旅隼。

　　〔2〕　指关于"京派和海派"的争论。1933年10月18日天津《大公报·文艺副刊》发表了沈从文的《文学者的态度》一文，讥笑在上海的作家。12月1日苏汶在上海《现代》第四卷第二期发表《文人在上海》一文加以反驳。接着，沈从文又发表《论"海派"》等文。此后，报刊上就展开了所谓"京派"与"海派"的争论。

　　〔3〕　指《"京派"与"海派"》一文，后收入《花边文学》。

〔4〕 老京派的题签　1935年出版的施蛰存编的《晚明二十家小品》,封面有当时在北平的周作人的题签;文中所说的"真正老京派",即指周作人。

〔5〕 新出的刊物　指1935年2月创刊的《文饭小品》月刊,康嗣群编辑,施蛰存发行。它是由施筹款创办的。该刊第三期(1935年4月5日)第一篇文章是知堂(周作人)的《食味杂咏注》,最末一篇是施蛰存的《无相庵断残录》。文中所说"以前固然也有京派开路的期刊",指林语堂主编的《人间世》半月刊,该刊创刊号(1934年4月5日)卷首刊有周作人的《五秩自寿诗》。

〔6〕《文饭小品》第二期(1935年3月)发表署名酉生的《某刊物》一文,其中说《太白》半月刊第十一期有评论《文饭小品》的两篇小文,"文章一开头都是'某刊物创刊号'那么一句。这地方,我觉得未免'太'不坦'白'了。""有一位熟悉商情的朋友来看了,他说:'……他们如果在文章中写明了《文饭小品》字样,岂不就等于替你登了广告?'"

〔7〕 法朗士(A. France,1844—1924)　法国作家。《泰绮思》,长篇小说,作于1891年。它的两种中译本是:《黛丝》,杜衡译,1928年开明书店出版;《女优泰绮思》,徐蔚南译,1929年世界书局出版。

〔8〕 弗洛伊特(S. Freud,1856—1939)　奥地利精神病学家,精神分析学说的创立者。这种学说认为文学、艺术、哲学、宗教等一切精神现象,都是人们因受压抑而潜藏在下意识里的某种"生命力"(Libido),特别是性欲的潜力所产生的。

〔9〕 打棚　上海方言,开玩笑的意思。

镰田诚一墓记[1]

君以一九三〇年三月至沪,出纳图书,既勤且谨,兼修绘事,斐然有成。中遭艰巨,笃行靡改,扶危济急,公私两全。越三三年七月,因病归国休养,方期再造,展其英才,而药石无灵,终以不起,年仅二十有八。呜呼,昊天难测,蕙荃早摧,晔晔青春,永闷玄壤,忝居友列,衔哀记焉。

一九三五年四月二十二日,会稽鲁迅撰。

* * *

〔1〕 本篇在收入本书前未在报刊上发表过。

镰田诚一(1905—1934),日本人,内山书店职员。参看本书《后记》。

弄堂生意古今谈[1]

"薏米杏仁莲心粥!"

"玫瑰白糖伦教糕!"

"虾肉馄饨面!"

"五香茶叶蛋!"

这是四五年前,闸北一带弄堂内外叫卖零食的声音,假使当时记录了下来,从早到夜,恐怕总可以有二三十样。居民似乎也真会化零钱,吃零食,时时给他们一点生意,因为叫声也时时中止,可见是在招呼主顾了。而且那些口号也真漂亮,不知道他是从《昭明文选》或《晚明小品》[2]里找过词汇的呢,还是怎么的,实在使我似的初到上海的乡下人,一听到就有馋涎欲滴之概,"薏米杏仁"而又"莲心粥",这是新鲜到连先前的梦里也没有想到的。但对于靠笔墨为生的人们,却有一点害处,假使你还没有练到"心如古井",就可以被闹得整天整夜写不出什么东西来。

现在是大不相同了。马路边上的小饭店,正午傍晚,先前为长衫朋友所占领的,近来已经大抵是"寄沉痛于幽闲"[3];老主顾呢,坐到黄包车夫的老巢的粗点心店里面去了。至于车夫,那自然只好退到马路边沿饿肚子,或者幸而还能够咬侉饼。弄堂里的叫卖声,说也奇怪,竟也和古代判若天渊,卖零食的当然还有,但不过是橄榄或馄饨,却很少遇见那些"香艳肉感"的"艺术"的玩意了。嚷嚷呢,自然仍旧是嚷嚷的,只要上海市民存在一日,嚷嚷是大约决不会停止的。然而现在却切实了不少:麻油,豆腐,润发的刨花,晒衣的竹竿;方法也有改进,或者一个人卖袜,独自作歌赞叹着袜的牢靠。或者两个人共同卖布,交互唱歌颂扬着布的便宜。但大概是一直唱着进来,直达弄底,又一直唱着回去,走出弄外,停下来做交易的时候,是很少的。

偶然也有高雅的货色:果物和花。不过这是并不打算卖给中国人的,所以他用洋话:

"Ringo, Banana, Appulu-u, Appulu-u-u!"[4]

"Hana 呀 Hana-a-a! Ha-a-na-a-a!"[5]

也不大有洋人买。

间或有算命的瞎子,化缘的和尚进弄来,几乎是专攻娘姨们的,倒还是他们比较的有生意,有时算一命,有时卖掉一张黄纸的鬼画符。但到今年,好像生意也清淡了,于是前天竟出现了大布置的化缘。先只听得一片鼓钹和铁索声,我正想做"超现实主义"的语录体诗[6],这么一来,诗思被闹跑了,寻声看去,原来是一个和尚用铁钩钩在前胸的皮上,钩柄系有一丈多长的铁索,在地上拖着走进弄里来,别的两个和尚打着鼓和钹。但是,那些娘姨们,却都把门一关,躲得一个也不见了。这位苦行的高僧,竟连一个铜子也拖不去。

事后,我探了探她们的意见,那回答是:"看这样子,两角钱是打发不走的。"

独唱,对唱,大布置,苦肉计,在上海都已经赚不到大钱,一面固然足征洋场上的"人心浇薄",但一面也可见只好去"复兴农村"〔7〕了,唔。

四月二十三日。

* * *

〔1〕 本篇最初发表于1935年5月上海《漫画生活》月刊第九期,署名康郁。

〔2〕 《昭明文选》 参看本书第88页注〔4〕。《晚明小品》,隐指施蛰存编的《晚明二十家小品》,1935年上海光明书局出版。

〔3〕 "寄沉痛于幽闲" 这是林语堂的话。周作人的《五秩自寿诗》于《人间世》创刊号(1934年4月)发表后,林语堂随即在4月26日《申报·自由谈》发表了《周作人诗读法》一文,其中说:"昨得周先生与《人间世》稿,内附短简云:'……得刘大杰先生来信,谓读拙诗不禁凄然泪下,此种看法,吾甚佩服。'吾复周先生信,虽无存稿,大意如下:'……此诗自是如此看法,寄沉痛于幽闲,但世间俗人太多,外间颇有訾议,听之可也。'"

〔4〕 Ringo 日语"林檎"(苹果)的语音。Banana,日语"香蕉"的语音。Appulu,日语外来词"苹果"的语音。

〔5〕 Hana,日语"花"的语音。

〔6〕 "超现实主义" 第一次世界大战后开始流行于西欧的一种反现实主义的文艺流派。语录体,我国古代一种记录传道、授业时的问答口语而不重修饰的文体。这里是对林语堂的讽刺,当时林语堂提倡脱离现实的"幽默"、"性灵"文学和语录体诗文。

〔7〕 "复兴农村" 1933年4月13日国民党政府行政院决定设立"复兴农村委员会",发起农村复兴运动。

不应该那么写[1]

凡是有志于创作的青年,第一个想到的问题,大概总是"应该怎样写?"现在市场上陈列着的"小说作法","小说法程"之类,就是专掏这类青年的腰包的。然而,好像没有效,从"小说作法"学出来的作者,我们至今还没有听到过。有些青年是设法去问已经出名的作者,那些答案,还很少见有什么发表,但结果是不难推想而知的:不得要领。这也难怪,因为创作是并没有什么秘诀,能够交头接耳,一句话就传授给别一个的,倘不然,只要有这秘诀,就真可以登广告,收学费,开一个三天包成文豪学校了。以中国之大,或者也许会有罢,但是,这其实是骗子。

在不难推想而知的种种答案中,大概总该有一个是"多看大作家的作品"。这恐怕也很不能满文学青年的意,因为太宽泛,茫无边际——然而倒是切实的。凡是已有定评的大作家,他的作品,全部就说明着"应该怎样写"。只是读者很不容易看出,也就不能领悟。因为在学习者一方面,是必须知道了"不应该那么写",这才会明白原来"应该这么写"的。

这"不应该那么写",如何知道呢?惠列赛耶夫[2]的《果戈理研究》第六章里,答复着这问题——

"应该这么写,必须从大作家们的完成了的作品去领会。那么,不应该那么写这一面,恐怕最好是从那同一作品的未定稿本去学习了。在这里,简直好像艺术家在对我们用实物教授。恰如他指着每一行,直接对我们这样说——'你看——哪,这是应该删去的。这要缩短,这要改作,因为不自然了。在这里,还得加些渲染,使形象更加显豁些。'"

这确是极有益处的学习法,而我们中国却偏偏缺少这样的教材。近几年来,石印的手稿是有一些了,但大抵是学者的著述或日记。也许是因为向来崇尚"一挥而就","文不加点"的缘故罢,又大抵是全本干干净净,看不出苦心删改的痕迹来。取材于外国呢,则即使精通文字,也无法搜罗名作的初版以至改定版的各种本子的。

读书人家的子弟熟悉笔墨,木匠的孩子会玩斧凿,兵家儿早识刀枪,没有这样的环境和遗产,是中国的文学青年的先天的不幸。

在没奈何中,想了一个补救法:新闻上的记事,拙劣的小说,那事件,是也有可以写成一部文艺作品的,不过那记事,那小说,却并非文艺——这就是"不应该这样写"的标本。只是和"应该那样写",却无从比较了。

四月二十三日。

* * *

〔1〕 本篇最初发表于1935年6月《文学》月刊第四卷第六号"文学论坛"栏,署名洛。

〔2〕 惠列赛耶夫（B. B. Вересаев，1867—1945） 一译魏烈萨耶夫，苏联作家，文学评论家。

在现代中国的孔夫子[1]

新近的上海的报纸,报告着因为日本的汤岛[2],孔子的圣庙落成了,湖南省主席何键[3]将军就寄赠了一幅向来珍藏的孔子的画像。老实说,中国的一般的人民,关于孔子是怎样的相貌,倒几乎是毫无所知的。自古以来,虽然每一县一定有圣庙,即文庙,但那里面大抵并没有圣像。凡是绘画,或者雕塑应该崇敬的人物时,一般是以大于常人为原则的,但一到最应崇敬的人物,例如孔夫子那样的圣人,却好像连形象也成为亵渎,反不如没有的好。这也不是没有道理的。孔夫子没有留下照相来,自然不能明白真正的相貌,文献中虽然偶有记载,但是胡说白道也说不定。若是从新雕塑的话,则除了任凭雕塑者的空想而外,毫无办法,更加放心不下。于是儒者们也终于只好采取"全部,或全无"的勃兰特[4]式的态度了。

然而倘是画像,却也会间或遇见的。我曾经见过三次:一次是《孔子家语》[5]里的插画;一次是梁启超[6]氏亡命日本时,作为横滨出版的《清议报》上的卷头画,从日本倒输入中国来的;还有一次是刻在汉朝墓石上的孔子见老子的画像。说起从这些图画上所得的孔夫子的模样的印象来,则这位先生是一位很瘦的老头子,身穿大袖口的长袍子,腰带上插着一把剑,或者腋下挟着一枝杖,然而从来不笑,非常威风凛凛的。

假使在他的旁边侍坐,那就一定得把腰骨挺的笔直,经过两三点钟,就骨节酸痛,倘是平常人,大约总不免急于逃走的了。

后来我曾到山东旅行。在为道路的不平所苦的时候,忽然想到了我们的孔夫子。一想起那具有俨然道貌的圣人,先前便是坐着简陋的车子,颠颠簸簸,在这些地方奔忙的事来,颇有滑稽之感。这种感想,自然是不好的,要而言之,颇近于不敬,倘是孔子之徒,恐怕是决不应该发生的。但在那时候,怀着我似的不规矩的心情的青年,可是多得很。

我出世的时候是清朝的末年,孔夫子已经有了"大成至圣文宣王"[7]这一个阔得可怕的头衔,不消说,正是圣道支配了全国的时代。政府对于读书的人们,使读一定的书,即四书和五经[8];使遵守一定的注释;使写一定的文章,即所谓"八股文"[9];并且使发一定的议论。然而这些千篇一律的儒者们,倘是四方的大地,那是很知道的,但一到圆形的地球,却什么也不知道,于是和四书上并无记载的法兰西和英吉利打仗而失败了。不知道为了觉得与其拜着孔夫子而死,倒不如保存自己们之为得计呢,还是为了什么,总而言之,这回是拚命尊孔的政府和官僚先就动摇起来,用官帑大翻起洋鬼子的书籍来了。属于科学上的古典之作的,则有侯失勒的《谈天》,雷侠儿的《地学浅释》,代那的《金石识别》[10],到现在也还作为那时的遗物,间或躺在旧书铺子里。

然而一定有反动。清末之所谓儒者的结晶,也是代表的大学士徐桐[11]氏出现了。他不但连算学也斥为洋鬼子的学问;他虽然承认世界上有法兰西和英吉利这些国度,但西班牙和葡萄牙的存在，是决不相信的，他主张这是法国和英国常常来讨利益，连自己也不好意思了，所以随便胡诌出来的国名。他又是一九〇〇年的有名的义和团的幕后的发动者，也是指挥者。但是义和团完全失败，徐桐氏也自杀了。政府就又以为外国的政治法律和学问技术颇有可取之处了。我的渴望到日本去留学，也就在那时候。达了目的，入学的地方，是嘉纳先生所设立的东京的弘文学院[12]；在这里，三泽力太郎先生教我水是养气和轻气所合成，山内繁雄先生教我贝壳里的什么地方其名为"外套"。这是有一天的事情。学监大久保先生集合起大家来，说：因为你们都是孔子之徒，今天到御茶之水[13]的孔庙里去行礼罢！我大吃了一惊。现在还记得那时心里想，正因为绝望于孔夫子和他的之徒，所以到日本来的，然而又是拜么？一时觉得很奇怪。而且发生这样感觉的，我想决不止我一个人。

但是，孔夫子在本国的不遇，也并不是始于二十世纪的。孟子批评他为"圣之时者也"[14]，倘翻成现代语，除了"摩登圣人"实在也没有别的法。为他自己计，这固然是没有危险的尊号，但也不是十分值得欢迎的头衔。不过在实际上，却也许并不这样子。孔夫子的做定了"摩登圣人"是死了以后的事，活着的时候却是颇吃苦头的。跑来跑去，虽然曾经贵为鲁国的警视总监[15]，而又立刻下野，失业了；并且为权臣所轻蔑，为野人所嘲弄，甚至于为暴民所包围，饿扁了肚子。弟子虽然收了三千名，中用的却只有七十二，然而真可以相信的又只有一个人。有一天，孔夫子愤慨道："道不行，乘桴浮于海，从我者,其由与?"[16]从这消极的打算上,就可以窥见那消息。然而连这一位由,后来也因为和敌人战斗,被击断了冠缨,但真不愧为由呀,到这时候也还不忘记从夫子听来的教训,说道"君子死,冠不免"[17],一面系着冠缨,一面被人砍成肉酱了。连唯一可信的弟子也已经失掉,孔子自然是非常悲痛的,据说他一听到这信息,就吩咐去倒掉厨房里的肉酱云。[18]

孔夫子到死了以后,我以为可以说是运气比较的好一点。因为他不会噜苏了,种种的权势者便用种种的白粉给他来化妆,一直抬到吓人的高度。但比起后来输入的释迦牟尼[19]来,却实在可怜得很。诚然,每一县固然都有圣庙即文庙,可是一副寂寞的冷落的样子,一般的庶民,是决不去参拜的,要去,则是佛寺,或者是神庙。若向老百姓们问孔夫子是什么人,他们自然回答是圣人,然而这不过是权势者的留声机。他们也敬惜字纸,然而这是因为倘不敬惜字纸,会遭雷殛的迷信的缘故;南京的夫子庙固然是热闹的地方,然而这是因为另有各种玩耍和茶店的缘故。虽说孔子作《春秋》而乱臣贼子惧[20],然而现在的人们,却几乎谁也不知道一个笔伐了的乱臣贼子的名字。说到乱臣贼子,大概以为是曹操,但那并非圣人所教,却是写了小说和剧本的无名作家所教的。

总而言之,孔夫子之在中国,是权势者们捧起来的,是那些权势者或想做权势者们的圣人,和一般的民众并无什么关系。然而对于圣庙,那些权势者也不过一时的热心。因为尊孔的时候已经怀着别样的目的,所以目的一达,这器具就无用,如果不达呢,那可更加无用了。在三四十年以前,凡有企图获得权势的人,就是希望做官的人,都是读"四书"和"五经",做"八股",别一些人就将这些书籍和文章,统名之为"敲门砖"。这就是说,文官考试一及第,这些东西也就同时被忘却,恰如敲门时所用的砖头一样,门一开,这砖头也就被抛掉了。孔子这人,其实是自从死了以后,也总是当着"敲门砖"的差使的。

一看最近的例子,就更加明白。从二十世纪的开始以来,孔夫子的运气是很坏的,但到袁世凯[21]时代,却又被从新记得,不但恢复了祭典,还新做了古怪的祭服,使奉祀的人们穿起来。跟着这事而出现的便是帝制。然而那一道门终于没有敲开,袁氏在门外死掉了。余剩的是北洋军阀,当觉得渐近末路时,也用它来敲过另外的幸福之门。盘据着江苏和浙江,在路上随便砍杀百姓的孙传芳[22]将军,一面复兴了投壶之礼;钻进山东,连自己也数不清金钱和兵丁和姨太太的数目了的张宗昌[23]将军,则重刻了《十三经》,而且把圣道看作可以由肉体关系来传染的花柳病一样的东西,拿一个孔子后裔的谁来做了自己的女婿。然而幸福之门,却仍然对谁也没有开。

这三个人,都把孔夫子当作砖头用,但是时代不同了,所以都明明白白的失败了。岂但自己失败而已呢,还带累孔子也更加陷入了悲境。他们都是连字也不大认识的人物,然而偏要大谈什么《十三经》之类,所以使人们觉得滑稽;言行也太不一致了,就更加令人讨厌。既已厌恶和尚,恨及袈裟,而

109

孔夫子之被利用为或一目的的器具,也从新看得格外清楚起来,于是要打倒他的欲望,也就越加旺盛。所以把孔子装饰得十分尊严时,就一定有找他缺点的论文和作品出现。即使是孔夫子,缺点总也有的,在平时谁也不理会,因为圣人也是人,本是可以原谅的。然而如果圣人之徒出来胡说一通,以为圣人是这样,是那样,所以你也非这样不可的话,人们可就禁不住要笑起来了。五六年前,曾经因为公演了《子见南子》[24]这剧本,引起过问题,在那个剧本里,有孔夫子登场,以圣人而论,固然不免略有欠稳重和呆头呆脑的地方,然而作为一个人,倒是可爱的好人物。但是圣裔们非常愤慨,把问题一直闹到官厅里去了。因为公演的地点,恰巧是孔夫子的故乡,在那地方,圣裔们繁殖得非常多,成着使释迦牟尼和苏格拉第[25]都自愧弗如的特权阶级。然而,那也许又正是使那里的非圣裔的青年们,不禁特地要演《子见南子》的原因罢。

  中国的一般的民众,尤其是所谓愚民,虽称孔子为圣人,却不觉得他是圣人;对于他,是恭谨的,却不亲密。但我想,能像中国的愚民那样,懂得孔夫子的,恐怕世界上是再也没有的了。不错,孔夫子曾经计划过出色的治国的方法,但那都是为了治民众者,即权势者设想的方法,为民众本身的,却一点也没有。这就是"礼不下庶人"[26]。成为权势者们的圣人,终于变了"敲门砖",实在也叫不得冤枉。和民众并无关系,是不能说的,但倘说毫无亲密之处,我以为怕要算是非常客气的说法了。不去亲近那毫不亲密的圣人,正是当然的事,什么时候都可以,试去穿了破衣,赤着脚,走上大成殿去看看罢,恐怕会像误进上海的上等影戏院或者头等电车一样,立刻要受斥逐的。谁都知道这是大人老爷们的物事,虽是"愚民",却还没有愚到这步田地的。

四月二十九日。

*　　*　　*

〔1〕 本篇是作者用日文写的,最初发表于1935年6月号日本《改造》月刊。中译文最初发表于1935年7月在日本东京出版的《杂文》月刊第二号,题为《孔夫子在现代中国》。参看本书《后记》。

〔2〕 汤岛　东京的街名,建有日本最大的孔庙"汤岛圣堂"。该庙于1923年被烧毁,1935年4月重建落成时国民党政府曾派代表专程前往"参谒"。

〔3〕 何键(1887—1956)　字芸樵,湖南醴陵人。当时任国民党湖南省政府主席。

〔4〕 勃兰特　易卜生的诗剧《勃兰特》中的人物。"全部,或全无",是他所信奉的一句格言。

〔5〕《孔子家语》　原书《汉书·艺文志》著录二十七卷,久佚。今本为三国魏王肃编,杂取《左传》、《国语》、《荀子》、《孟子》、《礼记》等书中有关孔子的遗文轶事而成,十卷,冒称孔子家传。《四库全书总目提要》说:"特其流传已久,且遗文轶事往往多见于其中,故自唐以来,知其伪而不能废也。"

〔6〕 梁启超(1873—1929)　号任公,广东新会人,清末维新运动领导人之一。戊戌政变后逃亡日本。《清议报》是他在日本横滨发行的旬刊,1898年12月创刊;内容鼓吹君主立宪、保皇反后(保救光绪皇帝,反对那拉太后),1901年12月出至一百期停刊。

〔7〕 "大成至圣文宣王" 唐开元二十七年(739)追谥孔子为"文宣王",元大德十一年(1307)又加谥为"大成至圣文宣王"。

〔8〕 四书 指《大学》、《中庸》、《论语》、《孟子》。北宋时程颢、程颐特别推崇《礼记》中的《大学》《中庸》两篇,南宋朱熹又将这两篇和《论语》《孟子》合在一起,撰写《四书章句集注》,自此便有了"四书"这个名称。五经,即《诗经》、《尚书》、《礼记》、《周易》、《春秋》的合称,汉武帝时始有此称。

〔9〕 "八股文" 明清科举考试制度所规定的一种公式化的文体,它用"四书"、"五经"中的文句命题,每篇由破题、承题、起讲、入手、起股、中股、后股、束股八个部分构成。后四部分是主体,每一部分有两股相比偶的文字,合共八股,所以叫做八股文。

〔10〕 侯失勒(F. W. Herschel,1792—1871) 通译赫歇尔,英国天文学家、物理学家。《谈天》即《天文学纲要》,中译本共十八卷,附表一卷,出版于1859年。雷侠儿(C. Lyell,1797—1875),通译赖尔,英国地质学家。《地学浅释》即《地质学原理》,中译本共三十八卷,出版于1871年。代那(J. D. Dana,1813—1895),通译达纳,美国地质学家、矿物学家。《金石识别》即《矿物学手册》,中译本共十二卷,附表,出版于1871年。

〔11〕 徐桐(1819—1900) 字荫轩,汉军正蓝旗人,光绪间官至大学士。他反对维新变法,怂恿义和团围攻外国使馆。八国联军攻入北京时自缢死。

〔12〕 弘文学院 一所专门为中国留学生设立的学习日语和基础课的预备学校。1902年1月建校,1909年停办。校址在东京牛込区西五轩町。创办人为嘉纳治五郎(1860—1938),学监为大久保高明。

〔13〕 御茶之水 日本东京的地名。汤岛圣堂即在御茶之水车

站附近。

〔14〕 "圣之时者也" 语出《孟子·万章(下)》："孔子,圣之时者也。"原指孔子做事依时依势而行："可以速而速,可以久而久,可以处而处,可以仕而仕,孔子也。""时"指识时务之意。

〔15〕 警视总监 日本主管警察工作的最高长官。孔子曾一度任鲁国的司寇,掌管刑狱,相当于日本的这一官职。

〔16〕 "道不行,乘桴浮于海"等句,语出《论语·公冶长》。桴,用竹木编的筏子。由,孔子的弟子仲由,即子路。

〔17〕 "君子死,冠不免" 语出《左传》哀公十五年："石乞、盂黡敌子路,以戈击之,断缨。子路曰:'君子死,冠不免。'结缨而死。"

〔18〕 关于孔子因子路战死而倒掉肉酱的事,见《孔子家语·子贡问》："子路……仕于卫,卫有蒯聩之难……既而卫使至,曰:'子路死焉。'夫子哭之于中庭……进使者而问故,使者曰:'醢之矣。'遂令左右皆覆醢,曰:'吾何忍食此!'"

〔19〕 释迦牟尼(Sakyamuni,约前565—前486) 原古印度北部迦毗罗卫国净饭王的儿子,后出家修道,成为佛教创始人。佛教于西汉末年开始传入我国。

〔20〕 孔子作《春秋》而乱臣贼子惧 语出《孟子·滕文公(下)》："孔子成《春秋》而乱臣贼子惧。"

〔21〕 袁世凯(1859—1916) 字慰亭,河南项城人。原是清朝直隶总督兼北洋大臣、内阁总理大臣。辛亥革命后,攫取中华民国大总统职位。1915年12月12日宣布即帝位,改国号为中华帝国,次年为洪宪元年,激起国人反对。1916年3月被迫取消帝制,6月病死。他曾于1914年2月通令全国"祭孔",公布《崇圣典例》,同年9月28日他率领各部总长和一批文武官员,穿着新制的古祭服,在北京孔庙举行祀孔

典礼。

〔22〕 孙传芳(1885—1935) 山东历城人,北洋直系军阀。他盘踞东南五省时,为了提倡复古,于1926年8月6日在南京举行投壶古礼。投壶,古代宴会时的一种娱乐,宾主依次投矢壶中,负者饮酒。《礼记·投壶》孔颖达注引郑玄的话,说投壶是"主人与客燕饮讲论才艺之礼"。

〔23〕 张宗昌(1881—1932) 山东掖县人,北洋奉系军阀。1925年他任山东督军时提倡尊孔读经。

〔24〕《子见南子》 林语堂作的独幕剧,发表于《奔流》第一卷第六期(1928年11月)。1929年山东曲阜第二师范学校学生排演此剧时,当地孔氏族人以"公然侮辱宗祖孔子"为由,联名向国民党政府教育部提出控告,结果该校校长被调职。参看《集外集拾遗补编·关于〈子见南子〉》。

〔25〕 苏格拉第(Socratēs,前469—前399) 古希腊哲学家,被雅典政府以传播异说的罪名指控处死。

〔26〕 "礼不下庶人" 语出《礼记·曲礼上》:"礼不下庶人,刑不上大夫。"

六朝小说和唐代传奇文有怎样的区别？[1]

——答文学社问

这试题很难解答。

因为唐代传奇,是至今还有标本可见的,但现在之所谓六朝小说,我们所依据的只是从《新唐书艺文志》[2]以至清《四库书目》[3]的判定,有许多种,在六朝当时,却并不视为小说。例如《汉武故事》,《西京杂记》,《搜神记》,《续齐谐记》[4]等,直至刘昫的《唐书经籍志》[5],还属于史部起居注和杂传类里的。那时还相信神仙和鬼神,并不以为虚造,所以所记虽有仙凡和幽明之殊,却都是史的一类。

况且从晋到隋的书目,现在一种也不存在了,我们已无从知道那时所视为小说的是什么,有怎样的形式和内容。现存的惟一最早的目录只有《隋书经籍志》[6],修者自谓"远览马史班书,近观王阮志录",也许尚存王俭[7]《今书七志》,阮孝绪[8]《七录》的痕迹罢,但所录小说二十五种中,现存的却只有《燕丹子》[9]和刘义庆撰《世说》合刘孝标注[10]两种了。此外,则《郭子》,《笑林》,殷芸《小说》,《水饰》[11],及当时以为隋代已亡的《青史子》,《语林》[12]等,还能在唐宋类书里遇见一点遗文。

单从上述这些材料来看，武断的说起来，则六朝人小说，是没有记叙神仙或鬼怪的，所写的几乎都是人事；文笔是简洁的；材料是笑柄，谈资；但好像很排斥虚构，例如《世说新语》说裴启《语林》记谢安语不实，[13]谢安一说，这书即大损声价云云，就是。

唐代传奇文可就大两样了：神仙人鬼妖物，都可以随便驱使；文笔是精细，曲折的，至于被崇尚简古者所诟病；所叙的事，也大抵具有首尾和波澜，不止一点断片的谈柄；而且作者往往故意显示着这事迹的虚构，以见他想象的才能了。

但六朝人也并非不能想象和描写，不过他不用于小说，这类文章，那时也不谓之小说。例如阮籍的《大人先生传》，陶潜的《桃花源记》[14]，其实倒和后来的唐代传奇文相近；就是嵇康的《圣贤高士传赞》[15]（今仅有辑本），葛洪的《神仙传》[16]，也可以看作唐人传奇文的祖师的。李公佐作《南柯太守传》，李肇为之赞[17]，这就是嵇康的《高士传》法；陈鸿《长恨传》置白居易的长歌之前[18]，元稹的《莺莺传》既录《会真诗》，又举李公垂《莺莺歌》之名作结[19]，也令人不能不想到《桃花源记》。

至于他们之所以著作，那是无论六朝或唐人，都是有所为的。《隋书经籍志》抄《汉书艺文志》[20]说，以著录小说，比之"询于刍荛"，就是以为虽然小说，也有所为的明证。不过在实际上，这有所为的范围却缩小了。晋人尚清谈，讲标格，常以寥寥数言，立致通显，所以那时的小说，多是记载畸行隽语的《世说》一类，其实是借口舌取名位的入门书。唐以诗文取士，但也看社会上的名声，所以士子入京应试，也须豫先干谒名公，呈献诗文，冀其称誉，这诗文叫作"行卷"[21]。诗文既滥，人不欲观，有的就用传奇文，来希图一新耳目，获得特效了，于是那时的传奇文，也就和"敲门砖"很有关系。但自然，只被风气所推，无所为而作者，却也并非没有的。

五月三日。

* * *

〔1〕 本篇最初印入《文学百题》一书。

文学社，即《文学》月刊社。《文学》月刊，傅东华、郑振铎编，1933年7月创刊，1936年7月第七卷起由王统照接编，1937年11月停刊，上海生活书店出版。该社曾拟定有关文学的问题一百个，分别约人撰稿，编成《文学百题》，于1935年7月由生活书店出版。

〔2〕《新唐书·艺文志》《新唐书》系宋代欧阳修等撰。其中《艺文志》四卷，是古代到唐代的书籍的目录。

〔3〕《四库书目》 指《四库全书总目提要》和《四库全书简明目录》，纪昀编撰。纪昀(1724—1805)，字晓岚，直隶(今河北)献县人，清代文学家。乾隆进士，官至礼部尚书，曾任四库全书馆总纂官。《四库全书总目提要》，二百卷，是《四库全书》的书目解题，完成于乾隆四十七年(1782)。《四库全书简明目录》，共二十卷，各书提要较《总目》简略，并且不录《总目》中"存目"部分的书目。

〔4〕《汉武故事》 一卷，相传为汉代班固或南朝齐王俭著，所记多系关于汉武帝的传说。《西京杂记》，六卷，相传为汉代刘歆或晋代葛洪所著，所记都是汉武帝时杂事。《搜神记》，二十卷，相传为晋代干宝著，内容都是神怪故事。《续齐谐记》，一卷，南朝梁吴均著，内容也是

神怪故事。(按"齐谐"出于《庄子·逍遥游》:"齐谐者,志怪者也。")

〔5〕 刘昫(887—946) 字耀远,涿州归义(今河北雄县)人,后晋时官至同中书门下平章事。他所监修的《唐书》,通称《旧唐书》,共二百卷。其中《经籍志》二卷,是从古代到唐代书籍的目录,内容较《新唐书·艺文志》简略。

〔6〕《隋书·经籍志》《隋书》,唐代魏徵等撰。其中"十志"部分,题长孙无忌撰。《经籍志》,四卷,是继《汉书·艺文志》后又一部古代文献总录,除著录当时所存的著作以外,还附载一些已亡佚的书,并论述学术的源流。它采用经史子集四部的图书分类法,一直沿用到清代。"远览马《史》班《书》,近观王阮《志》《录》;挹其风流体制,削其浮杂鄙俚,离其疏远,合其近密;约文绪义,凡五十五篇。"是《隋书·经籍志》引论中的话。

〔7〕 王俭(452—489) 字仲宝,琅琊临沂(今属山东)人,南朝宋目录学家。袭爵为豫宁侯。在宋明帝时任秘书丞,依刘歆《七略》撰《七志》四十卷,记录古今图书,分经典、诸子、文翰、军书、阴阳、术艺、图谱七类,道、佛附见。此书已失传。

〔8〕 阮孝绪(479—536) 字士宗,陈留尉氏(今属河南)人。南朝梁目录学家。隐居不仕。《七录》是他所辑录的古今书籍的目录,共十二卷,分内外两篇:内篇为经典、记传、子兵、文集、技术五录;外篇为佛法、仙道二录。现仅存序言和分类总目,载在唐释道宣编撰的《广弘明集》一书中。

〔9〕《燕丹子》《隋书·经籍志》著录一卷,不著撰人。内容是关于战国燕太子丹的故事,大都系辑录古书中有关燕丹和荆轲的文字而成。

〔10〕 刘义庆(403—444) 彭城(今江苏徐州)人,文学家。南朝

宋武帝刘裕的侄子，袭爵为临川王，曾任南兖州刺史。所撰《世说》，即《世说新语》，共三卷。内容是记述东汉至东晋间文士名流的言谈、风貌、轶事等。刘孝标（462—521），名峻，字孝标，平原（今属山东）人，南朝梁文学家。梁武帝时曾为典校秘书，后聚徒讲学。他为《世说新语》所作注释，征引广博，为世所重。

〔11〕《郭子》 东晋郭澄之著，《隋书·经籍志》著录三卷。《笑林》，三国魏邯郸淳著，《隋书·经籍志》著录三卷。殷芸（471—529），字灌蔬，陈郡长平（今河南西华）人，南朝梁文学家。所著《小说》，《隋书·经籍志》著录十卷。《水饰》，隋杜宝著，《隋书·经籍志》著录一卷，不著撰人。这四种书唐以后失传，鲁迅《古小说钩沉》中各有辑本。

〔12〕《青史子》 周青史子著，《汉书·艺文志》著录五十七篇，《隋书·经籍志》中已无此书。《语林》，东晋裴启著，《隋书·经籍志》子部小说类附注：“《语林》十卷，东晋处士裴启撰，亡。”这两种书鲁迅《古小说钩沉》中各有辑本。

〔13〕关于裴启《语林》记谢安语不实一事见《世说新语·轻诋》：“庾道季（和）诧谢公（安）曰：'裴郎（启）云，谢安谓裴郎乃可不恶，何得为复饮酒？裴郎又云，谢安目支道林，如九方皋之相马，略其玄黄，取其俊逸。'谢公云：'都无此二语，裴自为此解耳。'庾意甚不以为好。因陈东亭（王珣）《经酒垆下赋》，读毕都不下赏裁，直云：'君乃复作裴氏学。'于此《语林》遂废。今时有者，皆是先写，无复谢语。”

〔14〕阮籍（210—263） 字嗣宗，陈留尉氏（今属河南）人，三国魏诗人，曾任从事中郎。《大人先生传》见于清严可均辑的《全上古三代秦汉三国六朝文》卷四十六。陶潜，参看本书第10页注〔4〕。《桃花源记》是他的一首五言古诗《桃花源诗并记》的前记部分。

〔15〕嵇康（223—262） 字叔夜，谯国铚（今安徽宿县）人，三国

魏诗人。正始时曾任中散大夫。他的《圣贤高士传赞》一书,据其兄嵇喜所作《嵇康传》说:"撰录上古以来圣贤隐逸遁心遗名者,集为传赞,自混沌至于管宁,凡百一十有九人。"清代马国翰《玉函山房辑佚书》及严可均《全上古三代秦汉三国六朝文》中都有此书辑本。

〔16〕 葛洪(约283—363) 字稚川,号抱朴子,东晋丹阳句容(今属江苏)人。惠帝时曾拜伏波将军。好神仙导养及炼丹之术,著有《抱朴子》等。《神仙传》,十卷,记古代传说中八十四个神仙的故事。

〔17〕 李公佐(约770—约850) 字颛蒙,陇西(今甘肃东南)人,唐代小说家。宪宗时曾任江淮从事。《南柯太守传》是他所作的传奇小说,篇末有"前华州参军李肇"的赞四句。李肇,唐文学家。唐宪宗时任左司郎中,翰林学士。著有《翰林志》、《唐国史补》等。

〔18〕 陈鸿 字大亮,唐代小说家。德宗时登太常第,文宗大和间官主客郎中。《长恨传》是他所作的传奇小说,篇末说:"乐天因为《长恨歌》……歌既成,使鸿传焉。"白居易(772—846),字乐天,太原(今属山西)人,唐代诗人。贞元进士,官至刑部尚书。

〔19〕 元稹(779—831) 字微之,河南河内(今河南洛阳)人,唐代诗人。宪宗元和时官左拾遗,后历官至宰相。《莺莺传》是他所作传奇小说,其中说:"河南元稹亦续生(张生)《会真诗》三十韵。"结末又说:"贞元岁九月,执事李公垂宿于予靖安里第,语及于是。公垂卓然称异,遂为《莺莺歌》以传之。崔氏小名莺莺,公垂以命篇。"李公垂(772—846),名绅,字公垂,无锡(今属江苏)人,唐代诗人。元和进士,后历官至宰相。

〔20〕 《汉书·艺文志》 《汉书》,东汉班固等撰,其中《艺文志》一卷,是古代到汉代的书籍的目录。它在"小说十五家"的篇目之后说:"小说家者流,盖出于稗官,街谈巷语道听涂说者之所造也……闾里小

知者之所及,亦使缀而不忘;如或一言可采,此亦刍荛狂夫之议也。"《隋书·经籍志》也在子部小说类的篇目之后说:"小说者,街谈巷语之说也。《传》载舆人之诵,《诗》美询于刍荛。""询于刍荛"一语,见《诗经·大雅·板》:"先民有言:询于刍荛。"刍荛,即砍柴的人;这句话的意思就是向民间采访。

〔21〕 "行卷" 据宋代程大昌《演繁露·唐人行卷》:"唐人举进士,必有行卷,为缄轴,录其所著文,以献主司。"

什么是"讽刺"？[1]

——答文学社问

我想：一个作者，用了精炼的，或者简直有些夸张的笔墨——但自然也必须是艺术的地——写出或一群人的或一面的真实来，这被写的一群人，就称这作品为"讽刺"。

"讽刺"的生命是真实；不必是曾有的实事，但必须是会有的实情。所以它不是"捏造"，也不是"诬蔑"；既不是"揭发阴私"，又不是专记骇人听闻的所谓"奇闻"或"怪现状"。它所写的事情是公然的，也是常见的，平时是谁都不以为奇的，而且自然是谁都毫不注意的。不过这事情在那时却已经是不合理，可笑，可鄙，甚而至于可恶。但这么行下来了，习惯了，虽在大庭广众之间，谁也不觉得奇怪；现在给它特别一提，就动人。譬如罢，洋服青年拜佛，现在是平常事，道学先生发怒，更是平常事，只消几分钟，这事迹就过去，消灭了。但"讽刺"却是正在这时候照下来的一张相，一个撅着屁股，一个皱着眉心，不但自己和别人看起来有些不很雅观，连自己看见也觉得不很雅观；而且流传开去，对于后日的大讲科学和高谈养性，也不免有些妨害。倘说，所照的并非真实，是不行的，因为这时有目共睹，谁也会觉得确有这等事；但又不好意思承认这是真实，失了自己的尊严。于是挖空心思，给起了一个名目，叫作"讽刺"。其意若曰：它偏要提出这等事，可见也不是好货。

有意的偏要提出这等事，而且加以精炼，甚至于夸张，却确是"讽刺"的本领。同一事件，在拉杂的非艺术的记录中，是不成为讽刺，谁也不大会受感动的。例如新闻记事，就记忆所及，今年就见过两件事。其一，是一个青年，冒充了军官，向各处招摇撞骗，后来破获了，他就写忏悔书，说是不过借此谋生，并无他意。其二，是一个窃贼招引学生，教授偷窃之法，家长知道，把自己的子弟禁在家里了，他还上门来逞凶。较可注意的事件，报上是往往有些特别的批评文字的，但对于这两件，却至今没有说过什么话，可见是看得很平常，以为不足介意的了。然而这材料，假如到了斯惠夫德(J. Swift)[2]或果戈理(N. Gogol)的手里，我看是准可以成为出色的讽刺作品的。在或一时代的社会里，事情越平常，就越普遍，也就愈合于作讽刺。

讽刺作者虽然大抵为被讽刺者所憎恨，但他却常常是善意的，他的讽刺，在希望他们改善，并非要捺这一群到水底里。然而待到同群中有讽刺作者出现的时候，这一群却已是不可收拾，更非笔墨所能救了，所以这努力大抵是徒劳的，而且还适得其反，实际上不过表现了这一群的缺点以至恶德，而对于敌对的别一群，倒反成为有益。我想：从别一群看来，感受是和被讽刺的那一群不同的，他们会觉得"暴露"更多于"讽刺"。

如果貌似讽刺的作品，而毫无善意，也毫无热情，只使读者觉得一切世事，一无足取，也一无可为，那就并非讽刺了，这便是所谓"冷嘲"。

五月三日。

* * *

〔1〕 本篇写成时未能刊出,后来发表于1935年9月《杂文》月刊第三号。参看本书《后记》。

〔2〕 斯惠夫德(1667—1745) 通译斯威夫特,英国作家。著有长篇小说《格列佛游记》等。

论"人言可畏"[1]

"人言可畏"是电影明星阮玲玉[2]自杀之后,发见于她的遗书中的话。这哄动一时的事件,经过了一通空论,已经渐渐冷落了,只要《玲玉香消记》一停演,就如去年的艾霞[3]自杀事件一样,完全烟消火灭。她们的死,不过像在无边的人海里添了几粒盐,虽然使扯淡的嘴巴们觉得有些味道,但不久也还是淡,淡,淡。

这句话,开初是也曾惹起一点小风波的。有评论者,说是使她自杀之咎,可见也在日报记事对于她的诉讼事件的张扬;不久就有一位记者公开的反驳,以为现在的报纸的地位,舆论的威信,可怜极了,那里还有丝毫主宰谁的运命的力量,况且那些记载,大抵采自经官的事实,绝非捏造的谣言,旧报具在,可以复按。所以阮玲玉的死,和新闻记者是毫无关系的。

这都可以算是真实话。然而——也不尽然。

现在的报章之不能像个报章,是真的;评论的不能逞心而谈,失了威力,也是真的,明眼人决不会过分的责备新闻记者。但是,新闻的威力其实是并未全盘坠地的,它对甲无损,对乙却会有伤;对强者它是弱者,但对更弱者它却还是强者,所以有时虽然吞声忍气,有时仍可以耀武扬威。于是阮玲玉之流,就成了发扬余威的好材料了,因为她颇有名,却无力。小市民总爱听人们的丑闻,尤其是有些熟识的人的丑闻。上海的街头巷尾的老虔婆,一知道近邻的阿二嫂家有野男人出入,津津乐道,但如果对她讲甘肃的谁在偷汉,新疆的谁在再嫁,她就不要听了。阮玲玉正在现身银幕,是一个大家认识的人,因此她更是给报章凑热闹的好材料,至少也可以增加一点销场。读者看了这些,有的想:"我虽然没有阮玲玉那么漂亮,却比她正经";有的想:"我虽然不及阮玲玉的有本领,却比她出身高";连自杀了之后,也还可以给人想:"我虽然没有阮玲玉的技艺,却比她有勇气,因为我没有自杀"。化几个铜元就发见了自己的优胜,那当然是很上算的。但靠演艺为生的人,一遇到公众发生了上述的前两种的感想,她就够走到末路了。所以我们且不要高谈什么连自己也并不了然的社会组织或意志强弱的滥调,先来设身处地的想一想罢,那么,大概就会知道阮玲玉的以为"人言可畏",是真的,或人的以为她的自杀,和新闻记事有关,也是真的。

　　但新闻记者的辩解,以为记载大抵采自经官的事实,却也是真的。上海的有些介乎大报和小报之间的报章,那社会新闻,几乎大半是官司已经吃到公安局或工部局去了的案件。但有一点坏习气,是偏要加上些描写,对于女性,尤喜欢加上些描写;这种案件,是不会有名公巨卿在内的,因此也更不妨加上些描写。案中的男人的年纪和相貌,是大抵写得老实的,一遇到女人,可就要发挥才藻了,不是"徐娘半老,风韵犹存",就是"豆蔻年华,玲珑可爱"。一个女孩儿跑掉了,自奔或被诱还不可知,才子就断定道,"小姑独宿,不惯无郎",你怎么知道？一个村妇再醮了两回，原是穷乡僻壤的常事，一到才子的笔下，就又赐以大字的题目道，"奇淫不减武则天"，这程度你又怎么知道？这些轻薄句子，加之村姑，大约是并无什么影响的，她不识字，她的关系人也未必看报。但对于一个智识者，尤其是对于一个出到社会上了的女性，却足够使她受伤，更不必说故意张扬，特别渲染的文字了。然而中国的习惯，这些句子是摇笔即来，不假思索的，这时不但不会想到这也是玩弄着女性，并且也不会想到自己乃是人民的喉舌。但是，无论你怎么描写，在强者是毫不要紧的，只消一封信，就会有正误或道歉接着登出来，不过无拳无勇如阮玲玉，可就正做了吃苦的材料了，她被额外的画上一脸花，没法洗刷。叫她奋斗吗？她没有机关报，怎么奋斗；有冤无头，有怨无主，和谁奋斗呢？我们又可以设身处地的想一想，那么，大概就又知她的以为"人言可畏"，是真的，或人的以为她的自杀，和新闻记事有关，也是真的。

然而，先前已经说过，现在的报章的失了力量，却也是真的，不过我以为还没有到达如记者先生所自谦，竟至一钱不值，毫无责任的时候。因为它对于更弱者如阮玲玉一流人，也还有左右她命运的若干力量的，这也就是说，它还能为恶，自然也还能为善。"有闻必录"或"并无能力"的话，都不是向上的负责的记者所该采用的口头禅，因为在实际上，并不如此，——它是有选择的，有作用的。

至于阮玲玉的自杀，我并不想为她辩护。我是不赞成自杀，自己也不豫备自杀的。但我的不豫备自杀，不是不屑，却因为不能。凡有谁自杀了,现在是总要受一通强毅的评论家的呵斥,阮玲玉当然也不在例外。然而我想,自杀其实是不很容易,决没有我们不豫备自杀的人们所渺视的那么轻而易举的。倘有谁以为容易么,那么,你倒试试看!

自然,能试的勇者恐怕也多得很,不过他不屑,因为他有对于社会的伟大的任务。那不消说,更加是好极了,但我希望大家都有一本笔记簿,写下所尽的伟大的任务来,到得有了曾孙的时候,拿出来算一算,看看怎么样。

五月五日。

*　　*　　*

〔1〕 本篇最初发表于1935年5月20日《太白》半月刊第二卷第五期,署名赵令仪。

〔2〕 阮玲玉　参看本书第78页注〔7〕。她在遗书中说:"唉,我一死何足惜,不过还是怕人言可畏,人言可畏罢了!"

〔3〕 艾霞(1912—1934)　福建厦门人,电影演员。1932年入上海明星影片公司,主演过《春蚕》、《时代的女儿》等影片。1934年2月12日吞鸦片自杀。

再论"文人相轻"[1]

今年的所谓"文人相轻",不但是混淆黑白的口号,掩护着文坛的昏暗,也在给有一些人"挂着羊头卖狗肉"的。

真的"各以所长,相轻所短"的能有多少呢!我们在近几年所遇见的,有的是"以其所短,轻人所短"。例如白话文中,有些是诘屈难读的,确是一种"短",于是有人提了小品或语录,向这一点昂然进攻了,但不久就露出尾巴来,暴露了他连对于自己所提倡的文章,也常常点着破句[2],"短"得很。有的却简直是"以其所短,轻人所长"了。例如轻蔑"杂文"的人,不但他所用的也是"杂文",而他的"杂文",比起他所轻蔑的别的"杂文"来,还拙劣到不能相提并论[3]。那些高谈阔论,不过是契诃夫(A. Chekhov)所指出的登了不识羞的顶颠,傲视着一切[4],被轻者是无福和他们比较的,更从什么地方"相"起?现在谓之"相",其实是给他们一扬,靠了这"相",也是"文人"了。然而,"所长"呢?

况且现在文坛上的纠纷,其实也并不是为了文笔的短长。文学的修养,决不能使人变成木石,所以文人还是人,既然还是人,他心里就仍然有是非,有爱憎;但又因为是文人,他的是非就愈分明,爱憎也愈热烈。从圣贤一直敬到骗子屠夫,从美人香草一直爱到麻疯病菌的文人,在这世界上是找不到的,遇见所是和所爱的,他就拥抱,遇见所非和所憎的,他就反拨。如果第三者不以为然了,可以指出他所非的其实是"是",他所憎的其实该爱来,单用了笼统的"文人相轻"这一句空话,是不能抹杀的,世间还没有这种便宜事。一有文人,就有纠纷,但到后来,谁是谁非,孰存孰亡,都无不明明白白。因为还有一些读者,他的是非爱憎,是比和事老的评论家还要清楚的。

然而,又有人来恐吓了。他说,你不怕么?古之嵇康,在柳树下打铁,钟会来看他,他不客气,问道:"何所闻而来,何所见而去?"于是得罪了钟文人,后来被他在司马懿面前搬是非,送命了[5]。所以你无论遇见谁,应该赶紧打拱作揖,让坐献茶,连称"久仰久仰"才是。这自然也许未必全无好处,但做文人做到这地步,不是很有些近乎婊子了么?况且这位恐吓家的举例,其实也是不对的,嵇康的送命,并非为了他是傲慢的文人,大半倒因为他是曹家的女婿,即使钟会不去搬是非,也总有人去搬是非的,所谓"重赏之下,必有勇夫"者是也。

不过我在这里,并非主张文人应该傲慢,或不妨傲慢,只是说,文人不应该随和;而且文人也不会随和,会随和的,只有和事老。但这不随和,却又并非回避,只是唱着所是,颂着所爱,而不管所非和所憎;他得像热烈地主张着所是一样,热烈地攻击着所非,像热烈地拥抱着所爱一样,更热烈地拥抱着所憎——恰如赫尔库来斯(Hercules)的紧抱了巨人安太乌斯(Antaeus)一样,因为要折断他的肋骨[6]。

五月五日。

* * *

〔1〕 本篇最初发表于1935年6月《文学》月刊第四卷第六号"文学论坛"栏,署名隼。

〔2〕 指林语堂。他在《论语》第二十六期(1933年10月)的《论语录体之用》一文中说:"吾恶白话之文,而喜文言之白,故提倡语录体。……盖语录简练可如文言,质朴可如白话,有白话之爽利,无白话之噜苏。……白话文之病,噜哩噜苏。"但他在《新语林》创刊号(1934年7月)的《论个人笔调》一文中,却将引文"有时过客题诗,山门系马;竟日高人看竹,方丈留鸾。"错点为:"有时过客题诗山门,系马竟日;高人看竹,方丈留鸾。"

〔3〕 指林希隽,参看本书《徐懋庸作〈打杂集〉序》及其注〔5〕。

〔4〕 这句话见于契诃夫的《随笔》。

〔5〕 关于钟会访嵇康事,见《晋书·嵇康传》:"初,康居贫,尝与向秀共锻于大树之下,以自赡给。颍川钟会,贵公子也,精练有才辩,故往造焉。康不为之礼,而锻不辍。良久会去,康谓曰:'何所闻而来,何所见而去?'会曰:'闻所闻而来,见所见而去。'会以此憾之。及是,言于文帝曰:'……公无忧天下,顾以康为虑耳。……宜因衅除之,以淳风俗。'帝既昵听信会,遂并害之。"钟会(225—264),字士季,颍川长社(今河南长葛)人。司马昭的重要谋士。魏常道乡公景元三年(262)拜镇西将军,次年统兵伐蜀,蜀平后谋反,被杀。文中司马懿应为司马昭。

〔6〕 赫尔库来斯紧抱巨人安太乌斯 据古希腊神话:赫尔库来斯是主神宙斯的儿子,神勇有力。安太乌斯是地神盖娅的儿子,他只要靠着地面,就力大无穷。在一次搏斗中,赫尔库来斯把安太乌斯紧紧抱起,使他脱离地面,而扼死了他。

《全国木刻联合展览会专辑》序[1]

　　木刻的图画,原是中国早先就有的东西。唐末的佛像,纸牌,以至后来的小说绣像,启蒙小图,我们至今还能够看见实物。而且由此明白:它本来就是大众的,也就是"俗"的。明人曾用之于诗笺,近乎雅了,然而归结是有文人学士在它全体上用大笔一挥,证明了这其实不过是践踏。

　　近五年来骤然兴起的木刻,虽然不能说和古文化无关,但决不是葬中枯骨,换了新装,它乃是作者和社会大众的内心的一致的要求,所以仅有若干青年们的一副铁笔和几块木板,便能发展得如此蓬蓬勃勃。它所表现的是艺术学徒的热诚,因此也常常是现代社会的魂魄。实绩具在,说它"雅",固然是不可的,但指为"俗",却又断乎不能。这之前,有木刻了,却未曾有过这境界。

　　这就是所以为新兴木刻的缘故,也是所以为大众所支持的原因。血脉相通,当然不会被漠视的。所以木刻不但淆乱了雅俗之辨而已,实在还有更光明,更伟大的事业在它的前面。

　　曾被看作高尚的风景和静物画,在新的木刻上是减少了,然而看起出品来,这二者反显着较优的成绩。因为中国旧画,两者最多,耳濡目染,不觉见其久经摄取的所长了,而现在最需要的，也是作者最着力的人物和故事画，却仍然不免有些逊色，平常的器具和形态，也间有不合实际的。由这事实，一面固足见古文化之裨助着后来，也束缚着后来，但一面也可见入"俗"之不易了。

这选集，是聚全国出品的精粹的第一本。但这是开始，不是成功，是几个前哨的进行，愿此后更有无尽的旌旗蔽空的大队。

一九三五年六月四日记。

* * *

〔1〕 本篇最初发表于1936年11月天津《文地》月刊第一卷第一期，目录署名鲁迅，文末署名何干。

同期所载该刊编者唐诃《哀鲁迅先生》一文中说："《全国木刻联展专辑》，选好四十几幅画……在金肇野君寓中存放。不幸去年12月运动（按指一二·九运动）的时候，他犯爱国罪被捕入狱，这些作品也因之而失散。仅存的，只鲁迅先生亲笔所写序文的刻版，算是这一次全国木刻联合展览会遗留下的唯一的纪念品！"《文地》所刊本文，即据这刻版排印的。

全国木刻联合展览会，唐诃等以平津木刻研究会名义主办，于1935年元旦起开始作巡回展览，曾在北平、济南、上海等地展出。

文坛三户[1]

　　二十年来,中国已经有了一些作家,多少作品,而且至今还没有完结,所以有个"文坛",是毫无可疑的。不过搬出去开博览会,却还得顾虑一下。

　　因为文字的难,学校的少,我们的作家里面,恐怕未必有村姑变成的才女,牧童化出的文豪。古时候听说有过一面看牛牧羊,一面读经,终于成了学者的人的,但现在恐怕未必有。——我说了两回"恐怕未必",倘真有例外的天才,尚希鉴原为幸。要之,凡有弄弄笔墨的人们,他先前总有一点凭借:不是祖遗的正在少下去的钱,就是父积的还在多起来的钱。要不然,他就无缘读书识字。现在虽然有了识字运动,我也不相信能够由此运出作家来。所以这文坛,从阴暗这方面看起来,暂时大约还要被两大类子弟,就是"破落户"和"暴发户"所占据。

　　已非暴发,又未破落的,自然也颇有出些著作的人,但这并非第三种,不近于甲,即近于乙的,至于掏腰包印书,仗友资出版者,那是文坛上的捐班[2],更不在本论范围之内。所以要说专仗笔墨的作者,首先还得求之于破落户中。他先世也许暴发过,但现在是文雅胜于算盘,家景大不如意了,然而又因此看见世态的炎凉,人生的苦乐,于是真的有些抚今追昔,

"缠绵悱恻"起来。一叹天时不良,二叹地理可恶,三叹自己无能。但这无能又并非真无能,乃是自己不屑有能,所以这无能的高尚,倒远在有能之上。你们剑拔弩张,汗流浃背,到底做成了些什么呢?惟我的颓唐相,是"十年一觉扬州梦"[3],惟我的破衣上,是"襟上杭州旧酒痕"[4],连懒态和污渍,也都有历史的甚深意义的。可惜俗人不懂得,于是他们的杰作上,就大抵放射着一种特别的神彩,是:"顾影自怜"。

暴发户作家的作品,表面上和破落户的并无不同。因为他意在用墨水洗去铜臭,这才爬上一向为破落户所主宰的文坛来,以自附于"风雅之林",又并不想另树一帜,因此也决不标新立异。但仔细一看,却是属于别一本户口册上的;他究竟显得浅薄,而且装腔,学样。房里会有断句的诸子,看不懂;案头也会有石印的骈文,读不断。也会嚷"襟上杭州旧酒痕"呀,但一面又怕别人疑心他穿破衣,总得设法表示他所穿的乃是笔挺的洋服或簇新的绸衫;也会说"十年一觉扬州梦"的,但其实倒是并不挥霍的好品行,因为暴发户之于金钱,觉得比懒态和污渍更有历史的甚深的意义。破落户的颓唐,是掉下来的悲声,暴发户的做作的颓唐,却是"爬上去"的手段。所以那些作品,即使摹拟到和破落户的杰作几乎相同,但一定还差一尘:他其实并不"顾影自怜",倒在"沾沾自喜"。

这"沾沾自喜"的神情,从破落户的眼睛看来,就是所谓"小家子相",也就是所谓"俗"。风雅的定律,一个人离开"本色",是就要"俗"的。不识字人不算俗,他要掉文,又掉不对,就俗;富家儿郎也不算俗,他要做诗,又做不好,就俗了。这在文坛上,向来为破落户所鄙弃。

然而破落户到了破落不堪的时候,这两户却有时可以交融起来的。如果谁有在找"词汇"的《文选》,大可以查一查,我记得里面就有一篇弹文,所弹的乃是一个败落的世家,把女儿嫁给了暴发而冒充世家的满家子[5]:这就足见两户的怎样反拨,也怎样的联合了。文坛上自然也有这现象;但在作品上的影响,却不过使暴发户增添一些得意之色,破落户则对于"俗"变为谦和,向别方面大谈其风雅而已:并不怎么大。

暴发户爬上文坛,固然未能免俗,历时既久,一面持筹握算,一面诵诗读书,数代以后,就雅起来,待到藏书日多,藏钱日少的时候,便有做真的破落户文学的资格了。然而时势的飞速的变化,有时能不给他这许多修养的工夫,于是暴发不久,破落随之,既"沾沾自喜",也"顾影自怜",但却又失去了"沾沾自喜"的确信,可又还没有配得"顾影自怜"的风姿,仅存无聊,连古之所谓雅俗也说不上了。向来无定名,我姑且名之为"破落暴发户"罢。这一户,此后是恐怕要多起来的。但还要有变化:向积极方面走,是恶少;向消极方面走,是瘪三。

使中国的文学有起色的人,在这三户之外。

六月六日。

* * *

〔1〕 本篇最初发表于1935年7月《文学》月刊第五卷第一号"文学论坛"栏,署名干。

〔2〕 捐班 亦称捐纳,即以捐赀纳粟得到官职。清代中叶以

后,京官自郎中以下,外官自道府以下,都可以捐得。

〔3〕 "十年一觉扬州梦" 唐代诗人杜牧《遣怀》一诗中的句子:"十年一觉扬州梦,赢得青楼薄幸名。"

〔4〕 "襟上杭州旧酒痕" 唐代诗人白居易《故衫》一诗中的句子:"袖中吴郡新诗本,襟上杭州旧酒痕。"

〔5〕 即《文选》卷四十"弹事"类所录南朝梁沈约《奏弹王源》一文。文中说:"风闻东海王源嫁女与富阳满氏……托姻结好,唯利是求,玷辱流辈,莫斯为甚……岂有六卿之胄,纳女于管库之人……宜寘以明科,黜之流伍。"

从帮忙到扯淡[1]

"帮闲文学"[2]曾经算是一个恶毒的贬辞,——但其实是误解的。

《诗经》是后来的一部经,但春秋时代,其中的有几篇就用之于侑酒;屈原是"楚辞"的开山老祖,而他的《离骚》[3],却只是不得帮忙的不平。到得宋玉[4],就现有的作品看起来,他已经毫无不平,是一位纯粹的清客了。然而《诗经》是经,也是伟大的文学作品;屈原宋玉,在文学史上还是重要的作家。为什么呢?——就因为他究竟有文采。

中国的开国的雄主,是把"帮忙"和"帮闲"分开来的,前者参与国家大事,作为重臣,后者却不过叫他献诗作赋,"俳优蓄之"[5],只在弄臣之列。不满于后者的待遇的是司马相如[6],他常常称病,不到武帝面前去献殷勤,却暗暗的作了关于封禅的文章,藏在家里,以见他也有计画大典——帮忙的本领,可惜等到大家知道的时候,他已经"寿终正寝"了。然而虽然并未实际上参与封禅的大典,司马相如在文学史上也还是很重要的作家。为什么呢?就因为他究竟有文采。

但到文雅的庸主时,"帮忙"和"帮闲"的可就混起来了,所谓国家的柱石,也常是柔媚的词臣,我们在南朝的几个末代时,可以找出这实例。然而主虽然"庸",却不"陋",所以那些帮闲者,文采却究竟还有的,他们的作品,有些也至今不灭。

谁说"帮闲文学"是一个恶毒的贬辞呢?

就是权门的清客,他也得会下几盘棋,写一笔字,画画儿,识古董,懂得些猜拳行令,打趣插科,这才能不失其为清客。也就是说,清客,还要有清客的本领的,虽然是有骨气者所不屑为,却又非搭空架者所能企及。例如李渔的《一家言》[7],袁枚的《随园诗话》[8],就不是每个帮闲都做得出来的。必须有帮闲之志,又有帮闲之才,这才是真正的帮闲。如果有其志而无其才,乱点古书,重抄笑话,吹拍名士,拉扯趣闻,而居然不顾脸皮,大摆架子,反自以为得意,——自然也还有人以为有趣,——但按其实,却不过"扯淡"而已。

帮闲的盛世是帮忙,到末代就只剩了这扯淡。

六月六日。

* * *

〔1〕 本篇写成时未能刊出,后来发表于1935年9月《杂文》月刊第三号。参看本书《后记》。

〔2〕 "帮闲文学" 作者1932年曾在《帮忙文学与帮闲文学》(后收入《集外集拾遗》)的讲演中说:"那些会念书会下棋会画画的人,陪主人念念书,下下棋,画几笔画,这叫做帮闲,也就是篾片!所以帮闲文学又名篾片文学。"

〔3〕 屈原(约前340—约前278) 名平,字原,又字灵均,战国时楚国郢(在今湖北江陵)人,楚国诗人。楚怀王时官左徒,主张修明政治,联齐抗秦,但不见容于贵族集团而屡遭迫害,后被顷襄王放逐到沅、

湘流域,终于投江而死。《离骚》是他被放逐后的作品。

〔4〕 宋玉(约前290—约前223) 战国时楚国诗人,顷襄王时任大夫,著有《九辩》等。《史记·屈原贾生列传》中说他与唐勒、景差等"皆好辞而以赋见称,然皆祖屈原之从容辞令,终莫敢直谏"。

〔5〕 "俳优蓄之" 语出《汉书·严助传》:"朔(东方朔)、皋(枚皋)不根持论,上颇俳优蓄之。"

〔6〕 司马相如(约前179—前117) 字长卿,蜀郡成都人,汉代辞赋家。武帝时曾任中郎将。《史记·司马相如列传》说他"称病闲居,不慕官爵"。又说:"相如既病免,家居茂陵。天子曰:'司马相如病甚,可往从悉取其书;若不然,后失之矣。'使所忠往,而相如已死,家无书。问其妻,对曰:'长卿固未尝有书也。时时著书,人又取去,即空居。长卿未死时,为一卷书,曰有使者来求书,奏之。无他书。'其遗札书言封禅事,奏所忠。忠奏其书,天子异之。"

〔7〕 李渔(1611—1680) 字笠鸿,号笠翁,浙江兰溪人,清初戏曲作家。流寓南京、杭州等地,家设戏班。著有《闲情偶寄》、《笠翁十种曲》等。《一家言》,即《笠翁一家言》,是他的诗文集。

〔8〕 袁枚(1716—1798) 字子才,浙江钱塘(今杭州)人,清代诗人。曾任江宁知县,辞官后筑随园于江宁城西小仓山,自号随园。著有《小仓山房全集》,其中收《随园诗话》十六卷,补遗十卷。

《中国小说史略》日本译本序[1]

　　听到了拙著《中国小说史略》的日本译《支那小说史》已经到了出版的机运,非常之高兴,但因此又感到自己的衰退了。

　　回忆起来,大约四五年前罢,增田涉[2]君几乎每天到寓斋来商量这一本书,有时也纵谈当时文坛的情形,很为愉快。那时候,我是还有这样的余暇,而且也有再加研究的野心的。但光阴如驶,近来却连一妻一子,也将为累,至于收集书籍之类,更成为身外的长物了。改订《小说史略》的机缘,恐怕也未必有。所以恰如准备辍笔的老人,见了自己的全集的印成而高兴一样,我也因而高兴的罢。

　　然而,积习好像也还是难忘的。关于小说史的事情,有时也还加以注意,说起较大的事来,则有今年已成故人的马廉教授,于去年翻印了"清平山堂"残本[3],使宋人话本的材料更加丰富;郑振铎[4]教授又证明了《四游记》中的《西游记》是吴承恩《西游记》的摘录,而并非祖本,这是可以订正拙著第十六篇的所说的,那精确的论文,就收录在《痀偻集》里。还有一件,是《金瓶梅词话》被发见于北平[5],为通行至今的同书的祖本,文章虽比现行本粗率,对话却全用山东的方言所写,确切的证明了这决非江苏人王世贞所作的书。

但我却并不改订,目睹其不完不备,置之不问,而只对于日本译的出版,自在高兴了。但愿什么时候,还有补这懒惰之过的时机。

这一本书,不消说,是一本有着寂寞的运命的书。然而增田君排除困难,加以翻译,赛棱社主三上於菟吉[6]氏不顾利害,给它出版,这是和将这寂寞的书带到书斋里去的读者诸君,我都真心感谢的。

一九三五年六月九日灯下,鲁迅。

* * *

〔1〕 本篇最初印入《中国小说史略》日译本。该书于1935年由日本东京赛棱社出版。参看本书《后记》。

〔2〕 增田涉(1903—1977) 日本的中国文学研究家。1931年他在上海时,常到鲁迅家中商谈翻译《中国小说史略》的事。著有《鲁迅的印象》、《中国文学史研究》等。

〔3〕 马廉(1893—1935) 字隅卿,浙江鄞县人,古典小说研究家。曾任北京孔德学校总务长及北京大学教授。他在 1934 年影印的"清平山堂"残本,是在他的故乡发现的,题为《雨窗欹枕集》,共话本十二篇(原订三册:《雨窗集上》五篇,《欹枕集上》二篇;《欹枕集下》五篇;其中有五篇残缺)。据他考证,《雨窗集》、《欹枕集》等书题,或系藏书人所题;其版心刻字情形,与 1929 年以北平古今小品书籍印行会名义影印的日本内阁文库所藏《清平山堂话本》十五篇相同。清平山堂是明代洪楩的书斋;洪楩(约当十六世纪),字子美,浙江钱塘(今杭州)人。

〔4〕 郑振铎(1898—1958) 笔名西谛,福建长乐人,作家、文学史家。曾任燕京大学、暨南大学教授。下文《痀偻集》是他的文学论文

集，分上下二卷，1934年生活书店出版。考证《西游记》的论文题为《西游记的演化》，收入该书卷上。

〔5〕 《金瓶梅词话》被发见于北平 1932年北平文友堂在山西介休县发现了一部明万历间刻印的《金瓶梅词话》，卷首有"万历丁巳(1617)季冬东吴弄珠客"和欣欣子的序文各一篇。是现在所见的《金瓶梅》最早的刻本。这部小说以前的通行本有明代崇祯间的"新刻绣像原本"和清代康熙间"张竹坡评本"。相传为明代太仓人王世贞所作，但欣欣子的序文则说是"兰陵笑笑生"作。按兰陵，即今山东枣庄。

〔6〕 三上於菟吉(1891—1944) 日本小说家，1933年创办赛棱社。

"题未定"草[1]

一

极平常的豫想,也往往会给实验打破。我向来总以为翻译比创作容易,因为至少是无须构想。但到真的一译,就会遇着难关,譬如一个名词或动词,写不出,创作时候可以回避,翻译上却不成,也还得想,一直弄到头昏眼花,好像在脑子里面摸一个急于要开箱子的钥匙,却没有。严又陵[2]说,"一名之立,旬月踌躇",是他的经验之谈,的的确确的。

新近就因为豫想的不对,自己找了一个苦吃。《世界文库》[3]的编者要我译果戈理的《死魂灵》,没有细想,一口答应了。这书我不过曾经草草的看过一遍,觉得写法平直,没有现代作品的希奇古怪,那时的人们还在蜡烛光下跳舞,可见也不会有什么摩登名词,为中国所未有,非译者来闭门生造不可的。我最怕新花样的名词,譬如电灯,其实也不算新花样了,一个电灯的另件,我叫得出六样:花线,灯泡,灯罩,沙袋,扑落[4],开关。但这是上海话,那后三个,在别处怕就行不通。《一天的工作》里有一篇短篇[5],讲到铁厂,后来有一位在北方铁厂里的读者给我一封信,说其中的机件名目,没有一个能够使他知道实物是什么的。呜呼,——这里只好呜呼了——

其实这些名目,大半乃是十九世纪末我在江南学习挖矿时,得之老师的传授。不知是古今异时,还是南北异地之故呢,隔膜了。在青年文学家靠它修养的《庄子》和《文选》或者明人小品里,也找不出那些名目来。没有法子。"三十六着,走为上着",最没有弊病的是莫如不沾手。

可恨我还太自大,竟又小觑了《死魂灵》,以为这倒不算什么,担当回来,真的又要翻译了。于是"苦"字上头。仔细一读,不错,写法的确不过平铺直叙,但到处是刺,有的明白,有的却隐藏,要感得到;虽然重译,也得竭力保存它的锋头。里面确没有电灯和汽车,然而十九世纪上半期的菜单,赌具,服装,也都是陌生家伙。这就势必至于字典不离手,冷汗不离身,一面也自然只好怪自己语学程度的不够格。但这一杯偶然自大了一下的罚酒是应该喝干的:硬着头皮译下去。到得烦厌,疲倦了的时候,就随便拉本新出的杂志来翻翻,算是休息。这是我的老脾气,休息之中,也略含幸灾乐祸之意,其意若曰:这回是轮到我舒舒服服的来看你们在闹什么花样了。

好像华盖运还没有交完,仍旧不得舒服。拉到手的是《文学》四卷六号,一翻开来,卷头就有一幅红印的大广告,其中说是下一号里,要有我的散文了,题目叫作"未定"。往回一想,编辑先生的确曾经给我一封信,叫我寄一点文章,但我最怕的正是所谓做文章,不答。文章而至于要做,其苦可知。不答者,即答曰不做之意。不料一面又登出广告来了,情同绑票,令我为难。但同时又想到这也许还是自己错,我曾经发表过,我的文章,不是涌出,乃是挤出来的[6]。他大约正抓住了这弱点,在用挤出法;而且我遇见编辑先生们时,也间或觉得他们有想挤之状,令人寒心。先前如果说:"我的文章,是挤也挤不出来的",那恐怕要安全得多了,我佩服陀思妥也夫斯基的少谈自己,以及有些文豪们的专讲别人。

但是,积习还未尽除,稿费又究竟可以换米,写一点也还不算什么"冤沉海底"。笔,是有点古怪的,它有编辑先生一样的"挤"的本领。袖手坐着,想打盹,笔一在手,面前放一张稿子纸,就往往会莫名其妙的写出些什么来。自然,要好,可不见得。

二

还是翻译《死魂灵》的事情。躲在书房里,是只有这类事情的。动笔之前,就先得解决一个问题:竭力使它归化,还是尽量保存洋气呢?日本文的译者上田进[7]君,是主张用前一法的。他以为讽刺作品的翻译,第一当求其易懂,愈易懂,效力也愈广大。所以他的译文,有时就化一句为数句,很近于解释。我的意见却两样的。只求易懂,不如创作,或者改作,将事改为中国事,人也化为中国人。如果还是翻译,那么,首先的目的,就在博览外国的作品,不但移情,也要益智,至少是知道何地何时,有这等事,和旅行外国,是很相像的:它必须有异国情调,就是所谓洋气。其实世界上也不会有完全归化的译文,倘有,就是貌合神离,从严辨别起来,它算不得翻译。凡是翻译,必须兼顾着两面,一当然力求其易解,一则保存着原作的丰姿,但这保存,却又常常和易懂相矛盾:看不惯了。不过它原是洋鬼子,当然谁也看不惯,为比较的顺眼起见,只能改换他的衣裳,却不该削低他的鼻子,剜掉他的眼睛。我是不主张削鼻剜眼的,所以有些地方,仍然宁可译得不顺口。只是文句的组织,无须科学理论似的精密了,就随随便便,但副词的"地"字,却还是使用的,因为我觉得现在看惯了这字的读者已经很不少。

然而"幸乎不幸乎",我竟因此发现我的新职业了:做西崽[8]。

还是当作休息的翻杂志,这回是在《人间世》二十八期上遇见了林语堂先生的大文,摘录会损精神,还是抄一段——

"……今人一味仿效西洋,自称摩登,甚至不问中国文法,必欲仿效英文,分'历史地'为形容词,'历史地的'为状词,以模仿英文之 historic-al-ly,拖一西洋辫子,然则'快来'何不因'快'字是状词而改为'快地的来'?此类把戏,只是洋场孽少怪相,谈文学虽不足,当西崽颇有才。此种流风,其弊在奴,救之之道,在于思。"(《今文八弊》中)

其实是"地"字之类的采用,并非一定从高等华人所擅长的英文而来的。"英文""英文",一笑一笑。况且看上文的反问语气,似乎"一味仿效西洋"的"今人",实际上也并不将"快来"改为"快地的来",这仅是作者的虚构,所以助成其名文,殆即所谓"保得自身为主,则圆通自在,大畅无比"之例了。不过不切实,倘是"自称摩登"的"今人"所说,就是"其弊在浮"。

倘使我至今还住在故乡,看了这一段文章,是懂得,相信的。我们那里只有几个洋教堂,里面想必各有几位西崽,然而很难得遇见。要研究西崽,只能用自己做标本,虽不过"颇",也够合用了。又是"幸乎不幸乎",后来竟到了上海,上海住着许多洋人,因此有着许多西崽,因此也给了我许多相见的机会;不但相见,我还得了和他们中的几位谈天的光荣。不错,他们懂洋话,所懂的大抵是"英文","英文",然而这是他们的吃饭家伙,专用于服事洋东家的,他们决不将洋辫子拖进中国话里来,自然更没有搅乱中国文法的意思,有时也用几个音译字,如"那摩温","土司"[9]之类,但这也是向来用惯的话,并非标新立异,来表示自己的摩登的。他们倒是国粹家,一有余闲,拉皮胡,唱《探母》[10];上工穿制服,下工换华装,间或请假出游,有钱的就是缎鞋绸衫子。不过要戴草帽,眼镜也不用玳瑁边的老样式,倘用华洋的"门户之见"看起来,这两样却不免是缺点。

又倘使我要另找职业,能说英文,我可真的肯去做西崽的,因为我以为用工作换钱,西崽和华仆在人格上也并无高下,正如用劳力在外资工厂或华资工厂换得工资,或用学费在外国大学或中国大学取得资格,都没有卑贱和清高之分一样。西崽之可厌不在他的职业,而在他的"西崽相"。这里之所谓"相",非说相貌,乃是"诚于中而形于外"的,包括着"形式"和"内容"而言。这"相",是觉得洋人势力,高于群华人,自己懂洋话,近洋人,所以也高于群华人;但自己又系出黄帝,有古文明,深通华情,胜洋鬼子,所以也胜于势力高于群华人的洋人,因此也更胜于还在洋人之下的群华人。租界上的中国巡捕,也常常有这一种"相"。

倚徙华洋之间,往来主奴之界,这就是现在洋场上的"西崽相"。但又并不是骑墙,因为他是流动的,较为"圆通自在",所以也自得其乐,除非你扫了他的兴头。

三

由前所说,"西崽相"就该和他的职业有关了,但又不全和职业相关,一部份却来自未有西崽以前的传统。所以这一种相,有时是连清高的士大夫也不能免的。"事大"[11],历史上有过的,"自大",事实上也常有的;"事大"和"自大",虽然不相容,但因"事大"而"自大",却又为实际上所常见——他足以傲视一切连"事大"也不配的人们。有人佩服得五体投地的《野叟曝言》中,那"居一人之下,在众人之上"的文素臣[12],就是这标本。他是崇华,抑夷,其实却是"满崽";古之"满崽",正犹今之"西崽"也。

所以虽是我们读书人,自以为胜西崽远甚,而洗伐未净,说话一多,也常常会露出尾巴来的。再抄一段名文在这里——

"……其在文学,今日绍介波兰诗人,明日绍介捷克文豪,而对于已经闻名之英美法德文人,反厌为陈腐,不欲深察,求一究竟。此与妇女新装求入时一样,总是媚字

一字不是,自叹女儿身,事人以颜色,其苦不堪言。此种流风,其弊在浮,救之之道,在于学。"(《今文八弊》中)[13]

但是,这种"新装"的开始,想起来却长久了,"绍介波兰诗人",还在三十年前,始于我的《摩罗诗力说》。那时满清宰华,汉民受制,中国境遇,颇类波兰,读其诗歌,即易于心心相印,不但无事大之意,也不存献媚之心。后来上海的《小说月报》[14],还曾为弱小民族作品出过专号,这种风气,现在是衰歇了,即偶有存者,也不过一脉的余波。但生长于民国的幸福的青年,是不知道的,至于附势奴才,拜金崽子,当然更不会知道。但即使现在绍介波兰诗人,捷克文豪,怎么便是"媚"呢?他们就没有"已经闻名"的文人吗?况且"已经闻名",是谁闻其"名",又何从而"闻"的呢?诚然,"英美法德",在中国有宣教师,在中国现有或曾有租界,几处有驻军,几处有军舰,商人多,用西崽也多,至于使一般人仅知有"大英","花旗","法兰西"和"茄门"[15],而不知世界上还有波兰和捷克。但世界文学史,是用了文学的眼睛看,而不用势利眼睛看的,所以文学无须用金钱和枪炮作掩护,波兰捷克,虽然未曾加入八国联军来打过北京,那文学却在,不过有一些人,并未"已经闻名"而已。外国的文人,要在中国闻名,靠作品似乎是不够的,他反要得到轻薄。

所以一样的没有打过中国的国度的文学,如希腊的史诗,印度的寓言,亚剌伯的《天方夜谈》,西班牙的《堂·吉诃德》[16],纵使在别国"已经闻名",不下于"英美法德文人"的作品,在中国却被忘记了,他们或则国度已灭,或则无能,再也用不着"媚"字。

对于这情形,我看可以先把上章所引的林语堂先生的训词移到这里来的——

"此种流风,其弊在奴,救之之道,在于思。"

不过后两句不合用,既然"奴"了,"思"亦何益,思来思去,不过"奴"得巧妙一点而已。中国宁可有未"思"的西崽,将来的文学倒较为有望。

但"已经闻名的英美法德文人",在中国却确是不遇的。中国的立学校来学这四国话,为时已久[17],开初虽不过意在养成使馆的译员,但后来却展开,盛大了。学德语盛于清末的改革军操,学法语盛于民国的"勤工俭学"[18]。学英语最早,一为了商务,二为了海军,而学英语的人数也最多,为学英语而作的教科书和参考书也最多,由英语起家的学士文人也不少。然而海军不过将军舰送人,绍介"已经闻名"的司各德,迭更斯,狄福,斯惠夫德……的,竟是只知汉文的林纾[19],连绍介最大的"已经闻名"的莎士比亚的几篇剧本的,也有待于并不专攻英文的田汉[20]。这缘故,可真是非"在于思"则不可了。

然而现在又到了"今日绍介波兰诗人,明日绍介捷克文豪"的危机,弱国文人,将闻名于中国,英美法德的文风,竟还不能和他们的财力武力,深入现在的文林,"狗逐尾巴"者既没有恒心,志在高山的又不屑动手,但见山林映以电灯,语录夹些洋话,"对于已经闻名之英美法德文人",真不知要待何人,至何时,这才来"求一究竟"。那些文人的作品,当然也是好极了的,然甲则曰不佞望洋而兴叹,乙则曰汝辈何不潜心而探求。旧笑话云:昔有孝子,遇其父病,闻股肉可疗,而自怕痛,执刀出门,执途人臂,悍然割之,途人惊拒,孝子谓曰,割股疗父,乃是大孝,汝竟惊拒,岂是人哉![21]是好比方;林先生云:"说法虽乖,功效实同",是好辩解。

六月十日。

* * *

〔1〕 本篇最初发表于1935年7月《文学》月刊第五卷第一号。

〔2〕 严又陵(1854—1921) 名复,字又陵,又字几道,福建闽侯(今福州)人,清末启蒙思想家、翻译家。早年留学英国,曾任北洋水师学堂总教习。他在《天演论》的"译例言"中说及"定名之难":"一名之立,旬月踟蹰;我罪我知,是存明哲。"

〔3〕 《世界文库》 郑振铎编辑,1935年5月创刊,上海生活书店发行,每月发行一册,内容分中国古典文学及外国名著翻译两部分。该刊于第一年印出十二册后,第二年起以《世界文库》的总名改出单行本。鲁迅所译的《死魂灵》第一部在印单行本前曾连载于该刊第一年第一至第六册。

〔4〕 沙袋 旧式电灯为调节灯头悬挂高低而装置的瓷瓶,内贮沙子,故俗称沙袋。扑落,英语 Plug 的音译,今称插头或插销。

〔5〕 指略悉珂所作的《铁的静寂》。《一天的工作》,鲁迅翻译的苏联短篇小说集,内收作家十人的作品十篇(其中二篇系瞿秋白译,署名文尹),1933年3月上海良友图书印刷公司出版。

〔6〕 关于文章是挤出来的,作者曾在《华盖集·并非闲话(三)》

中说:"至于已经印过的那些,那是被挤出来的。这'挤'字是挤牛乳之'挤';这'挤牛乳'是专来说明'挤'字的,并非故意将我的作品比作牛乳,希冀装在玻璃瓶里,送进什么'艺术之宫'。"

〔7〕 上田进(1907—1947) 日本翻译家。曾将俄罗斯文学和苏联文学多种译成日文。

〔8〕 西崽 旧时对西洋人雇用的中国男仆的蔑称。林语堂在《人间世》第二十八期(1935年5月20日)发表的《今文八弊(中)》一文中说:"(三)卖洋铁罐,西崽口吻——今人既赶时髦,生怕落伍,于是标新立异,竞角摩登。……譬如医道,以西洋爱克斯光与中国阴阳五行之说相较,……倘加以深究,其中自有是非可言,……说法虽乖,功效实同。……一入门户之见,便失了自主,苦痛难言,保得自身为主,则圆通自在,大畅无比。"下面就紧接着这里所引的一段文字。

〔9〕 "那摩温" 即英语 Number one 的音译,意为第一号,当时上海用以称工头。"土司",即英语 Toast 的音译,意为烤面包片。

〔10〕 《探母》 即京剧《四郎探母》。演的是北宋杨家将故事。

〔11〕 "事大" 服事大国的意思。语出《孟子·梁惠王(下)》:"齐宣王问曰:'交邻国有道乎?'孟子对曰:'有。惟仁者为能以大事小……惟智者为能以小事大。'"

〔12〕 文素臣 小说《野叟曝言》中的主角,官做到"一人之下,万人之上"的丞相。这里说他"崇华,抑夷",是因为书中有关于他"征苗"、"平倭"的描写。这书作者夏敬渠是清康熙乾隆间人,所以这里说文素臣是"满崽"。

〔13〕 这一段引文见于《今文八弊(中)》之二"随行随失,狗逐尾巴"一节中。

〔14〕 《小说月报》 1910年创刊于上海,商务印书馆出版,内容

是刊载文言小说和旧诗词笔记等,为"鸳鸯蝴蝶派"的主要刊物。1921年1月第十二卷第一号起,先后由沈雁冰、郑振铎主编,经过改革,成为新文学运动的重要阵地之一。1931年12月出至第二十二卷第十二号停刊。1921年10月该刊第十二卷第十号曾出版"被损害民族的文学号"增刊,刊有鲁迅、沈雁冰等译的波兰、捷克等国的文学作品和介绍这些国家的文学情况的文章。

〔15〕 "花旗" 旧时我国一些地方对美国的俗称;"茄门",英语German的音译,通译日耳曼,指德国。

〔16〕《天方夜谈》 现译《一千零一夜》,阿拉伯古代民间故事集。《堂·吉诃德》,西班牙作家塞万提斯的长篇小说。

〔17〕 清同治元年(1862)在北京设立了培养译员的学校,称"京师同文馆",属总理各国事务衙门。初设英文馆,次年添设法文、俄文馆,后又设德文、日文馆。光绪二十七年十二月(1902年1月)归入京师大学堂。

〔18〕 "勤工俭学" 1914年蔡元培等成立勤工俭学会,号召青年到法国"勤劳作工,节俭求学",一时赴法求学的人不少。该会于1921年停办。

〔19〕 林纾(1852—1924) 字琴南,号畏庐,福建闽县(今福州)人。清光绪举人,曾任教京师大学堂。他据别人口述,以文言文翻译欧美文学作品一百七十多种,英国的如司各德(W. Scott,1771—1832)的《撒克逊劫后英雄略》(今译《艾凡赫》),迭更斯(C. Dickens,1812—1870)的《块肉余生述》(今译《大卫·科波菲尔》),狄福(D. Defoe,约1660—1731)的《鲁滨孙飘流记》,斯惠夫特(J. Swift,1667—1745)的《海外轩渠录》(今译《格列佛游记》)等。

〔20〕 田汉(1898—1968) 字寿昌,湖南长沙人,戏剧家,曾创办

话剧团体南国社,中国左翼戏剧家联盟领导人之一。他曾在1921年翻译莎士比亚的剧本《罗蜜欧与朱丽叶》和《哈孟雷特》,由中华书局印行。

〔21〕 这则笑话见于清初石成金所著《传家宝》的《笑得好》初集,题为《割股》。

名人和名言[1]

《太白》[2]二卷七期上有一篇南山先生的《保守文言的第三道策》[3]，他举出：第一道是说"要做白话由于文言做不通"，第二道是说"要白话做好，先须文言弄通"。十年之后，才来了太炎先生的第三道，"他以为你们说文言难，白话更难。理由是现在的口头语，有许多是古语，非深通小学就不知道现在口头语的某音，就是古代的某音，不知道就是古代的某字，就要写错。……"

太炎[4]先生的话是极不错的。现在的口头语，并非一朝一夕，从天而降的语言，里面当然有许多是古语，既有古语，当然会有许多曾见于古书，如果做白话的人，要每字都到《说文解字》里去找本字，那的确比做任用借字的文言要难到不知多少倍。然而自从提倡白话以来，主张者却没有一个以为写白话的主旨，是在从"小学"里寻出本字来的，我们就用约定俗成的借字。诚然，如太炎先生说："乍见熟人而相寒暄曰'好呀'，'呀'即'乎'字；应人之称曰'是唉'，'唉'即'也'字。"但我们即使知道了这两字，也不用"好乎"或"是也"，还是用"好呀"或"是唉"。因为白话是写给现代的人们看，并非写给商周秦汉的鬼看的，起古人于地下，看了不懂，我们也毫不畏缩。所以太炎先生的第三道策，其实是文不对题的。这缘故,是因为先生把他所专长的小学,用得范围太广了。

我们的知识很有限,谁都愿意听听名人的指点,但这时就来了一个问题:听博识家的话好,还是听专门家的话好呢?解答似乎很容易:都好。自然都好;但我由历听了两家的种种指点以后,却觉得必须有相当的警戒。因为是:博识家的话多浅,专门家的话多悖的。

博识家的话多浅,意义自明,惟专门家的话多悖的事,还得加一点申说。他们的悖,未必悖在讲述他们的专门,是悖在倚专家之名,来论他所专门以外的事。社会上崇敬名人,于是以为名人的话就是名言,却忘记了他之所以得名是那一种学问或事业。名人被崇奉所诱惑,也忘记了自己之所以得名是那一种学问或事业,渐以为一切无不胜人,无所不谈,于是乎就悖起来了。其实,专门家除了他的专长之外,许多见识是往往不及博识家或常识者的。太炎先生是革命的先觉,小学的大师,倘谈文献,讲《说文》,当然娓娓可听,但一到攻击现在的白话,便牛头不对马嘴,即其一例。还有江亢虎[5]博士,是先前以讲社会主义出名的名人,他的社会主义到底怎么样呢,我不知道。只是今年忘其所以,谈到小学,说"'德'之古字为'悳',从'直'从'心','直'即直觉之意",却真不知道悖到那里去了,他竟连那上半并不是曲直的直字这一点都不明白[6]。这种解释,却须听太炎先生了。

不过在社会上,大概总以为名人的话就是名言,既是名人,也就无所不通,无所不晓。所以译一本欧洲史,就请英国话说得漂亮的名人校阅,编一本经济学,又乞古文做得好的名人题签;学界的名人绍介医生,说他"术擅岐黄"[7],商界的名人称赞画家,说他"精研六法"[8]。……

这也是一种现在的通病。德国的细胞病理学家维尔晓(Virchow)[9],是医学界的泰斗,举国皆知的名人,在医学史上的位置,是极为重要的,然而他不相信进化论,他那被教徒所利用的几回讲演,据赫克尔(Haeckel)[10]说,很给了大众不少坏影响。因为他学问很深,名甚大,于是自视甚高,以为他所不解的,此后也无人能解,又不深研进化论,便一口归功于上帝了。现在中国屡经绍介的法国昆虫学大家法布耳(Fabre)[11],也颇有这倾向。他的著作还有两种缺点:一是嗤笑解剖学家,二是用人类道德于昆虫界。但倘无解剖,就不能有他那样精到的观察,因为观察的基础,也还是解剖学;农学者根据对于人类的利害,分昆虫为益虫和害虫,是有理可说的,但凭了当时的人类的道德和法律,定昆虫为善虫或坏虫,却是多余了。有些严正的科学者,对于法布耳的有微词,实也并非无故。但倘若对这两点先加警戒,那么,他的大著作《昆虫记》十卷,读起来也还是一部很有趣,也很有益的书。

不过名人的流毒,在中国却较为利害,这还是科举的余波。那时候,儒生在私塾里揣摩高头讲章,和天下国家何涉,但一登第,真是"一举成名天下知",他可以修史,可以衡文,可以临民,可以治河;到清朝之末,更可以办学校,开煤矿,练新军,造战舰,条陈新政,出洋考察了。成绩如何呢,不待我多说。

这病根至今还没有除,一成名人,便有"满天飞"之概。

我想,自此以后,我们是应该将"名人的话"和"名言"分开来的,名人的话并不都是名言;许多名言,倒出自田夫野老之口。这也就是说,我们应该分别名人之所以名,是由于那一门,而对于他的专门以外的纵谈,却加以警戒。苏州的学子是聪明的,他们请太炎先生讲国学[12],却不请他讲簿记学或步兵操典,——可惜人们却又不肯想得更细一点了。

我很自歉这回时时涉及了太炎先生。但"智者千虑,必有一失",这大约也无伤于先生的"日月之明"的。至于我的所说,可是我想,"愚者千虑,必有一得",盖亦"悬诸日月而不刊"[13]之论也。

七月一日。

*　　　*　　　*

〔1〕 本篇最初发表于1935年7月20日《太白》半月刊第二卷第九期,署名越丁。

〔2〕 《太白》 小品文半月刊,陈望道主编,1934年9月20日创刊,次年9月5日出至第二卷第十二期停刊,上海生活书店发行。

〔3〕 南山 即陈望道(1890—1977),浙江义乌人,学者。曾任《新青年》杂志编辑、复旦大学文学院院长等。《保守文言的第三道策》,发表于1935年6月20日《太白》第二卷第七期。它开头说:"保守文言过去有过两道策。……直到最近,才由章太炎提出白话比文言还要难做的话头来,勉强算是缴了第三道。"其后引证了章太炎自己的话:"叙事欲声口毕肖,须录当地方言。文言如此,白话亦然……用语自不能限于首都,非广采各地方言不可。然则非深通小学,如何可写白话哉?寻常语助之字,如'焉,哉,乎,也'。今白话中,'焉,哉'不用,'乎,

也'尚用。如乍见熟人而相寒暄,曰'好呀','呀'即'乎'字;应人之称曰'是唉','唉'即'也'字。'夫'字文言用在句末,……即白话之'罢'字……'矣'转而为'哩',……'乎,也,夫,矣'四字,仅声音小变而已,论理应用'乎,也,夫,矣',不应用'呀,唉,罢,哩'也。"(按章太炎的话见于他的讲演稿《白话与文言之关系》)。

〔4〕 太炎 即章炳麟(1869—1936),字枚叔,号太炎,浙江余杭人,清末革命家、学者。光复会发起人之一,后参加同盟会,主编《民报》。参看《且介亭杂文末编·关于太炎先生二三事》。

〔5〕 江亢虎(1883—1954) 江西弋阳人。早年留学日本,辛亥革命时曾组织"中国社会党",标榜"社会主义"。后曾任国民党中央委员。抗日战争期间任汪精卫伪政府的考试院院长。1935 年 2 月他在上海发起以"保存汉字保存文言为目的"的存文会;这里说他"谈到小学"的一些话,是同年 3 月在上海"讲学"时说的。

〔6〕《说文解字》卷十下:"悳,外得于人内得于己也,从直从心。多则切。"又卷十二下:"直,正见也,从乚从十从目。徐锴曰:乚,隐也,今十目所见,是直也。除力切。"

〔7〕 岐黄 指古代名医。黄即黄帝,名轩辕,传说中的上古帝王;岐即岐伯,传说中的上古名医。今所传著名医学古籍《黄帝内经》,是战国秦汉时医家托名黄帝和岐伯所作。其中《素问》部分,用黄帝和岐伯问答的形式讨论病理,故后来常称医术高明者为"术精岐黄"。

〔8〕 六法 中国画过去有"六法"之说。南朝齐谢赫的《古画品录》中说:"画有六法……一气韵生动是也;二骨法用笔是也;三应物象形是也;四随类赋彩是也;五经营位置是也;六传移模写是也。"

〔9〕 维尔晓(1821—1902) 通译微耳和。德国科学家和政治活动家,细胞病理学的奠基人。早年曾拥护达尔文主义,后来却激烈反对

达尔文主义。著有《细胞病理学》等。

〔10〕 赫克尔(1834—1919) 通译海克尔,德国生物学家,达尔文进化论的捍卫者和宣传者。主要著作有《宇宙之谜》、《人类发展史》等。

〔11〕 法布耳(1823—1915) 法国昆虫学家。他著的《昆虫记》出版于1910年,是一部以生动活泼的文笔介绍昆虫生活情态的书。当时我国有好几个节译本,如《法布尔科学故事》、《昆虫故事》、《昆虫记》等。

〔12〕 1933年前后,章太炎曾在苏州创立章氏国学讲习会,讲授国学。他在《制言》半月刊创刊号(1935年9月)中说:"余自民国二十一年返自旧都,讲学吴中三年矣。"

〔13〕 "悬诸日月而不刊" 语出汉代扬雄《答刘歆书》。扬雄在这封信里,引用张伯松赞美他的《方言》稿本的话:"是悬诸日月不刊之书也。"刊,这里是掉下的意思。

"靠天吃饭"[1]

"靠天吃饭说"是我们中国的国宝。清朝中叶就有《靠天吃饭图》的碑[2]，民国初年，状元陆润庠[3]先生也画过一张：一个大"天"字，末一笔的尖端有一位老头子靠着，捧了碗在吃饭。这图曾经石印，信天派或嗜奇派，也许还有收藏的。

而大家也确是实行着这学说，和图不同者，只是没有碗捧而已。这学说总算存在着一半。

前一月，我们曾经听到过嚷着"旱象已成"，现在是梅雨天，连雨了十几日，是每年必有的常事，又并无飓风暴雨，却又到处发现水灾了。植树节[4]所种的几株树，也不足以挽回天意。"五日一风，十日一雨"的唐虞之世[5]，去今已远，靠天而竟至于不能吃饭，大约为信天派所不及料的罢。到底还是做给俗人读的《幼学琼林》[6]聪明，曰："轻清者上浮而为天"，"轻清"而又"上浮"，怎么一个"靠"法。

古时候的真话，到现在就有些变成谎话。大约是西洋人说的罢，世界上穷人有份的，只有日光空气和水。这在现在的上海就不适用，卖心卖力的被一天关到夜，他就晒不着日光，吸不到好空气；装不起自来水的，也喝不到干净水。报上往往说："近来天时不正，疾病盛行"，这岂只是"天时不正"之故，"天何言哉"[7]，它默默地被冤枉了。

但是,"天"下去就要做不了"人",沙漠中的居民为了一塘水,争夺起来比我们这里的才子争夺爱人还激烈,他们要拚命,决不肯做一首"阿呀诗"就了事。洋大人斯坦因[8]博士,不是从甘肃敦煌的沙里掘去了许多古董么?那地方原是繁盛之区,靠天的结果,却被天风吹了沙埋没了。为制造将来的古董起见,靠天确也是一种好方法,但为活人计,却是不大值得的。

一到这里,就不免要说征服自然了,但现在谈不到,"带住"可也。

七月一日。

* * *

〔1〕 本篇最初发表于1935年7月20日《太白》半月刊第二卷第九期,署名姜珂。

〔2〕 《靠天吃饭图》的碑 山东济南大明湖铁公祠有这样的碑,并附有清嘉庆癸酉(1813)魏祥的一篇文章,其中说:"余襄工五台,得此石拓,语虽近俚,实有理趣……今重刊一石,作《靠天论》,以与天下吃饭者共质之。"

〔3〕 陆润庠(1841—1915) 字凤石,江苏元和(今吴县)人。清同治时状元,官至东阁大学士。

〔4〕 植树节 1930年,国民党政府规定每年3月20日(孙中山逝世纪念日)为植树节。

〔5〕 "五日一风,十日一雨" 语出王充《论衡・是应》:"儒者论太平瑞应,皆言气物卓异……风不鸣条,雨不破块;五日一风,十日一

雨。"唐虞之世,指我国上古传说中的尧(陶唐氏)、舜(有虞氏)时代。儒家典籍中常把它作为太平盛世的典范。

〔6〕《幼学琼林》 明末程允升编著,内容系杂集关于天文、人伦、器用、技艺等成语典故,用骈文写成,是旧时学塾的初级读物。该书的首二句为:"混沌初开,乾坤始奠,气之轻清上浮者为天,气之重浊下凝者为地。"

〔7〕"天何言哉" 孔子的话,语出《论语·阳货》:"天何言哉?四时行焉,百物生焉,天何言哉?"

〔8〕斯坦因(M. A. Stein,1862—1943) 英国考古学家。他曾在1907年、1914年先后从甘肃敦煌千佛洞等处盗走我国大量古代文物。敦煌,汉唐时代我国与中亚和欧洲交通线上的重镇,是当时经济文化比较发达的地方。

几乎无事的悲剧[1]

果戈理(Nikolai Gogol)的名字,渐为中国读者所认识了,他的名著《死魂灵》的译本,也已经发表了第一部的一半。那译文虽然不能令人满意,但总算借此知道了从第二至六章,一共写了五个地主的典型,讽刺固多,实则除一个老太婆和吝啬鬼泼留希金外,都各有可爱之处。至于写到农奴,却没有一点可取了,连他们诚心来帮绅士的忙,也不但无益,反而有害。果戈理自己就是地主。

然而当时的绅士们很不满意,一定的照例的反击,是说书中的典型,多是果戈理自己,而且他也并不知道大俄罗斯地主的情形。这是说得通的,作者是乌克兰人,而看他的家信,有时也简直和书中的地主的意见相类似。然而即使他并不知道大俄罗斯的地主的情形罢,那创作出来的脚色,可真是生动极了,直到现在,纵使时代不同,国度不同,也还使我们像是遇见了有些熟识的人物。讽刺的本领,在这里不及谈,单说那独特之处,尤其是在用平常事,平常话,深刻的显出当时地主的无聊生活。例如第四章里的罗士特来夫,是地方恶少式的地主,赶热闹,爱赌博,撒大谎,要恭维,——但挨打也不要紧。他在酒店里遇到乞乞科夫,夸示自己的好小狗,勒令乞乞科夫摸过狗耳朵之后,还要摸鼻子——

> "乞乞科夫要和罗士特来夫表示好意,便摸了一下那狗的耳朵。'是的,会成功一匹好狗的。'他加添着说。
>
> "'再摸摸它那冰冷的鼻头,拿手来呀!'因为要不使他扫兴,乞乞科夫就又一碰那鼻子,于是说道:'不是平常的鼻子!'"

这种莽撞而沾沾自喜的主人,和深通世故的客人的圆滑的应酬,是我们现在还随时可以遇见的,有些人简直以此为一世的交际术。"不是平常的鼻子",是怎样的鼻子呢?说不明的,但听者只要这样也就足够了。后来又同到罗士特来夫的庄园去,历览他所有的田产和东西——

> "还去看克理米亚的母狗,已经瞎了眼,据罗士特来夫说,是就要倒毙的。两年以前,却还是一条很好的母狗。大家也来察看这母狗,看起来,它也确乎瞎了眼。"

这时罗士特来夫并没有说谎,他表扬着瞎了眼的母狗,看起来,也确是瞎了眼的母狗。这和大家有什么关系呢,然而世界上有一些人,却确是嚷闹,表扬,夸示着这一类事,又竭力证实着这一类事,算是忙人和诚实人,在过了他的整一世。

这些极平常的,或者简直近于没有事情的悲剧,正如无声的言语一样,非由诗人画出它的形象来,是很不容易觉察的。然而人们灭亡于英雄的特别的悲剧者少,消磨于极平常的,或者简直近于没有事情的悲剧者却多。

听说果戈理的那些所谓"含泪的微笑"[2],在他本土,现在是已经无用了,来替代它的有了健康的笑。但在别地方,也依然有用,因为其中还藏着许多活人的影子。况且健康的笑,在被笑的一方面是悲哀的,所以果戈理的"含泪的微笑",倘传到了和作者地位不同的读者的脸上,也就成为健康:这是《死魂灵》的伟大处,也正是作者的悲哀处。

七月十四日。

* * *

〔1〕 本篇最初发表于 1935 年 8 月《文学》月刊第五卷第二号"文学论坛"栏,署名旁。

〔2〕 "含泪的微笑" 这是普希金评论果戈理小说的话,见于他在 1836 年写的《评〈狄康卡近乡夜话〉》。

三论"文人相轻"[1]

《芒种》第八期上有一篇魏金枝[2]先生的《分明的是非和热烈的好恶》,是为以前的《文学论坛》上的《再论"文人相轻"》而发的。他先给了原则上的几乎全体的赞成,说,"人应有分明的是非,和热烈的好恶,这是不错的,文人应更有分明的是非,和更热烈的好恶,这也是不错的。"中间虽说"凡人在落难时节……能与猿鹤为伍,自然最好,否则与鹿豕为伍,也是好的。即到千万没有办法的时候,至于躺在破庙角里,而与麻疯病菌为伍,倘然我的体力,尚能为自然的抗御,因而不至毁灭以死,也比被实际上也做着骗子屠夫的所诱杀脔割,较为心愿。"看起来好像有些微辞,但其实说的是他的憎恶骗子屠夫,远在猿鹤以至麻疯病菌之上,和《论坛》上所说的"从圣贤一直敬到骗子屠夫,从美人香草一直爱到麻疯病菌的文人,在这世界上是找不到的"的话,也并不两样。至于说:"平心而论,彼一是非,此一是非,原非确论。"则在近来的庄子道友中,简直是鹤立鸡群似的卓见了。

然而魏先生的大论的主旨,并不专在这一些,他要申明的是:是非难定,于是爱憎就为难。因为"譬如有一种人,……在他自己的心目之中,已先无是非之分。……于是其所谓'是',不免似是而实非了。"但"至于非中之是,它的是处，正胜过于似是之非，因为其犹讲交友之道，而无门阀之分"的。到这地步，我们的文人就只好吞吞吐吐，假揩眼泪了。"似是之非"其实就是"非"，倘使已经看穿，不是只要给以热烈的憎恶就成了吗？然而"天下的事情，并没有这么简单"，又不得不爱护"非中之是"，何况还有"似非而是"和"是中之非"，取其大，略其细的方法，于是就不适用了。天下何尝有黑暗，据物理学说，地球上的无论如何的黑暗中，不是总有 X 分之一的光的吗？看起书来，据理就该看见 X 分之一的字的，——我们不能论明暗。

这并非刻薄的比喻，魏先生却正走到"无是非"的结论的。他终于说："总之，文人相轻，不外乎文的长短，道的是非，文既无长短可言，道又无是非之分，则空谈是非，何补于事！已而已而，手无寸铁的人呵！"人无全德，道无大成，刚说过"非中之是"，胜过"似是之非"，怎么立刻又变成"文既无长短可言，道又无是非之分"了呢？文人的铁，就是文章，魏先生正在大做散文，力施搏击，怎么同时又说是"手无寸铁"了呢？这可见要抬举"非中之是"，却又不肯明说，事实上是怎样的难，所以即使在那大文上列举了许多对手的"排挤"，"大言"，"卖友"的恶谥，而且那大文正可通行无阻，却还是觉得"手无寸铁"，归根结蒂，掉进"无是非"说的深坑里，和自己以为"原非确论"的"彼亦一是非，此亦一是非"说成了"朋友"——这里不说"门阀"——了。

况且，"文既无长短可言，道又无是非之分"，魏先生的文章，就他自己的结论而言，就先没有动笔的必要。不过要说结果,这无须动笔的动笔,却还是有战斗的功效的,中国的有些文人一向谦虚,所以有时简直会自己先躺在地上,说道,"倘然要讲是非,也该去怪追奔逐北的好汉,我等小民,不任其咎。"明明是加入论战中的了,却又立刻肩出一面"小民"旗来,推得干干净净,连肋骨在那里也找不到了。论"文人相轻"竟会到这地步,这真是叫作到了末路!

七月十五日。

【备考】

分明的是非和热烈的好恶　魏金枝

人应有分明的是非,和热烈的好恶,这是不错的。文人应更有分明的是非,和更热烈的好恶,这也是不错的。但天下的事情,并没有这么简单,除了是非之外,还有"似是而非"的"是",和"非中有是"之非,在这当口,我们的好恶,便有些为难了。

譬如有一种人,他们借着一个好看的幌子,做其为所欲为的勾当,不论是非,无分好恶,一概置之在所排挤之列,这叫做玉石俱焚,在他自己的心目之中,已先无是非之分。但他还要大言不惭,自以为是。于是其所谓"是",不免似是而实非了。这是我们在谈话是非之前,所应最先将它分辩明白的。次则以趣观之,往往有些具着两张面孔的人,对于腰骨硬朗的,他会伏在地下,打拱作揖,对于下一点的,也会装起高不可扳的怪腔,甚至给你当头一脚,拒之千里之外。其时是非,便会煞时分手,各归其主,因之好恶不同,也是常事。在此时际,要谈是非,就得易地而处,平心而论,彼一是非,此一是非,原非确论。

至于非中之是,它的是处,正胜过于似是之非,因为其犹讲交友之道,而无门阀之分。凡人在落难时节,没有朋友,没有六亲,更无是非天道可言,能与猿鹤为伍,自然最好,否则与鹿豕为伍,也是好的。即到千万没有办法的时候,至于躺在破庙角里,而与麻疯病菌为伍,倘然我的体力,尚能为自然的抗御,因而不至毁灭以死,也比被实际上也做着骗子屠夫的所诱杀脔割,较为心愿。所以,倘然要讲是非,也该去怪追奔逐北的好汉,我等小民,不任其咎。但近来那般似是的人,还在那里大登告白,说是"少卿教匈奴为兵",那个意思,更为凶恶,为他营业,卖他朋友,甚而至于陷井下石,望人万劫不复,那层似是的甜衣,不是糖拌砒霜,是什么呢?

总之,文人相轻,不外乎文的长短,道的是非,文既无长短可言,道又无是非之分,则空谈是非,何补于事!已而已而,手无寸铁的人呵!

七月一日,《芒种》第八期。

*　　*　　*

〔1〕　本篇最初发表于1935年8月《文学》月刊第五卷第二号"文学论坛"栏,署名隼。

〔2〕　魏金枝　参看本书第52页注〔72〕。

四论"文人相轻"[1]

　　前一回没有提到,魏金枝先生的大文《分明的是非和热烈的好恶》里,还有一点很有意思的文章。他以为现在"往往有些具着两张面孔的人",重甲而轻乙;他自然不至于主张文人应该对谁都打拱作揖,连称久仰久仰的,只因为乙君原是大可钦敬的作者。所以甲乙两位,"此时此际,要谈是非,就得易地而处",甲说你的甲话,乙呢,就觉得"非中之是,……正胜过于似是之非,因为其犹讲交友之道,而无门阀之分",把"门阀"留给甲君,自去另找讲交道的"朋友",即使没有,竟"与麻疯病菌为伍,……也比被实际上也做着骗子屠夫的所诱杀脔割,较为心愿"了。

　　这拥护"文人相轻"的情境,是悲壮的,但也正证明了现在一般之所谓"文人相轻",至少,是魏先生所拥护的"文人相轻",并不是因为"文",倒是为了"交道"。朋友乃五常[2]之一名,交道是人间的美德,当然也好得很。不过骗子有屏风,屠夫有帮手,在他们自己之间,却也叫作"朋友"的。

　　"必也正名乎"[3],好名目当然也好得很。只可惜美名未必一定包着美德。"翻手为云覆手雨,纷纷轻薄何须数,君不见管鲍贫时交,此道今人弃如土!"[4]这是李太白先生罢,就早已"感慨系之矣",更何况现在这洋场——古名"彝场"——

的上海。最近的《大晚报》的副刊上就有一篇文章[5]在通知我们要在上海交朋友,说话先须漂亮,这才不至于吃亏,见面第一句,是"格位(或'迪个')朋友贵姓?"此时此际,这"朋友"两字中还未含有任何利害,但说下去,就要一步紧一步的显出爱憎和取舍,即决定共同玩花样,还是用作"阿木林"[6]之分来了。"朋友,以义合者也。"古人确曾说过的,然而又有古人说:"义,利也。"[7]呜呼!

如果在冷路上走走,有时会遇见几个人蹲在地上赌钱,庄家只是输,押的只是赢,然而他们其实是庄家的一伙,就是所谓"屏风"——也就是他们自己之所谓"朋友"——目的是在引得蠢才眼热,也来出手,然后掏空他的腰包。如果你站下来,他们又觉得你并非蠢才,只因为好奇,未必来上当,就会说:"朋友,管自己走,没有什么好看。"这是一种朋友,不妨害骗局的朋友。荒场上又有变戏法的,石块变白鸽,坛子装小孩,本领大抵不很高强,明眼人本极容易看破,于是他们就时时拱手大叫道:"在家靠父母,出家靠朋友!"这并非在要求撒钱,是请托你不要说破。这又是一种朋友,是不戳穿戏法的朋友。把这些识时务的朋友稳住了,他才可以掏呆朋友的腰包;或者手执花枪,来赶走不知趣的走近去窥探底细的傻子,恶狠狠的啐一口道:"……瞎你的眼睛!"

孩子的遭遇可是还要危险。现在有许多文章里,不是常在很亲热的叫着"小朋友,小朋友"吗?这是因为要请他做未来的主人公,把一切担子都搁在他肩上了;至少,也得去买儿童画报,杂志,文库之类,据说否则就要落伍。

已成年的作家们所占领的文坛上，当然不至于有这么彰明较著的可笑事，但地方究竟是上海，一面大叫朋友，一面却要他悄悄的纳钱五块，买得"自己的园地"〔8〕，才有发表作品的权利的"交道"，可也不见得就不会出现的。

八月十三日。

＊　　＊　　＊

〔1〕 本篇最初发表于1935年9月《文学》月刊第五卷第三号"文学论坛"栏，署名隼。

〔2〕 五常　也称五伦，我国封建社会的伦理道德。《孟子·滕文公(上)》："使契为司徒，教以人伦：父子有亲，君臣有义，夫妇有别，长幼有序，朋友有信。"旧时以君臣、父子、夫妇、兄弟、朋友为五伦，认为制约他们各自之间关系的道德准则是不可变易的常道，所以称为五常。

〔3〕 "必也正名乎"　孔子的话，语出《论语·子路》："必也正名乎！……名不正则言不顺，言不顺则事不成。"

〔4〕 "翻手为云覆手雨"等句，见杜甫《贫交行》一诗。管鲍，即管仲和鲍叔牙，春秋时齐国人，二人少年时友善，后齐桓公命叔牙为相，叔牙推荐管仲自代。

〔5〕 1935年8月4日上海《大晚报》副刊《剪影》上载有罗侯的《上海话那能讲头》一文，其中说："在上海，……要这些上下三等人都不把你看作可欺的阿木林瘟生呢，你就非得好好研究上下三等交朋友用的谈话，在上海交朋友，你必须了解的是，所谓'朋友轧得要好，讲个闲话要漂亮'……譬如你们初见面，道名问姓起来，上海的上等朋友就爱半说话半咬文的，'格位朋友尊姓？'……'格位'和'迪位'是'这位'的意思。"

〔6〕 "阿木林" 上海话,即傻瓜。

〔7〕 "朋友,以义合者也" 语出《论语·乡党》朱熹注:"朋友以义合"。"义,利也",语出《墨子·经上》。

〔8〕 "自己的园地" 1935年5月,杨邨人、韩侍桁、杜衡等组织"星火"文艺社,出版《星火》文艺月刊,上海杂志公司发行,1936年1月出 第二卷第三期后停刊,共出七期。他们自称该刊是"无名作家自己的园地"和"新进作家自己的园地"。当时《文学》月刊第五卷第二号(1935年8月)"文学论坛"栏发表署名"扬"的《文艺自由的代价》一文,批评上海一些文人用商人手法,要文学青年"投资五元",以取得在"自己的园地""投稿而且被登出的权利"。杨邨人、韩侍桁、杜衡等即以"本社同人"名义在《星火》第一卷第四期(1935年8月20日)发表《警告〈文学〉编者傅东华》一文,否认该刊要作者"投资五元",说只是"曾向社员征收按月三元(暂以三个月为限)的出版费"。

五论"文人相轻"——明术[1]

"文人相轻"是局外人或假充局外人的话。如果自己是这局面中人之一,那就是非被轻则是轻人,他决不用这对等的"相"字。但到无可奈何的时候,却也可以拿这四个字来遮掩一下。这遮掩是逃路,然而也仍然是战术,所以这口诀还被有一些人所宝爱。

不过这是后来的话。在先,当然是"轻"。

"轻"之术很不少。粗糙的说:大略有三种。一种是自卑,自己先躺在垃圾里,然后来拖敌人,就是"我是畜生,但是我叫你爹爹,你既是畜生的爹爹,可见你也是畜生了"的法子。这形容自然未免过火一点,然而较文雅的现象,文坛上却并不怎么少见的。埋伏之法,是甲乙两人的作品,思想和技术,分明不同,甚而至于相反的,某乙却偏要设法表明,说惟独自己的作品乃是某甲的嫡派;补救之法,是某乙的缺点倘被某甲所指摘,他就说这些事情正是某甲所具备,而且自己也正从某甲那里学了来的。此外,已经把别人评得一钱不值了,临末却又很谦虚的声明自己并非批评家,凡有所说,也许全等于放屁之类,也属于这一派。

一种是最正式的,就是自高,一面把不利于自己的批评,统统谓之"漫骂",一面又竭力宣扬自己的好处,准备跨过别人。但这方法比较的麻烦,因为除"辟谣"之外,自吹自擂是究竟不很雅观的,所以做这些文章时,自己得另用一个笔名,或者邀一些"讲交道"的"朋友"来互助。不过弄得不好,那些"朋友"就会变成保驾的打手或抬驾的轿夫,而使那"朋友"会变成这一类人物的,则这御驾一定不过是有些手势的花花公子,抬来抬去,终于脱不了原形,一年半载之后,花花之上也再添不上什么花头去,而且打手轿夫,要而言之,也究竟要工食,倘非腰包饱满,是没法维持的。如果能用死轿夫,如袁中郎或"晚明二十家"之流来抬,再请一位活名人喝道[2],自然较为轻而易举,但看过去的成绩和效验,可也并不见佳。

还有一种是自己连名字也并不抛头露面,只用匿名或由"朋友"给敌人以"批评"——要时髦些,就可以说是"批判"。尤其要紧的是给与一个名称,像一般的"诨名"一样。因为读者大众的对于某一作者,是未必和"批评"或"批判"者同仇敌忾的,一篇文章,纵使题目用头号字印成,他们也不大起劲,现在制出一个简括的诨名,就可以比较的不容易忘记了。在近十年来的中国文坛上,这法术,用是也常用的,但效果却很小。

法术原是极利害,极致命的法术。果戈理夸俄国人之善于给别人起名号——或者也是自夸——说是名号一出,就是你跑到天涯海角,它也要跟着你走,怎么摆也摆不脱[3]。这正如传神的写意画,并不细画须眉,并不写上名字,不过寥寥几笔,而神情毕肖,只要见过被画者的人,一看就知道这是谁;夸张了这人的特长——不论优点或弱点,却更知道这是谁。可惜我们中国人并不怎样擅长这本领。起源,是古的。从汉末到六朝之所谓"品题",如"关东觥觥郭子横"〔4〕,"五经纷纶井大春"〔5〕,就是这法术,但说的是优点居多。梁山泊上一百另八条好汉都有诨名,也是这一类,不过着眼多在形体,如"花和尚鲁智深"和"青面兽杨志",或者才能,如"浪里白跳张顺"和"鼓上蚤时迁"等,并不能提挈这人的全般。直到后来的讼师,写状之际,还常常给被告加上一个诨名,以见他原是流氓地痞一类,然而不久也就拆穿西洋镜,即使毫无才能的师爷,也知道这是不足注意的了。现在的所谓文人,除了改用几个新名词之外,也并无进步,所以那些"批判",结果还大抵是徒劳。

这失败之处,是在不切帖。批评一个人,得到结论,加以简括的名称,虽只寥寥数字,却很要明确的判断力和表现的才能的。必须切帖,这才和被批判者不相离,这才会跟了他跑到天涯海角。现在却大抵只是漫然的抓了一时之所谓恶名,摔了过去:或"封建余孽"〔6〕,或"布尔乔亚"〔7〕,或"破锣"〔8〕,或"无政府主义者",或"利己主义者"……等等;而且怕一个不够致命,又连用些什么"无政府主义封建余孽"或"布尔乔亚破锣利己主义者";怕一人说没有力,约朋友各给他一个;怕说一回还太少,一年内连给他几个:时时改换,个个不同。这举棋不定,就因为观察不精,因而品题也不确,所以即使用尽死劲,流完大汗,写了出去,也还是和对方不相干,就是用浆糊粘在他身上,不久也就脱落了。汽车夫发怒,便骂洋车夫阿四一声"猪猡",顽皮孩子高兴,也会在卖炒白果阿五的背上画一个乌龟,虽然也许博得市侩们的一笑,但他们是决不因此就得"猪猡阿四"或"乌龟阿五"的诨名的。此理易明:因为不切帖。

五四时代的所谓"桐城谬种"和"选学妖孽"[9],是指做"载飞载鸣"[10]的文章和抱住《文选》寻字汇的人们的,而某一种人确也是这一流,形容惬当,所以这名目的流传也较为永久。除此之外,恐怕也没有什么还留在大家的记忆里了。到现在,和这八个字可以匹敌的,或者只好推"洋场恶少"和"革命小贩"[11]了罢。前一联出于古之"京",后一联出于今之"海"。

创作难,就是给人起一个称号或诨名也不易。假使有谁能起颠扑不破的诨名的罢,那么,他如作评论,一定也是严肃正确的批评家,倘弄创作,一定也是深刻博大的作者。

所以,连称号或诨名起得不得法,也还是因为这班"朋友"的不"文"。——"再亮些!"[12]

八月十四日。

*　　　*　　　*

〔1〕 本篇最初发表于1935年9月《文学》月刊第五卷第三号"文学论坛"栏,署名隼。

〔2〕 指刘大杰标点、林语堂校阅的《袁中郎全集》和施蛰存编选、周作人题签的《晚明二十家小品》。

〔3〕 果戈理夸俄国人善给别人起名号　在《死魂灵》第五章末尾,作者有一段关于诨名的议论:"俄罗斯国民的表现法,是有一种很强的力量的。对谁一想出一句这样的话,就立刻一传十,十传百;他无论

在办事,在退休,到彼得堡,到世界的尽头,总得背在身上走。"

〔4〕 "关东觥觥郭子横" 《后汉书·郭宪传》载:"郭宪字子横,汝南宋(今安徽太和)人也……(王莽)篡位,拜宪郎中,赐以衣服。宪受衣焚之,逃于东海之滨。……光武即位,求天下有道之人,乃征宪,拜博士。……时匈奴数犯塞,帝患之,乃召百僚廷议。宪以为天下疲敝,不宜动众。谏争不合,乃伏地称眩瞀,不复言。帝令两郎扶下殿,宪亦不拜。帝曰:'常闻"关东觥觥郭子横",竟不虚也!'"觥觥,刚直的意思。

〔5〕 "五经纷纶井大春" 《后汉书·井丹传》载:"井丹字大春,扶风郿(今陕西郿县)人也。少受业太学,通五经,善谈论,故京师为之语曰:'五经纷纶井大春'。"纷纶,浩博的意思。

〔6〕 "封建余孽" 1928年8月《创造月刊》第二卷第一期载有杜荃(郭沫若)的《文艺战线上的封建余孽》一文,说鲁迅是"资本主义以前的一个封建余孽"。

〔7〕 "布尔乔亚" 法文 Bourgeoisie 的音译,即资产阶级。

〔8〕 "破锣" 当时称无产阶级文学为普罗文学,英语无产阶级 Proletariat 音译为普罗列塔利亚,省略为普罗,有人恶意地用谐音字说成"破锣文学"。

〔9〕 "桐城谬种"和"选学妖孽" 1917年7月,《新青年》第三卷第五号"通信"栏刊出钱玄同给陈独秀的信,其中谈到"国文一科,虽可选读古人文章","惟选学妖孽所尊崇之六朝文,桐城谬种所尊崇之唐宋文,则实在不必选读。""选学妖孽"指模仿《文选》所选骈体文的旧派文人。桐城派是清代古文流派之一,主要作家有方苞、刘大櫆、姚鼐等,他们都是安徽桐城人,故称桐城派。钱玄同指他们及其摹仿者为"桐城谬种"。

180

〔10〕 "载飞载鸣" 章太炎在《社会通诠商兑》中评论《社会通诠》译者严复的文笔说:"严氏固略知小学,而于周秦两汉唐宋儒先之文史,能得其句读矣;然相其文质,于声音节奏之间,犹未离于帖括:申夭之态,回复之词,载飞载鸣,情状可见;盖俯仰于桐城之道左,而未趋其庭庑者也。"见《太炎文录·别录》卷二。按《社会通诠》,英国甄克思著。

〔11〕 "洋场恶少" 指施蛰存。参看《准风月谈·扑空》。"革命小贩",指杨邨人(1901—1955),广东潮安人。1925年加入中国共产党,1928年参加太阳社,1932年叛变革命。参看《南腔北调集·答杨邨人先生公开信的公开信》。

〔12〕 "再亮些" 杜衡所作长篇小说的名称,参看本书第6页注〔2〕。

"题未定"草[1]

五

M君寄给我一封剪下来的报章。这是近十来年常有的事情,有时是杂志。闲暇时翻检一下,其中大概有一点和我相关的文章,甚至于还有"生脑膜炎"[2]之类的恶消息。这时候,我就得预备大约一块多钱的邮票,来寄信回答陆续函问的人们。至于寄报的人呢,大约有两类:一是朋友,意思不过说,这刊物上的东西,有些和你相关;二,可就难说了,猜想起来,也许正是作者或编者,"你看,咱们在骂你了!"用的是《三国志演义》上的"三气周瑜"或"骂死王朗"的法子。不过后一种近来少一些了,因为我的战术是暂时搁起,并不给以反应,使他们诸公的刊物很少有因我而蓬蓬勃勃之望,到后来却也许会去拨一拨谁的下巴:这于他们诸公是很不利的。

M君是属于第一类的;剪报是天津《益世报》[3]的《文学副刊》。其中有一篇张露薇[4]先生做的《略论中国文坛》,下有一行小注道:"偷懒,奴性,而忘掉了艺术"。只要看这题目,就知道作者是一位勇敢而记住艺术的批评家了。看起文章来,真的,痛快得很。我以为介绍别人的作品,删节实在是极可惜的,倘有妙文,大家都应该设法流传,万不可听其泯灭。

不过纸墨也须顾及,所以只摘录了第二段,就是"永远是日本人的追随者的作家"在这里,也万不能再少,因为我实在舍不得了——

"奴隶性是最'意识正确'的东西,于是便有许多人跟着别人学口号。特别是对于苏联,在目前的中国,一般所谓作家也者,都怀着好感。可是,我们是人,我们应该有自己的人性,对于苏联的文学,尤其是对于那些由日本的浅薄的知识贩卖者所得来的一知半解的苏联的文学理论家与批评家的话,我们所取的态度决不该是应声虫式的;我们所需要的介绍的和模仿的(其实是只有抄袭和盲目的应声)方式也决不该是完全出于热情的。主观是对于事物的选择,客观才是对于事物的方法。我们有了一般奴隶性极深的作家,于是我们便有无数的空虚的标语和口号。

"然而我们没有几个懂得苏联的文学的人,只有一堆盲目的赞美者和零碎的翻译者,而赞美者往往是牛头不对马嘴的胡说,翻译者又不配合于他们的工作,不得不草率,不得不'硬译',不得不说文不对题的话,一言以蔽之,他们的能力永远是对不起他们的思想;他们的'意识'虽然正确了,可是他们的工作却永远是不正确的。

"从苏联到中国是很近的,可是为什么就非经过日本人的手不可?我们在日本人的群中并没有发现几个真正了解苏联文学的新精神的人,为什么偏从浅薄的日本知识阶级中去寻我们的食粮?这真是一件可耻的事实。

我们为什么不直接的了解？为什么不取一种纯粹客观的工作的态度？为什么人家唱'新写实主义'，我们跟着喊，人家换了'社会主义的写实主义'，我们又跟着喊；人家介绍纪德，我们才叫；人家介绍巴尔扎克，我们也号；然而我敢预言，在一千年以内：绝不会见到那些介绍纪德，巴尔扎克的人们会给中国的读者译出一两本纪德，巴尔扎克的重要著作来，全集更不必说。

"我们再退一步，对于那些所谓'文学遗产'，我们并不要求那些跟着人家对喊'文学遗产'的人们担负把那些'文学遗产'送给中国的'大众'的责任。可是我们却要求那些人们有承受那些'遗产'的义务，这自然又是谈不起来的。我们还记得在庆祝高尔基的四十年的创作生活的时候，中国也有鲁迅，丁玲一般人发了庆祝的电文；这自然是冠冕堂皇的事情。然而那一群签名者中有几个读过高尔基的十分之一的作品？有几个是知道高尔基的伟大在那儿的？……中国的知识阶级就是如此浅薄，做应声虫有余，做一个忠实的，不苟且的，有理性的文学创作者和研究者便不成了。"

五月廿九日天津《益世报》。

我并不想因此来研究"奴隶性是最'意识正确'的东西"，"主观是对于事物的选择，客观才是对于事物的方法"这些难问题；我只要说，诚如张露薇先生所言，就是在文艺上，我们中国也的确太落后。法国有纪德和巴尔扎克[5]，苏联有高尔基，我们没有；日本叫喊起来了，我们才跟着叫喊，这也许真是

"追随"而且"永远",也就是"奴隶性",而且是"最'意识正确'的东西"。但是,并不"追随"的叫喊其实是也有一些的,林语堂先生说过:"……其在文学,今日绍介波兰诗人,明日绍介捷克文豪,而对于已经闻名之英美法德文人,反厌为陈腐,不欲深察,求一究竟。……此种流风,其弊在浮,救之之道,在于学。"(《人间世》二十八期《今文八弊》中)南北两公,眼睛都有些斜视,只看了一面,各骂了一面,独跳犹可,并排跳舞起来,那"勇敢"就未免化为有趣了。

不过林先生主张"求一究竟",张先生要求"直接了解",这"实事求是"之心,两位是大抵一致的,不过张先生比较的悲观,因为他是"豫言"家,断定了"在一千年以内,绝不会见到那些绍介纪德,巴尔扎克的人们会给中国的读者译出一两本纪德,巴尔扎克的重要著作来,全集更不必说"的缘故。照这"豫言"看起来,"直接了解"的张露薇先生自己,当然是一定不译的了;别人呢,我还想存疑,但可惜我活不到一千年,决没有目睹的希望。

豫言颇有点难。说得近一些,容易露破绽。还记得我们的批评家成仿吾[6]先生手抡双斧,从《创造》的大旗下,一跃而出的时候,曾经说,他不屑看流行的作品,要从冷落堆里提出作家来。这是好的,虽然勃兰兑斯曾从冷落中提出过伊孛生和尼采,但我们似乎也难以斥他为追随或奴性。不大好的是他的这一张支票,到十多年后的现在还没有兑现。说得远一些罢,又容易成笑柄。江浙人相信风水,富翁往往豫先寻葬地;乡下人知道一个故事:有风水先生给人寻好了坟穴,起誓道:"您百年之后,安葬下去,如果到第三代不发,请打我的嘴巴!"然而他的期限,比张露薇先生的期限还要少到约十分之九的样子。

然而讲已往的琐事也不易。张露薇先生说庆祝高尔基四十年创作的时候,"中国也有鲁迅,丁玲一般人发了庆祝的电文,……然而那一群签名者中有几个读过高尔基的十分之一的作品?"这质问是极不错的。我只得招供:读得很少,而且连高尔基十分之一的作品究竟是几本也不知道。不过高尔基的全集,却连他本国也还未出全,所以其实也无从计算。至于祝电,我以为打一个是应该的,似乎也并非中国人的耻辱,或者便失了人性,然而我实在却并没有发,也没有在任何电报底稿上签名[7]。这也并非怕有"奴性",只因没有人来邀,自己也想不到,过去了。发不妨,不发也不要紧,我想:发,高尔基大约不至于说我是"日本人的追随者的作家",不发,也未必说我是"张露薇的追随者的作家"的。但对于绥拉菲摩维支[8]的祝贺日,我却发过一个祝电,因为我校印过中译的《铁流》。这是在情理之中的,但也较难于想到,还不如测定为对于高尔基发电的容易。当然,随便说说也不要紧,然而,"中国的知识阶级就是如此浅薄,做应声虫有余,做一个忠实的,不苟且的,有理性的文学创作者和研究者便不成了"的话,对于有一些人却大概是真的了。

张露薇先生自然也是知识阶级,他在同阶级中发现了这许多奴隶,拿鞭子来抽,我是了解他的心情的。但他和他所谓的奴隶们,也只隔了一张纸。如果有谁看过菲洲的黑奴工头,傲然的拿鞭子乱抽着做苦工的黑奴的电影的,拿来和这《略论中国文坛》的大文一比较,便会禁不住会心之笑。那一个和一群,有这么相近,却又有这么不同,这一张纸真隔得利害:分清了奴隶和奴才。

我在这里,自以为总算又钩下了一种新的伟大人物——一九三五年度文艺"豫言"家——的嘴脸的轮廓了。

八月十六日。

* * *

〔1〕 本篇最初发表于 1935 年 10 月 5 日《芒种》半月刊第二卷第一期。发表时题目下原有小注:"一至三载《文学》,四不发表。"按《"题未定"草(四)》实系拟写未就。

〔2〕 "生脑膜炎" 1934 年 2 月 25 日伪满《盛京时报》第三版载《鲁迅停笔十年,脑病甚剧亦不能写稿》消息一则:"上海函云,左翼作家鲁迅近染脑病,亦不能执笔写作,据医生诊称,系脑膜炎之现象,苟不速治,将生危险,并劝氏今后停笔不作任何文章,非休养十年,不能痊愈云。"同年 3 月 10 日天津《大公报》据以转载。

〔3〕 《益世报》 天主教教会报纸,比利时教士雷鸣远(后入中国籍)主办。1915 年 10 月创刊于天津,1949 年 1 月天津解放时停刊。

〔4〕 张露薇(1910—?) 原名张文华,改名贺志远,吉林宁安(今属黑龙江)人,曾参加北平左联,主编北平《文学导报》。抗日战争期间曾任伪职。《略论中国文坛》一文共分三段,第一段和第三段的题目分别为《意识正确的文魔们的新梦》和《茅盾先生的法宝》。

〔5〕 纪德(A. Gide, 1869—1951) 法国作家。著有小说《窄门》、《地粮》、《田园交响曲》等。巴尔扎克(H. de Balzac, 1799—1850)

法国作家。他的作品总题为《人间喜剧》,包括长篇小说《欧也妮·葛朗台》、《高老头》、《幻灭》等九十多部。

〔6〕 成仿吾(1897—1984) 湖南新化人,文学评论家。创造社主要成员之一。

〔7〕 关于祝贺高尔基创作四十年一事,上海《文化月报》第一卷第一期(1932年11月15日)曾刊出由鲁迅、茅盾、丁玲、曹靖华、洛扬等人署名的《高尔基的四十年创作生活——我们的祝贺》一文,并不是祝电。

〔8〕 绥拉菲摩维支(A. C. Серафимович,1863—1949) 苏联作家。他的长篇小说《铁流》由曹靖华译成中文,鲁迅写了《编校后记》,1931年11月以三闲书屋名义出版。

论毛笔之类[1]

国货也提倡得长久了,虽然上海的国货公司并不发达,"国货城"[2]也早已关了城门,接着就将城墙撤去,日报上却还常见关于国货的专刊。那上面,受劝和挨骂的主角,照例也还是学生,儿童和妇女。

前几天看见一篇关于笔墨的文章,中学生之流,很受了一顿训斥,说他们十分之九,是用钢笔和墨水的,这就使中国的笔墨没有出路。自然,倒并不说这一类人就是什么奸,但至少,恰如摩登妇女的爱用外国脂粉和香水似的,应负"入超"的若干的责任。

这话也并不错的。不过我想,洋笔墨的用不用,要看我们的闲不闲。我自己是先在私塾里用毛笔,后在学校里用钢笔,后来回到乡下又用毛笔的人,却以为假如我们能够悠悠然,洋洋焉,拂砚伸纸,磨墨挥毫的话,那么,羊毫和松烟当然也很不坏。不过事情要做得快,字要写得多,可就不成功了,这就是说,它敌不过钢笔和墨水。譬如在学校里抄讲义罢,即使改用墨盒,省去临时磨墨之烦,但不久,墨汁也会把毛笔胶住,写不开了,你还得带洗笔的水池,终于弄到在小小的桌子上,摆开"文房四宝"[3]。况且毛笔尖触纸的多少,就是字的粗细,是全靠手腕作主的,因此也容易疲劳,越写越慢。闲人不要紧,一忙,就觉得无论如何,总是墨水和钢笔便当了。

青年里面,当然也不免有洋服上挂一枝万年笔[4],做做装饰的人,但这究竟是少数,使用者的多,原因还是在便当。便于使用的器具的力量,是决非劝谕,讥刺,痛骂之类的空言所能制止的。假如不信,你倒去劝那些坐汽车的人,在北方改用骡车,在南方改用绿呢大轿试试看。如果说这提议是笑话,那么,劝学生改用毛笔呢?现在的青年,已经成了"庙头鼓",谁都不妨敲打了。一面有繁重的学科,古书的提倡,一面却又有教育家喟然兴叹,说他们成绩坏,不看报纸,昧于世界的大势。

但是,连笔墨也乞灵于外国,那当然是不行的。这一点,却要推前清的官僚聪明,他们在上海立过制造局,想造比笔墨更紧要的器械——虽然为了"积重难返",终于也造不出什么东西来。欧洲人也聪明,金鸡那[5]原是斐洲的植物,因为去偷种子,还死了几个人,但竟偷到手,在自己这里种起来了,使我们现在如果发了疟疾,可以很便当的大吃金鸡那霜丸,而且还有"糖衣",连不爱服药的娇小姐们也吃得甜蜜蜜。制造墨水和钢笔的法子,弄弄到手,是没有偷金鸡那子那么危险的。所以与其劝人莫用墨水和钢笔,倒不如自己来造墨水和钢笔;但必须造得好,切莫"挂羊头卖狗肉"。要不然,这一番工夫就又是一个白费。

但我相信,凡有毛笔拥护论者大约也不免以我的提议为空谈:因为这事情不容易。这也是事实;所以典当业只好呈请禁止奇装异服,以免时价早晚不同,笔墨业也只好主张吮墨舐毫,以免国粹渐就沦丧。改造自己,总比禁止别人来得难。然而这办法却是没有好结果的,不是无效,就是使一部份青年又变成旧式的斯文人。

〇〇〇〇〇〇〇〇〇〇〇〇〇〇〇〇八月二十三日。

*　　*　　*

〔1〕 本篇最初发表于1935年9月5日《太白》半月刊第二卷第十二期,署名黄棘。

〔2〕 "国货城" 1935年上海一些厂商为扩大宣传提倡国货,特设立一个临时性的国货展销场地,称为"国货城",于6月5日(夏历端午节)开幕。据同年6月30日《申报·国货周刊》报道:"本市国货城开幕以来,营业甚盛,每日到城购物及参观者,十分拥挤。"

〔3〕 "文房四宝" 即笔墨纸砚。此语在宋代即已通行;北宋苏易简著有《文房四谱》一书,南宋尤袤《遂初堂书目》作《文房四宝谱》。

〔4〕 万年笔 日语:自来水笔。

〔5〕 金鸡那(Cinchona) 原产于南美安第斯山脉的茜草科植物。1811年发现从它的枝皮提取的一种生物碱,具有抗疟作用。

逃　　名[1]

就在这几天的上海报纸上,有一条广告,题目是四个一寸见方的大字——

"看救命去!"

如果只看题目,恐怕会猜想到这是展览着外科医生对重病人施行大手术,或对淹死的人用人工呼吸,救助触礁船上的人员,挖掘崩坏的矿穴里面的工人的。但其实并不是。还是照例的"筹赈水灾游艺大会",看陈皮梅沈一呆[2]的独脚戏,月光歌舞团的歌舞之类。诚如广告所说,"化洋五角,救人一命,……一举两得,何乐不为",钱是要拿去救命的,不过所"看"的却其实还是游艺,并不是"救命"。

有人说中国是"文字国",有些像,却还不充足,中国倒该说是最不看重文字的"文字游戏国",一切总爱玩些实际以上花样,把字和词的界说,闹得一团糟,弄到暂时非把"解放"解作"孥戮"[3],"跳舞"解作"救命"不可。捣一场小乱子,就是伟人,编一本教科书,就是学者,造几条文坛消息,就是作家。于是比较自爱的人,一听到这些冠冕堂皇的名目就骇怕了,竭力逃避。逃名,其实是爱名的,逃的是这一团糟的名,不愿意酱在那里面。

天津《大公报》[4]的副刊《小公园》,近来是标榜了重文不重名的。这见识很确当。不过也偶有"老作家"的作品,那当然为了作品好,不是为了名。然而八月十六日那一张上,却发表了很有意思的"许多前辈作家附在来稿后面的叮嘱":

"把我这文章放在平日,我愿意那样,我骄傲那样。我和熟人的名字并列得厌倦了,我愿着挤在虎生生的新人群里,因为许多时候他们的东西来得还更新鲜。"

这些"前辈作家"们好像都撒了一点谎。"熟",是不至于招致"厌倦"的。我们一离乳就吃饭或面,直到现在,可谓熟极了,却还没有厌倦。这一点叮嘱,如果不是编辑先生玩的双簧的花样,也不是前辈作家玩的借此"返老还童"的花样,那么,这所证明的是:所谓"前辈作家"也者,有一批是盗名的,因此使别一批羞与为伍,觉得和"熟人的名字并列得厌倦",决计逃走了。

从此以后,他们只要"挤在虎生生的新人群里"就舒舒服服,还是作品也就"来得还更新鲜"了呢,现在很难测定。逃名,固然也不能说是豁达,但有去就,有爱憎,究竟总不失为洁身自好之士。《小公园》里,已经有人在现身说法了,而上海滩上,却依然有人在"掏腰包"[5],造消息,或自称"言行一致"[6],或大呼"冤哉枉也",或拖明朝死尸搭台,或请现存古人喝道,或自收自己的大名入辞典中,定为"中国作家"[7],或自编自己的作品入画集里,名曰"现代杰作"[8]——忙忙碌碌,鬼鬼祟祟,煞是好看。

作家一排一排的坐着,将来使人笑,使人怕,还是使人"厌倦"呢?——现在也很难测定。但若据"前车之鉴",则

193

"后之视今,亦犹今之视昔",大约也还不免于"悲夫"〔9〕的了!

八月二十三日。

*　　*　　*

〔1〕 本篇最初发表于 1935 年 9 月 5 日《太白》半月刊第二卷第十二期,署名杜德机。

〔2〕 陈皮梅,沈一呆　都是当时在上海游艺场演唱滑稽戏的演员。

〔3〕 "孥戮"　语出《尚书·甘誓》:"用命,赏于祖;弗用命,戮于社,予则孥戮汝。"唐代孔颖达疏:"孥为子也,非但止辱汝身,并及汝子亦杀。"

〔4〕 《大公报》　1902 年(清光绪二十八年)6 月 17 日创刊于天津,创办人英敛之。1926 年 9 月起由吴鼎昌、张季鸾、胡政之接办,曾先后增出上海、汉口、重庆、桂林、香港版等。

〔5〕 "掏腰包"　指杨邨人、杜衡等人创办《星火》月刊的自我表白。该刊创刊号(1935 年 5 月)刊出的《〈星火〉前致词》中说,他们这刊物是"由几十个同人从最迫切的生活费用上三块五块的省下钞来"创办的。参看本书《四论"文人相轻"》及其注〔8〕。

〔6〕 "言行一致"　施蛰存在《现代》第五卷第五期(1934 年 9 月)发表的《我与文言文》中,曾说:"我自有生以来三十年,……自信思想及言行都是一贯的。"

〔7〕 顾凤城在他所编的《中外文学家辞典》(1932 年乐华图书公司出版)中,除外国文学家外,收中国文学家二七〇人,其中也列入他自己的名字。

〔8〕 刘海粟编的《世界名画》(中华书局出版),所收都是近代外国著名画家的作品,每人一集。其中的第二集是他自己的作品,由傅雷编辑。

〔9〕 "后之视今,亦犹今之视昔"　语出晋代王羲之《兰亭集序》:"古人云,死生亦大矣,岂不痛哉!……后之视今,亦犹今之视昔,悲夫!"

六论"文人相轻"——二卖[1]

今年文坛上的战术,有几手是恢复了五六年前的太阳社式[2],年纪大又成为一种罪状了,叫作"倚老卖老"[3]。

其实呢,罪是并不在"老",而在于"卖"的,假使他在叉麻酱,念弥陀,一字不写,就决不会惹青年作家的口诛笔伐。如果这推测并不错,文坛上可又要增添各样的罪人了,因为现在的作家,有几位总不免在他的"作品"之外,附送一点特产的赠品。有的卖富,说卖稿的文人的作品,都是要不得的;有人指出了他的诗思不过在太太的奁资中,就有帮闲的来说这人是因为得不到这样的太太,恰如狐狸的吃不到葡萄,所以只好说葡萄酸[4]。有的卖穷,或卖病,说他的作品是挨饿三天,吐血十口,这才做出来的,所以与众不同。有的卖穷和富,说这刊物是因为受了文阀文僚的排挤,自掏腰包,忍痛印出来的,所以又与众不同[5]。有的卖孝,说自己做这样的文章,是因为怕父亲将来吃苦的缘故[6],那可更了不得,价值简直和李密的《陈情表》[7]不相上下了。有的就是衔烟斗,穿洋服,唉声叹气,顾影自怜,老是记着自己的韶年玉貌的少年哥儿,这里和"卖老"相对,姑且叫他"卖俏"罢。

不过中国的社会上,"卖老"的真也特别多。女人会穿针,有什么希奇呢,一到一百多岁,就可以开大会,穿给大家看[8],顺便还捐钱了。说中国人"起码要学狗",倘是小学生的作文,是会遭先生的板子的,但大了几十年,新闻上就大登特登,还用方体字标题道:"幡然一老莅故都,吴稚晖语妙天下"[9];劝人解囊赈灾的文章,并不少见,而文中自述年纪曰:"余年九十六岁矣"者,却只有马相伯[10]先生。但普通都不谓之"卖",另有极好的称呼,叫作"有价值"。

"老作家"的"老"字,就是一宗罪案,这法律在文坛上已经好几年了,不过或者指为落伍,或者说是把持,……总没有指出明白的坏处。这回才由上海的青年作家揭发了要点,是在"卖"他的"老"。

那就不足虑了,很容易扫荡。中国各业,多老牌子,文坛却并不然,创作了几年,就或者做官,或者改业,或者教书,或者卷逃,或者经商,或者造反,或者送命……不见了。"老"在那里的原已寥寥无几,真有些像耆英会里的一百多岁的老太婆,居然会活到现在,连"民之父母"也觉得希奇古怪。而且她还会穿针,就尤其希奇古怪,使街头巷尾弄得闹嚷嚷。然而呀了,这其实是为了奉旨旌表的缘故,如果一个十六七岁的漂亮姑娘登台穿起针来,看的人也决不会少的。

谁有"卖老"的吗?一遇到少的俏的就倒。

不过中国的文坛虽然幼稚,昏暗,却还没有这么简单;读者虽说被"养成一种'看热闹'的情趣"[11],但有辨别力的也不少,而且还在多起来。所以专门"卖老",是不行的,因为文坛究竟不是养老堂,又所以专门"卖俏",也不行,因为文坛究竟也不是妓院。

二卖俱非,由非见是,混沌之辈,以为两伤。

九月十二日。

*　　*　　*

〔1〕 本篇最初发表于1935年10月《文学》月刊第五卷第四号"文学论坛"栏,署名隼。

〔2〕 太阳社　文学团体,1927年下半年在上海成立,主要成员有蒋光慈、钱杏邨、孟超等,提倡革命文学。在关于革命文学的论争中,该社和创造社都曾奚落过鲁迅年老。

〔3〕 "倚老卖老"　《星火》第一卷第四期(1935年8月)刊有署名巴山(杨邨人)的《文坛三家》一文,就《文坛三户》影射鲁迅:"这一种版税作家,名利双收,倚老卖老。"

〔4〕 指邵洵美,参看本书第2页注〔3〕。他在自办的《十日谈》旬刊第二期(1933年8月20日)发表文章,说有些人"总是因为没有饭吃,或是有了饭吃不饱",所以作文卖稿的。鲁迅在《登龙术拾遗》(《准风月谈》)中曾讽刺他"有富岳家,有阔太太,用赔嫁钱,作文学资本",不久,《中央日报》上就刊出署名"圣闲"的《"女婿"的蔓延》一文,攻击鲁迅说:"狐狸吃不到葡萄,说葡萄是酸的,自己娶不到富妻子,于是对于一切有富岳家的人发生了妒忌"。参看《准风月谈·后记》。

〔5〕 指杨邨人、韩侍桁、杜衡等办的《星火》月刊。该刊创刊号所载《〈星火〉前致词》中说,当时"文坛已经被垄断","在目前这充满了黑暗的文坛上,形成了军阀割据似的局面的文坛上,并不是每一个诚恳的为文艺而努力的青年都能得到他的应得的立足地。"因此他们要办一个"完全是自己的刊物","为筹划开始几期的印刷费,我们的几十个同人从最迫切的生活费用上三块五块的省下钞来,逐月积蓄,一直积蓄了

198

几近半年之久,才算够上了我们的预算,于是才大胆的把创刊号付印了。"

〔6〕 这里是指杨邨人。他在《读书杂志》第三卷第一期(1933年1月)发表的《离开政党生活的战壕》中说:"回过头来看我自己,父老家贫弟幼,漂泊半生,一事无成,革命何时才成功,我的家人现在在作饿殍不能过日,将来革命就是成功,以湘鄂西苏区的情形来推测,我的家人也不免作饿殍作叫化子的。还是:留得青山在,且顾自家人吧了!病中,千思万想,终于由理智来判定,我脱离中国共产党了。"参看《准风月谈·青年与老子》。

〔7〕 李密(224—287) 字令伯,晋初犍为武阳(今四川彭山)人。《晋书·李密传》载:"泰始初诏征为太子洗马,密以祖母年高,无人奉养,遂不应命,乃上疏……。"这一篇奏疏,在《文选》中题为《陈情事表》,在《古文观止》中题为《陈情表》,其中有"臣无祖母,无以至今日;祖母无臣,无以终余年"等语。

〔8〕 1934年2月15日,国民党政府广州市长刘纪文为纪念新建市署落成,举行耆英会;到八十岁以上的老人二百余人,其中有据说一百零六岁的张苏氏,尚能穿针,她表演穿针的照片,曾刊在3月19日《申报·图画特刊》第二号。

〔9〕 吴稚晖(1865—1953) 名敬恒,江苏武进人,早年参加同盟会,后任国民党中央监察委员、中央政治会议委员等职。他曾在北平发表谈话称:"中国人想要装老虎或狮子,固然不易,但起码也应该学一个狗。因为一只狗你要杀死它的时候,至少你也要有相当的牺牲才行。"按此处引文据1935年9月24日上海《时事新报》"北平特讯"的报道。

〔10〕 马相伯(1840—1939) 名建常,字相伯,江苏丹徒人,清代举人,教育家。曾在上海创办震旦学院、复旦公学。民国时曾代理北京

大学校长。

〔11〕 "养成一种'看热闹'的情趣" 这是炯之(沈从文)《谈谈上海的刊物》一文中的话。参看本书《七论"文人相轻"——两伤》中的引文。

七论"文人相轻"——两伤[1]

所谓文人,轻个不完,弄得别一些作者摇头叹气了,以为作践了文苑。这自然也说得通。陶渊明先生"采菊东篱下",心境必须清幽闲适,他这才能够"悠然见南山",如果篱中篱外,有人大嚷大跳,大骂大打,南山是在的,他却"悠然"不得,只好"愕然见南山"了。现在和晋宋之交有些不同,连"象牙之塔"[2]也已经搬到街头来,似乎颇有"不隔"[3]之意,然而也还得有幽闲,要不然,即无以寄其沉痛,文坛减色,嚷嚷之罪大矣。于是相轻的文人们的处境,就也更加艰难起来,连街头也不再是扰攘的地方了,真是途穷道尽。

然而如果还要相轻又怎么样呢?前清有成例,知县老爷出巡,路遇两人相打,不问青红皂白,谁是谁非,各打屁股五百完事。不相轻的文人们纵有"肃静""回避"牌,却无小板子,打是自然不至于的,他还是用"笔伐",说两面都不是好东西。这里有一段炯之[4]先生的《谈谈上海的刊物》为例——

"说到这种争斗,使我们记起《太白》,《文学》,《论语》,《人间世》几年来的争斗成绩。这成绩就是凡骂人的与被骂的一古脑儿变成丑角,等于木偶戏的互相揪打或以头互碰,除了读者养成一种'看热闹'的情趣以外,别无所有。把读者养成欢喜看'戏'不欢喜看'书'的习气,'文坛消息'的多少,成为刊物销路多少的主要原因。争斗的延长,无结果的延长,实在可说是中国读者的大不幸。我们是不是还有什么方法可以使这种'私骂'占篇幅少一些?一个时代的代表作,结起账来若只是这些精巧的对骂,这文坛,未免太可怜了。"(天津《大公报》的《小公园》,八月十八日。)

"这种斗争",炯之先生还自有一个界说:"即是向异己者用一种琐碎方法,加以无怜悯,不节制的辱骂。(一个术语,便是'斗争'。)"云。

于是乎这位炯之先生便以怜悯之心,节制之笔,定两造为丑角,觉文坛之可怜了,虽然"我们记起《太白》,《文学》,《论语》,《人间世》几年来",似乎不但并不以"'文坛消息'的多少,成为刊物销路多少的主要原因",而且简直不登什么"文坛消息"。不过"骂"是有的;只"看热闹"的读者,大约一定也有的。试看路上两人相打,他们何尝没有是非曲直之分,但旁观者往往只觉得有趣;就是绑出法场去,也是不问罪状,单看热闹的居多。由这情形,推而广之以至于文坛,真令人有不如逆来顺受,唾面自干之感。到这里来一个"然而"罢,转过来是旁观者或读者,其实又并不全如炯之先生所拟定的混沌,有些是自有各人自己的判断的。所以昔者古典主义者和罗曼主义者相骂,甚而至于相打[5],他们并不都成为丑角;左拉遭了剧烈的文字和图画的嘲骂[6],终于不成为丑角;连生前身败名裂的王尔德[7],现在也不算是丑角。

自然,他们有作品。但中国也有的。中国的作品"可怜"

得很,诚然,但这不只是文坛可怜,也是时代可怜,而且这可怜中,连"看热闹"的读者和论客都在内。凡有可怜的作品,正是代表了可怜的时代。昔之名人说"恕"字诀——但他们说,对于不知恕道的人,是不恕的[8];——今之名人说"忍"字诀,春天的论客以"文人相轻"混淆黑白,秋天的论客以"凡骂人的与被骂的一古脑儿变成丑角"抹杀是非。冷冰冰阴森森的平安的古冢中,怎么会有生人气?

"我们是不是还有什么方法可以使这种'私骂'占篇幅少一些?"——炯之先生问。有是有的。纵使名之曰"私骂",但大约决不会件件都是一面等于二加二,一面等于一加三,在"私"之中,有的较近于"公",在"骂"之中,有的较合于"理"的,居然来加评论的人,就该放弃了"看热闹的情趣",加以分析,明白的说出你究以为那一面较"是",那一面较"非"来。

至于文人,则不但要以热烈的憎,向"异己"者进攻,还得以热烈的憎,向"死的说教者"[9]抗战。在现在这"可怜"的时代,能杀才能生,能憎才能爱,能生与爱,才能文。彼兑飞[10]说得好:

> 我的爱并不是欢欣安静的人家,
> 花园似的,将平和一门关住,
> 其中有"幸福"慈爱地往来,
> 而抚养那"欢欣",那娇小的仙女。
>
> 我的爱,就如荒凉的沙漠一般——
> 一个大盗似的有嫉妒在那里霸着;
> 他的剑是绝望的疯狂,

而每一刺是各样的谋杀!

　　　　　　　　　　　九月十二日。

＊　　　＊　　　＊

　　〔1〕 本篇最初发表于1935年10月《文学》月刊第五卷第四号"文学论坛"栏,署名隼。

　　〔2〕 "象牙之塔"　原是十九世纪法国文艺批评家圣佩韦批评同时代消极浪漫主义诗人维尼的用语,后来用以比喻脱离现实生活的文艺家的小天地。

　　〔3〕 "不隔"　见王国维《人间词话》:"问隔与不隔之别?曰:陶谢之诗不隔,延年则稍隔矣;东坡之诗不隔,山谷则稍隔矣。"又:"如雾里看花,终隔一层……语语都在目前,便是不隔。"

　　〔4〕 炯之　即沈从文(1902—1988),湖南凤凰人,作家。

　　〔5〕 关于古典主义者与罗曼主义者相骂,1830年2月25日,雨果的浪漫主义剧作《欧那尼》在巴黎法兰西剧院上演,观众中支持古典主义的顿足、起哄,拥护浪漫主义的则狂热喝彩,双方的喧嚷声混成一片,甚至引起斗殴。罗曼主义,今译浪漫主义。

　　〔6〕 左拉(É. Zola,1840—1902)　法国作家。1894年,犹太血统的法国军官德莱孚斯被诬泄露军事机密罪判处终身苦役。左拉于1897年对此案材料作了研究后,给法国总统佛尔写了一封《我控诉》的公开信,为德莱孚斯辩护,控诉法国政府、法庭和总参谋部违反法律和侵犯人权,以致被控诽谤罪而逃亡伦敦。在这一事件中,法国报刊不断刊载攻击他的文字和漫画。直至左拉死后四年(1906),该案终于真相大白,撤销原判,德莱孚斯恢复军职。

　　〔7〕 1895年马奎斯指摘王尔德与其子艾尔弗雷德·道格拉斯

搞同性恋,道德败坏。王尔德在道格拉斯的怂恿下,控告马奎斯诽谤自己。因证据对王尔德不利,结果他被判两年苦役,于1895年5月入狱。出狱后流寓国外,死于巴黎。

〔8〕 指新月社的人们。参看《三闲集·新月社批评家的任务》。

〔9〕 "*死的说教者*" 原是尼采《札拉图斯特拉如是说》第一卷第九篇的篇名,这是借用其字面的意思。

〔10〕 彼兑飞 即裴多菲,匈牙利诗人。参看本书第49页注〔49〕。这里所引是《我的爱——并不是……》一诗的最后两节。鲁迅曾译有全文,发表于《语丝》周刊第九、第十一期(1925年1月20日、26日)。

萧红作《生死场》序[1]

记得已是四年前的事了,时维二月,我和妇孺正陷在上海闸北的火线中[2],眼见中国人的因为逃走或死亡而绝迹。后来仗着几个朋友的帮助,这才得进平和的英租界,难民虽然满路,居人却很安闲。和闸北相距不过四五里罢,就是一个这么不同的世界,——我们又怎么会想到哈尔滨。

这本稿子的到了我的桌上,已是今年的春天,我早重回闸北,周围又复熙熙攘攘的时候了。但却看见了五年以前,以及更早的哈尔滨。这自然还不过是略图,叙事和写景,胜于人物的描写,然而北方人民的对于生的坚强,对于死的挣扎,却往往已经力透纸背;女性作者的细致的观察和越轨的笔致,又增加了不少明丽和新鲜。精神是健全的,就是深恶文艺和功利有关的人,如果看起来,他不幸得很,他也难免不能毫无所得。

听说文学社曾经愿意给她付印,稿子呈到中央宣传部书报检查委员会那里去,搁了半年,结果是不许可。人常常会事后才聪明,回想起来,这正是当然的事:对于生的坚强和死的挣扎,恐怕也确是大背"训政"[3]之道的。今年五月,只为了《略谈皇帝》[4]这一篇文章,这一个气焰万丈的委员会就忽然烟消火灭,便是"以身作则"的实地大教训。

奴隶社[5]以汗血换来的几文钱,想为这本书出版,却又在我们的上司"以身作则"的半年之后了,还要我写几句序。然而这几天,却又谣言蜂起,闸北的熙熙攘攘的居民,又在抱头鼠窜了,路上是骆驿不绝的行李车和人,路旁是黄白两色的外人,含笑在赏鉴这礼让之邦的盛况。自以为居于安全地带的报馆的报纸,则称这些逃命者为"庸人"或"愚民"。我却以为他们也许是聪明的,至少,是已经凭着经验,知道了煌煌的官样文章之不可信。他们还有些记性。

现在是一九三五年十一月十四的夜里,我在灯下再看完了《生死场》。周围像死一般寂静,听惯的邻人的谈话声没有了,食物的叫卖声也没有了,不过偶有远远的几声犬吠。想起来,英法租界当不是这情形,哈尔滨也不是这情形;我和那里的居人,彼此都怀着不同的心情,住在不同的世界。然而我的心现在却好像古井中水,不生微波,麻木的写了以上那些字。这正是奴隶的心!——但是,如果还是搅乱了读者的心呢?那么,我们还决不是奴才。

不过与其听我还在安坐中的牢骚话,不如快看下面的《生死场》,她才会给你们以坚强和挣扎的力气。

鲁迅。

*　　*　　*

〔1〕　本篇最初印入《生死场》。

萧红(1911—1942),原名张迺莹,黑龙江呼兰县人,小说家。《生死场》是她的中篇小说,《奴隶丛书》之一,1935年12月奴隶社出版,假托"上海容光书局"发行。

〔2〕 指1932年"一·二八"十九路军抗击日军进攻的上海战争。

〔3〕 "训政"　孙中山在1924年4月所写的《建国大纲》中提出建国程序分为军政、训政、宪政三个时期,在"训政时期"由政府对民众进行行使民权的训练。国民党政府于1931年6月1日公布实施由"国民会议"通过的《中华民国训政时期约法》,其中规定:"训政时期由中国国民党全国代表大会代表'国民会议'行使中央统治权",把国民党的独裁统治用宪法的形式固定下来。

〔4〕 《略谈皇帝》　应作《闲话皇帝》。1935年5月,上海《新生》周刊第二卷第十五期发表易水(艾寒松)的《闲话皇帝》一文,泛论古今中外的君主制度,涉及日本天皇,6月7日日本驻上海总领事即以"侮辱天皇,妨害邦交"为名提出抗议。国民党政府屈从压力,并趁机压制进步舆论,6月24日查封《新生》周刊,7月9日由法院判处该刊主编杜重远一年两个月徒刑。国民党中央宣传委员会图书杂志审查委员会也因"失责"而撤销。参看本书《后记》及其注〔14〕。

〔5〕 奴隶社　1935年鲁迅为编印几个青年作者的作品而拟定的一个社团名称。以奴隶社名义出版的《奴隶丛书》,除《生死场》外,还有叶紫的《丰收》和田军的《八月的乡村》。

陀思妥夫斯基的事[1]

——为日本三笠书房《陀思妥夫斯基全集》普及本作

到了关于陀思妥夫斯基[2],不能不说一两句话的时候了。说什么呢?他太伟大了,而自己却没有很细心的读过他的作品。

回想起来,在年青时候,读了伟大的文学者的作品,虽然敬服那作者,然而总不能爱的,一共有两个人。一个是但丁[3],那《神曲》的《炼狱》里,就有我所爱的异端在;有些鬼魂还在把很重的石头,推上峻峭的岩壁去。这是极吃力的工作,但一松手,可就立刻压烂了自己。不知怎地,自己也好像很是疲乏了。于是我就在这地方停住,没有能够走到天国去。

还有一个,就是陀思妥夫斯基。一读他二十四岁时所作的《穷人》,就已经吃惊于他那暮年似的孤寂。到后来,他竟作为罪孽深重的罪人,同时也是残酷的拷问官而出现了。他把小说中的男男女女,放在万难忍受的境遇里,来试炼它们,不但剥去了表面的洁白,拷问出藏在底下的罪恶,而且还要拷问出藏在那罪恶之下的真正的洁白来。而且还不肯爽利的处死,竭力要放它们活得长久。而这陀思妥夫斯基,则仿佛就在和罪人一同苦恼,和拷问官一同高兴着似的。这决不是平常人做得到的事情,总而言之,就因为伟大的缘故。但我自己,却常常想废书不观。

医学者往往用病态来解释陀思妥夫斯基的作品。这伦勃罗梭[4]式的说明,在现今的大多数的国度里,恐怕实在也非常便利,能得一般人们的赞许的。但是,即使他是神经病者,也是俄国专制时代的神经病者,倘若谁身受了和他相类的重压,那么,愈身受,也就会愈懂得他那夹着夸张的真实,热到发冷的热情,快要破裂的忍从,于是爱他起来的罢。

不过作为中国的读者的我,却还不能熟悉陀思妥夫斯基式的忍从——对于横逆之来的真正的忍从。在中国,没有俄国的基督。在中国,君临的是"礼",不是神。百分之百的忍从,在未嫁就死了定婚的丈夫,坚苦的一直硬活到八十岁的所谓节妇身上,也许偶然可以发见罢,但在一般的人们,却没有。忍从的形式,是有的,然而陀思妥夫斯基式的掘下去,我以为恐怕也还是虚伪。因为压迫者指为被压迫者的不德之一的这虚伪,对于同类,是恶,而对于压迫者,却是道德的。

但是,陀思妥夫斯基式的忍从,终于也并不只成了说教或抗议就完结。因为这是当不住的忍从,太伟大的忍从的缘故。人们也只好带着罪业,一直闯进但丁的天国,在这里这才大家合唱着,再来修练天人的功德了。只有中庸的人,固然并无坠入地狱的危险,但也恐怕进不了天国的罢。

十一月二十日。

*　　*　　*

〔1〕　本篇原用日文写作,最初发表于日本《文艺》杂志1936年2

月号,中译文亦于1936年2月同时在上海《青年界》月刊第九卷第二期和《海燕》月刊第二期发表。参看本书《后记》。

〔2〕 陀思妥夫斯基(Ф. M. Достоевский,1821—1881) 俄国作家。著有长篇小说《穷人》、《被侮辱与被损害的》、《罪与罚》等。

〔3〕 但丁(Dante Alighièri,1265—1321) 意大利诗人。《神曲》是他的代表作,通过作者在阴间游历的幻想,揭露了中世纪贵族和教会的罪恶。全诗分《地狱》、《炼狱》、《天堂》三部。"炼狱"又译作"净界",天主教传说,是人死后入天国前洗净生前罪孽的地方。

〔4〕 伦勃罗梭(C. Lombroso,1836—1909) 意大利精神病学者,刑事人类学派的代表。著有《天才论》、《犯罪者论》等书。他认为"犯罪"是自有人类以来长期遗传的结果,提出荒谬的"先天犯罪"说,主张对"先天犯罪"者采取死刑、终身隔离、消除生殖机能等以"保卫社会"。他的学说曾被德国法西斯采用。

孔另境编《当代文人尺牍钞》序[1]

  日记或书信,是向来有些读者的。先前是在看朝章国故,丽句清词,如何抑扬,怎样请托,于是害得名人连写日记和信也不敢随随便便。晋人写信,已经得声明"匆匆不暇草书"[2],今人作日记,竟日日要防传钞,来不及出版。王尔德的自述,至今还有一部分未曾公开[3],罗曼罗兰的日记,约在死后十年才可发表[4],这在我们中国恐怕办不到。

  不过现在的读文人的非文学作品,大约目的已经有些和古之人不同,是比较的欧化了的:远之,在钩稽文坛的故实,近之,在探索作者的生平。而后者似乎要居多数。因为一个人的言行,总有一部分愿意别人知道,或者不妨给别人知道,但有一部分却不然。然而一个人的脾气,又偏爱知道别人不肯给人知道的一部分,于是尺牍就有了出路。这并非等于窥探门缝,意在发人的阴私,实在是因为要知道这人的全般,就是从不经意处,看出这人——社会的一分子的真实。

  就是在"文学概论"上有了名目的创作上,作者本来也掩不住自己,无论写的是什么,这个人总还是这个人,不过加了些藻饰,有了些排场,仿佛穿上了制服。写信固然比较的随便,然而做作惯了的,仍不免带些惯性,别人以为他这回是赤条条的上场了罢,他其实还是穿着肉色紧身小衫裤,甚至于用了平常决不应用的奶罩。话虽如此,比起峨冠博带的时候来,这一回可究竟较近于真实。所以从作家的日记或尺牍上,往往能得到比看他的作品更其明晰的意见,也就是他自己的简洁的注释。不过也不能十分当真。有些作者,是连账簿也用心机的,叔本华记账就用梵文[5],不愿意别人明白。

另境先生的编这部书,我想是为了显示文人的全貌的,好在用心之古奥如叔本华先生者,中国还未必有。只是我的做序,可不比写信,总不免用些做序的拳经:这是要请编者读者,大家心照的。

一九三五年十一月二十五夜,鲁迅记于上海闸北之且介亭。

* * *

〔1〕 本篇最初印入《现代作家书简》。

孔另境(1904—1972),浙江桐乡人,作家。他所编的《当代文人尺牍钞》于1936年5月由生活书店出版,改题《现代作家书简》,收作家五十八人的书信二一九封。

〔2〕 "匆匆不暇草书" 《晋书·卫恒传》载:"恒善草、隶书,为《四体书势》,曰:'……弘农张伯英者……凡家之衣帛,必书而后练之。临池学书,池水尽黑。下笔必为楷则,号匆匆不暇草书。'"按张伯英名芝,东汉敦煌渊泉(今甘肃安西)人,善草书,人称草圣。

〔3〕 王尔德的自述 指王尔德在狱中写给艾尔弗雷德·道格拉斯的一封长信,即《狱中记》。1897年王尔德出狱后将这信交给好友罗伯特·罗斯。罗斯于王尔德死后曾将它删节发表,1949年10月才由

王尔德的次子维维安·霍兰初次将它全文发表。

〔4〕 罗曼罗兰（Romain Rolland，1866—1944） 法国作家、社会活动家。著有长篇小说《约翰·克利斯朵夫》、传记《贝多芬传》等。1929年6月，他将在第一次世界大战期间旅居瑞士所记的《战时日记》原稿（分订二十九册，最后一册记于巴黎）交瑞士巴塞尔大学图书馆保存，又将三份打字稿分交苏联列宁图书馆、美国哈佛大学图书馆、瑞典斯德哥尔摩的诺贝尔学院图书馆。要求各保管者到1955年1月1日才可以启封，并译成各该国文字出版。

〔5〕 叔本华（A. Schopenhauer，1788—1860） 德国哲学家，唯意志论者。梵文，古印度的文字。

杂谈小品文[1]

自从"小品文"这一个名目流行以来,看看书店广告,连信札,论文,都排在小品文里了,这自然只是生意经,不足为据。一般的意见,第一是在篇幅短。

但篇幅短并不是小品文的特征。一条几何定理不过数十字,一部《老子》[2]只有五千言,都不能说是小品。这该像佛经的小乘[3]似的,先看内容,然后讲篇幅。讲小道理,或没道理,而又不是长篇的,才可谓之小品。至于有骨力的文章,恐不如谓之"短文",短当然不及长,寥寥几句,也说不尽森罗万象,然而它并不"小"。

《史记》[4]里的《伯夷列传》和《屈原贾谊列传》除去了引用的骚赋,其实也不过是小品,只因为他是"太史公"之作,又常见,所以没有人来选出,翻印。由晋至唐,也很有几个作家;宋文我不知道,但"江湖派"[5]诗,却确是我所谓的小品。现在大家所提倡的,是明清,据说"抒写性灵"[6]是它的特色。那时有一些人,确也只能够抒写性灵的,风气和环境,加上作者的出身和生活,也只能有这样的意思,写这样的文章。虽说抒写性灵,其实后来仍落了窠臼,不过是"赋得性灵",照例写出那么一套来。当然也有人豫感到危难,后来是身历了危难的,所以小品文中,有时也夹着感愤,但在文字狱时,都被销毁,劈板了,于是我们所见,就只剩了"天马行空"[7]似的超然的性灵。

这经过清朝检选的"性灵",到得现在,却刚刚相宜,有明末的洒脱,无清初的所谓"悖谬"[8],有国时是高人,没国时还不失为逸士。逸士也得有资格,首先即在"超然","士"所以超庸奴,"逸"所以超责任:现在的特重明清小品,其实是大有理由,毫不足怪的。

不过"高人兼逸士梦"恐怕也不长久。近一年来,就露了大破绽,自以为高一点的,已经满纸空言,甚而至于胡说八道,下流的却成为打诨,和猥鄙丑角,并无不同,主意只在挖公子哥儿们的跳舞之资,和舞女们争生意,可怜之状,已经下于五四运动前后的鸳鸯蝴蝶派[9]数等了。

为了这小品文的盛行,今年就又有翻印所谓"珍本"[10]的事。有些论者,也以为可虑。我却觉得这是并非无用的。原本价贵,大抵无力购买,现在只用了一元或数角,就可以看见现代名人的祖师,以及先前的性灵,怎样叠床架屋,现在的性灵,怎样看人学样,啃过一堆牛骨头,即使是牛骨头,不也有了识见,可以不再被生炒牛角尖骗去了吗?

不过"珍本"并不就是"善本",有些是正因为它无聊,没有人要看,这才日就灭亡,少下去;因为少,所以"珍"起来。就是旧书店里必讨大价的所谓"禁书",也并非都是慷慨激昂,令人奋起的作品,清初,单为了作者也会禁,往往和内容简直不相干。这一层,却要读者有选择的眼光,也希望识者给相当的指点的。

十二月二日。

※　　※　　※

〔1〕 本篇最初发表于1935年12月7日上海《时事新报·每周文学》,署名旅隼。

〔2〕 《老子》 又名《道德经》,相传为春秋时老子著。全文五千余字。

〔3〕 小乘 早期佛教的主要流派,注重个人修行持戒,自我解脱,自认为是佛教的正统派。小乘是相对于主张普渡众生的大乘教派而言。

〔4〕 《史记》 西汉司马迁撰,我国第一部纪传体通史。司马迁在汉武帝时曾任太史令,故称"太史公"。《史记·屈原贾生列传》全文引录了屈原的《怀沙赋》和贾谊的《吊屈原赋》、《服赋》。

〔5〕 "江湖派" 南宋末年的诗人陈起(在杭州开设书铺)曾编刻《江湖集》,收南宋末年的文人隐士和宋亡后的遗民戴复古、刘过等人的作品,这些作者后被称作江湖派。《江湖集》原有前集、后集、续集;现在所见的《江湖小集》(九十五卷)和《江湖后集》(二十四卷),共收作者一一一人,已非原本。

〔6〕 "抒写性灵" 当时林语堂等提倡小品文,推崇明代袁中郎、清代袁枚等人"抒写性灵"的作品。林语堂在《论语》第二十八期(1933年11月)发表的《论文(下)》中说:"性灵派文字,主'真'字。发抒性灵,斯得其真。"

〔7〕 "天马行空" 林语堂在《论语》第十五期(1933年4月)发表的《论文(上)》中说:"真正豪放自然,天马行空,如金圣叹之《水浒传序》,可谓绝无仅有。"

〔8〕 "悖谬" 清乾隆间纂修《四库全书》时,凡被视为有"违碍"的书,都加以全毁或抽毁。在各省缴送的禁书目中,有的注有"有

悖谬语,应请抽毁"字样。参看《且介亭杂文·病后杂谈之余》。

〔9〕 鸳鸯蝴蝶派 兴起于清末民初的一个文学流派。这派作品多以文言描写才子佳人的哀情故事,常以鸳鸯蝴蝶来比喻这些才子佳人,故被称为鸳鸯蝴蝶体。代表作家有徐枕亚、陈蝶仙、李定夷等。他们出版的刊物有《民权素》、《小说丛报》、《小说新报》、《礼拜六》、《小说世界》等,其中《礼拜六》刊载白话作品,影响最大,故鸳鸯蝴蝶派又有"礼拜六派"之称。

〔10〕 翻印所谓"珍本" 指《中国文学珍本丛书》和《国学珍本文库》,前者由施蛰存主编,上海杂志公司发行;后者由襟霞阁主人(平襟亚)编印,中央书局发行。

"题未定"草[1]

六

记得T君曾经对我谈起过:我的《集外集》出版之后,施蛰存先生曾在什么刊物上有过批评[2],以为这本书不值得付印,最好是选一下。我至今没有看到那刊物;但从施先生的推崇《文选》和手定《晚明二十家小品》的功业,以及自标"言行一致"的美德推测起来,这也正像他的话。好在我现在并不要研究他的言行,用不着多管这些事。

《集外集》的不值得付印,无论谁说,都是对的。其实岂只这一本书,将来重开四库馆时,恐怕我的一切译作,全在排除之列;虽是现在,天津图书馆的目录上,在《呐喊》和《彷徨》之下,就注着一个"销"字,"销"者,销毁之谓也;梁实秋教授充当什么图书馆主任时,听说也曾将我的许多译作驱逐出境[3]。但从一般的情形而论,目前的出版界,却实在并不十分谨严,所以印了我的一本《集外集》,似乎也算不得怎特别糟蹋了纸墨。至于选本,我倒以为是弊多利少的,记得前年就写过一篇《选本》,说明着自己的意见,后来就收在《集外集》中。

自然,如果随便玩玩,那是什么选本都可以的,《文选》

好,《古文观止》也可以。不过倘要研究文学或某一作家,所谓"知人论世",那么,足以应用的选本就很难得。选本所显示的,往往并非作者的特色,倒是选者的眼光。眼光愈锐利,见识愈深广,选本固然愈准确,但可惜的是大抵眼光如豆,抹杀了作者真相的居多,这才是一个"文人浩劫"。例如蔡邕[4],选家大抵只取他的碑文,使读者仅觉得他是典重文章的作手,必须看见《蔡中郎集》里的《述行赋》(也见于《续古文苑》),那些"穷工巧于台榭兮,民露处而寝湿,委嘉谷于禽兽兮,下糠秕而无粒"(手头无书,也许记错,容后订正)的句子,才明白他并非单单的老学究,也是一个有血性的人,明白那时的情形,明白他确有取死之道。又如被选家录取了《归去来辞》和《桃花源记》,被论客赞赏着"采菊东篱下,悠然见南山"的陶潜先生,在后人的心目中,实在飘逸得太久了,但在全集里,他却有时很摩登,"愿在丝而为履,附素足以周旋,悲行止之有节,空委弃于床前",竟想摇身一变,化为"阿呀呀,我的爱人呀"的鞋子,虽然后来自说因为"止于礼义",[5]未能进攻到底,但那些胡思乱想的自白,究竟是大胆的。就是诗,除论客所佩服的"悠然见南山"之外,也还有"精卫衔微木,将以填沧海,形天舞干戚,猛志固常在"[6]之类的"金刚怒目"[7]式,在证明着他并非整天整夜的飘飘然。这"猛志固常在"和"悠然见南山"的是一个人,倘有取舍,即非全人,再加抑扬,更离真实。譬如勇士,也战斗,也休息,也饮食,自然也性交,如果只取他末一点,画起像来,挂在妓院里,尊为性交大师,那当然也不能说是毫无根据的,然而,岂不冤哉!我每见近人的称引陶渊明,往往不禁为古人惋惜。

这也是关于取用文学遗产的问题,潦倒而至于昏聩的人,凡是好的,他总归得不到。前几天,看见《时事新报》的《青光》[8]上,引过林语堂先生的话,原文抛掉了,大意是说:老庄是上流,泼妇骂街之类是下流,他都要看,只有中流,剽上窃下,最无足观。如果我所记忆的并不错,那么,这真不但宣告了宋人语录,明人小品,下至《论语》,《人间世》,《宇宙风》[9]这些"中流"作品的死刑,也透彻的表白了其人的毫无自信。不过这还是空腹高心之谈,因为虽是"中流",也并不一概,即使同是剽窃,有取了好处的,有取了无用之处的,有取了坏处的,到得"中流"的下流,他就连剽窃也不会,"老庄"不必说了,虽是明清的文章,又何尝真的看得懂。

标点古文,不但使应试的学生为难,也往往害得有名的学者出丑,乱点词曲,拆散骈文的美谈,已经成为陈迹,也不必回顾了;今年出了许多廉价的所谓珍本书,都有名家标点,关心世道者愁然忧之,以为足煽复古之焰。我却没有这么悲观,化国币一元数角,买了几本,既读古之中流的文章,又看今之中流的标点;今之中流,未必能懂古之中流的文章的结论,就从这里得来的。

例如罢,——这种举例,是很危险的,从古到今,文人的送命,往往并非他的什么"意德沃罗基"[10]的悖谬,倒是为了个人的私仇居多。然而这里仍得举,因为写到这里,必须有例,所谓"箭在弦上,不得不发"者是也。但经再三忖度,决定"姑隐其名",或者得免于难欤,这是我在利用中国人只顾空面子的缺点。

例如罢,我买的"珍本"之中,有一本是张岱[11]的《琅嬛文集》,"特印本实价四角";据"乙亥十月,卢前冀野父"跋,是"化峭僻之途为康庄"的,但照标点看下去,却并不十分"康庄"。标点,对于五言或七言诗最容易,不必文学家,只要数学家就行,乐府就不大"康庄"了,所以卷三的《景清刺》[12]里,有了难懂的句子:

"……佩铅刀。藏膝髁。太史奏。机谋破。不称王向前。坐对御衣含血唾。……"

琅琅可诵,韵也押的,不过"不称王向前"这一句总有些费解。看看原序,有云:"清知事不成。跃而询上。大怒曰。毋谓我王。即王敢尔耶。清曰。今日之号。尚称王哉。命抉其齿。立且询。则含血前。渍御衣。上益怒。剥其肤。……"(标点悉遵原本)那么,诗该是"不称王,向前坐"了,"不称王"者,"尚称王哉"也;"向前坐"者,"则含血前"也。而序文的"跃而询上。大怒曰",恐怕也该是"跃而询。上大怒曰"才合式,据作文之初阶,观下文之"上益怒",可知也矣。

纵使明人小品如何"本色"[13],如何"性灵",拿它乱玩究竟还是不行的,自误事小,误人可似乎不大好。例如卷六的《琴操》《脊令操》[14]序里,有这样的句子:

"秦府僚属。劝秦王世民。行周公之事。伏兵玄武门。射杀建成元吉魏征。伤亡作。"

文章也很通,不过一翻《唐书》,就不免觉得魏征实在射杀得冤枉,他其实是秦王世民做了皇帝十七年之后,这才病死的。[15]所以我们没有法,这里只好点作"射杀建成元吉,魏征伤亡作"。明明是张岱作的《琴操》,怎么会是魏征作呢,索性也将他射杀干净,固然不能说没有道理,不过"中流"文人,是常有拟作的,例如韩愈先生,就替周文王说过"臣罪当诛兮天王圣明"[16],所以在这里,也还是以"魏征伤亡作"为稳当。

我在这里也犯了"文人相轻"罪,其罪状曰"吹毛求疵"。但我想"将功折罪"的,是证明了有些名人,连文章也看不懂,点不断,如果选起文章来,说这篇好,那篇坏,实在不免令人有些毛骨悚然,所以认真读书的人,一不可倚仗选本,二不可凭信标点。

七

还有一样最能引读者入于迷途的,是"摘句"。它往往是衣裳上撕下来的一块绣花,经摘取者一吹嘘或附会,说是怎样超然物外,与尘浊无干,读者没有见过全体,便也被他弄得迷离惝恍。最显著的便是上文说过的"悠然见南山"的例子,忘记了陶潜的《述酒》[17]和《读山海经》等诗,捏成他单是一个飘飘然,就是这摘句作怪。新近在《中学生》[18]的十二月号上,看见了朱光潜[19]先生的《说'曲终人不见,江上数峰青'》的文章,推这两句为诗美的极致,我觉得也未免有以割裂为美的小疵。他说的好处是:

"我爱这两句诗,多少是因为它对于我启示了一种哲学的意蕴。'曲终人不见'所表现的是消逝,'江上数峰青'所表现的是永恒。可爱的乐声和奏乐者虽然消逝了,而青山却巍然如旧,永远可以让我们把心情寄托在它上面。人到底是怕凄凉的,要求伴侣的。曲终了,人去了,我们一霎时以前所游目骋怀的世界猛然间好像从脚底倒塌去了。这是人生最难堪的一件事,但是一转眼间我们看到江上青峰,好像又找到另一个可亲的伴侣,另一个可托足的世界,而且它永远是在那里的。'山穷水尽疑无路,柳暗花明又一村',此种风味似之。不仅如此,人和曲果真消逝了么;这一曲缠绵悱恻的音乐没有惊动山灵?它没有传出江上青峰的妩媚和严肃?它没有深深地印在这妩媚和严肃里面?反正青山和湘灵的瑟声已发生这么一回的因缘,青山永在,瑟声和鼓瑟的人也就永在了。"

这确已说明了他的所以激赏的原因。但也没有尽。读者是种种不同的,有的爱读《江赋》和《海赋》,有的欣赏《小园》或《枯树》[20]。后者是徘徊于有无生灭之间的文人,对于人生,既惮扰攘,又怕离去,懒于求生,又不乐死,实有太板,寂绝又太空,疲倦得要休息,而休息又太凄凉,所以又必须有一种抚慰。于是"曲终人不见"之外,如"只在此山中,云深不知处"或"笙歌归院落,灯火下楼台"[21]之类,就往往为人所称道。因为眼前不见,而远处却在,如果不在,便悲哀了,这就是道士之所以说"至心归命礼,玉皇大天尊!"[22]也。

抚慰劳人的圣药,在诗,用朱先生的话来说,是"静穆":

"艺术的最高境界都不在热烈。就诗人之所以为人而论,他所感到的欢喜和愁苦也许比常人所感到的更加热烈。就诗人之所以为诗人而论,热烈的欢喜或热烈的愁苦经过诗表现出来以后,都好比黄酒经过长久年代的储藏,失去它的辣性,只剩一味醇朴。我在别的文章里曾经说过这一段话:'懂得这个道理,我们可以明白古希腊人何以把和平静穆看作诗的极境,把诗神亚波罗摆在蔚蓝的山巅,俯瞰众生扰攘,而眉宇间却常如作甜蜜梦,不露一丝被扰动的神色?'这里所谓'静穆'(Serenity)自然只是一种最高理想,不是在一般诗里所能找得到的。古希腊——尤其是古希腊的造形艺术——常使我们觉到这种'静穆'的风味。'静穆'是一种豁然大悟,得到归依的心情。它好比低眉默想的观音大士,超一切忧喜,同时你也可说它泯化一切忧喜。这种境界在中国诗里不多见。屈原阮籍李白杜甫都不免有些像金刚怒目,愤愤不平的样子。陶潜浑身是'静穆',所以他伟大。"

古希腊人,也许把和平静穆看作诗的极境的罢,这一点我毫无知识。但以现存的希腊诗歌而论,荷马的史诗,是雄大而活泼的,沙孚[23]的恋歌,是明白而热烈的,都不静穆。我想,立"静穆"为诗的极境,而此境不见于诗,也许和立蛋形为人体的最高形式,而此形终不见于人一样。至于亚波罗[24]之在山巅,那可因为他是"神"的缘故,无论古今,凡神像,总是放在较高之处的。这像,我曾见过照相,睁着眼睛,神清气爽,并不像"常如作甜蜜梦"。不过看见实物,是否"使我们觉到这种'静穆'的风味",在我可就很难断定了,但是,倘使真的觉得,我以为也许有些因为他"古"的缘故。

　　我也是常常徘徊于雅俗之间的人,此刻的话,很近于大煞风景,但有时却自以为颇"雅"的:间或喜欢看看古董。记得十多年前,在北京认识了一个土财主,不知怎么一来,他也忽然"雅"起来了,买了一个鼎,据说是周鼎,真是土花斑驳,古色古香。而不料过不几天,他竟叫铜匠把它的土花和铜绿擦得一干二净,这才摆在客厅里,闪闪的发着铜光。这样的擦得精光的古铜器,我一生中还没有见过第二个。一切"雅士",听到的无不大笑,我在当时,也不禁由吃惊而失笑了,但接着就变成肃然,好像得了一种启示。这启示并非"哲学的意蕴",是觉得这才看见了近于真相的周鼎。鼎在周朝,恰如碗之在现代,我们的碗,无整年不洗之理,所以鼎在当时,一定是干干净净,金光灿烂的,换了术语来说,就是它并不"静穆",倒有些"热烈"。这一种俗气至今未脱,变化了我衡量古美术的眼光,例如希腊雕刻罢,我总以为它现在之见得"只剩一味醇朴"者,原因之一,是在曾埋土中,或久经风雨,失去了锋棱和光泽的缘故,雕造的当时,一定是崭新,雪白,而且发闪的,所以我们现在所见的希腊之美,其实并不准是当时希腊人之所谓美,我们应该悬想它是一件新东西。

　　凡论文艺,虚悬了一个"极境",是要陷入"绝境"的,在艺术,会迷惘于土花,在文学,则被拘迫而"摘句"。但"摘句"又大足以困人,所以朱先生就只能取钱起[25]的两句,而踢开他的全篇,又用这两句来概括作者的全人,又用这两句来打杀了屈原,阮籍,李白,杜甫等辈,以为"都不免有些像金刚怒目,愤愤不平的样子"。其实是他们四位，都因为垫高朱先生的美学说，做了冤屈的牺牲的。

我们现在先来看一看钱起的全篇罢：

"省试湘灵鼓瑟

善鼓云和瑟，常闻帝子灵。冯夷空自舞，楚客不堪听。苦调凄金石，清音入杳冥。苍梧来怨慕，白芷动芳馨。流水传湘浦，悲风过洞庭。曲终人不见，江上数峰青。"

要证成"醇朴"或"静穆"，这全篇实在是不宜称引的，因为中间的四联，颇近于所谓"衰飒"。但没有上文，末两句便显得含胡，不过这含胡，却也许又是称引者之所谓超妙。现在一看题目，便明白"曲终"者结"鼓瑟"，"人不见"者点"灵"字，"江上数峰青"者做"湘"字，全篇虽不失为唐人的好试帖，但末两句也并不怎么神奇了。况且题上明说是"省试"[26]，当然不会有"愤愤不平的样子"，假使屈原不和椒兰[27]吵架，却上京求取功名，我想，他大约也不至于在考卷上大发牢骚的，他首先要防落第。

我们于是应该再来看看这《湘灵鼓瑟》的作者的另外的诗了。但我手头也没有他的诗集，只有一部《大历诗略》[28]，也是迂夫子的选本，不过篇数却不少，其中有一首是：

"下第题长安客舍

不遂青云望，愁看黄鸟飞。梨花寒食夜，客子未春衣。世事随时变，交情与我违。空余主人柳，相见却依依。"

一落第，在客栈的墙壁上题起诗来，他就不免有些愤愤了,可见那一首《湘灵鼓瑟》,实在是因为题目,又因为省试,所以只好如此圆转活脱。他和屈原,阮籍,李白,杜甫四位,有时都不免是怒目金刚,但就全体而论,他长不到丈六[29]。

世间有所谓"就事论事"的办法,现在就诗论诗,或者也可以说是无碍的罢。不过我总以为倘要论文,最好是顾及全篇,并且顾及作者的全人,以及他所处的社会状态,这才较为确凿。要不然,是很容易近乎说梦的。但我也并非反对说梦,我只主张听者心里明白所听的是说梦,这和我劝那些认真的读者不要专凭选本和标点本为法宝来研究文学的意思,大致并无不同。自己放出眼光看过较多的作品,就知道历来的伟大的作者,是没有一个"浑身是'静穆'"的。陶潜正因为并非"浑身是'静穆',所以他伟大"。现在之所以往往被尊为"静穆",是因为他被选文家和摘句家所缩小,凌迟了。

八

现在还在流传的古人文集,汉人的已经没有略存原状的了,魏的嵇康,所存的集子里还有别人的赠答和论难[30],晋的阮籍,集里也有伏义的来信[31],大约都是很古的残本,由后人重编的。《谢宣城集》[32]虽然只剩了前半部,但有他的同僚一同赋咏的诗。我以为这样的集子最好,因为一面看作者的文章,一面又可以见他和别人的关系,他的作品,比之同咏者,高下如何,他为什么要说那些话……现在采取这样的编法的,据我所知道,则《独秀文存》[33],也附有和所存的"文"

相关的别人的文字。

　　那些了不得的作家,谨严入骨,惜墨如金,要把一生的作品,只删存一个或者三四个字,刻之泰山顶上,"传之其人"[34],那当然听他自己的便,还有鬼蜮似的"作家",明明有天兵天将保佑,姓名大可公开,他却偏要躲躲闪闪,生怕他的"作品"和自己的原形发生关系,随作随删,删到只剩下一张白纸,到底什么也没有,那当然也听他自己的便。如果多少和社会有些关系的文字,我以为是都应该集印的,其中当然夹杂着许多废料,所谓"榛楛弗剪"[35],然而这才是深山大泽。现在已经不像古代,要手抄,要木刻,只要用铅字一排就够。虽说排印,糟蹋纸墨自然也还是糟蹋纸墨的,不过只要一想连杨邨人之流的东西也还在排印,那就无论什么都可以闭着眼睛发出去了。[36]中国人常说"有一利必有一弊",也就是"有一弊必有一利":揭起小无耻之旗,固然要引出无耻群,但使谦让者泼剌起来,却是一利。

　　收回了谦让的人,在实际上也并不少,但又是所谓"爱惜自己"的居多。"爱惜自己"当然并不是坏事情,至少,他不至于无耻,然而有些人往往误认"装点"和"遮掩"为"爱惜"。集子里面,有兼收"少作"的,然而偏去修改一下,在孩子的脸上,种上一撮白胡须;也有兼收别人之作的,然而又大加拣选,决不取谩骂诬蔑的文章,以为无价值。其实是这些东西,一样的和本文都有价值的,即使那力量还不够引出无耻群,但倘和有价值的本文有关,这就是它在当时的价值。中国的史家是早已明白了这一点的,所以历史里大抵有循吏传,隐逸传,却也有酷吏传和佞幸传,有忠臣传,也有奸臣传。因为不如此,便无从知道全般。

而且一任鬼蜮的技俩随时消灭,也不能洞晓反鬼蜮者的人和文章。山林隐逸之作不必论,倘使这作者是身在人间,带些战斗性的,那么,他在社会上一定有敌对。只是这些敌对决不肯自承,时时撒娇道:"冤乎枉哉,这是他把我当作假想敌了呀!"可是留心一看,他的确在放暗箭,一经指出,这才改为明枪,但又说这是因为被诬为"假想敌"[37]的报复。所用的技俩,也是决不肯任其流传的,不但事后要它消灭,就是临时也在躲闪;而编集子的人又不屑收录。于是到得后来,就只剩了一面的文章了,无可对比,当时的抗战之作,就都好像无的放矢,独个人在向着空中发疯。我尝见人评古人的文章,说谁是"锋棱太露",谁又是"剑拔弩张",就因为对面的文章,完全消灭了的缘故,倘在,是也许可以减去评论家几分懵懂的。所以我以为此后该有博采种种所谓无价值的别人的文章,作为附录的集子。以前虽无成例,却是留给后来的宝贝,其功用与铸了魑魅罔两的形状的禹鼎[38]相同。

就是近来的有些期刊,那无聊,无耻与下流,也是世界上不可多得的物事,然而这又确是现代中国的或一群人的"文学",现在可以知今,将来可以知古,较大的图书馆,都必须保存的。但记得 C 君曾经告诉我,不但这些,连认真切实的期刊,也保存的很少,大抵只在把外国的杂志,一大本一大本的装起来;还是生着"贵古而贱今,忽近而图远"的老毛病。

九

　　仍是上文说过的所谓《珍本丛书》之一的张岱《琅嬛文集》，那卷三的书牍类里，有《又与毅儒八弟》的信，开首说：

　　"前见吾弟选《明诗存》，有一字不似钟谭[39]者，必弃置不取；今几社诸君子盛称王李[40]，痛骂钟谭，而吾弟选法又与前一变，有一字似钟谭者，必弃置不取。钟谭之诗集，仍此诗集，吾弟手眼，仍此手眼，而乃转若飞蓬，捷如影响，何胸无定识，目无定见，口无定评，乃至斯极耶？盖吾弟喜钟谭时，有钟谭之好处，尽有钟谭之不好处，彼盖玉常带璞，原不该尽视为连城；吾弟恨钟谭时，有钟谭之不好处，仍有钟谭之好处，彼盖瑕不掩瑜，更不可尽弃为瓦砾。吾弟勿以几社君子之言，横据胸中，虚心平气，细细论之，则其妍丑自见，奈何以他人好尚为好尚哉！……"

这是分明的画出随风转舵的选家的面目，也指证了选本的难以凭信的。张岱自己，则以为选文造史，须无自己的意见，他在《与李砚翁》的信里说："弟《石匮》一书，泚笔四十余载，心如止水秦铜，并不自立意见，故下笔描绘，妍媸自见，敢言刻划，亦就物肖形而已。……"然而心究非镜，也不能虚，所以立"虚心平气"为选诗的极境，"并不自立意见"为作史的极境者，也像立"静穆"为诗的极境一样，在事实上不可得。数年前的文坛上所谓"第三种人"杜衡辈，标榜超然，实为群丑,不久即本相毕露,知耻者皆羞称之,无待这里多说了;就令自觉不怀他意,屹然中立如张岱者,其实也还是偏倚的。他在同一信中,论东林[41]云:

"……夫东林自顾泾阳讲学以来,以此名目,祸我国家者八九十年,以其党升沉,用占世数兴败,其党盛则为终南之捷径,其党败则为元祐之党碑[42]。……盖东林首事者实多君子,窜入者不无小人,拥戴者皆为小人,招徕者亦有君子,此其间线索甚清,门户甚迥。……东林之中,其庸庸碌碌者不必置论,如贪婪强横之王图,奸险凶暴之李三才,闯贼首辅之项煜,上笺劝进之周钟[43],以致窜入东林,乃欲俱奉之以君子,则吾臂可断,决不敢徇情也。东林之尤可丑者,时敏[44]之降闯贼曰,'吾东林时敏也',以冀大用。鲁王监国,蕞尔小朝廷,科道任孔当[45]辈犹曰,'非东林不可进用'。则是东林二字,直与蕞尔鲁国及汝偕亡者。手刃此辈,置之汤镬,出薪真不可不猛也。……"

这真可谓"词严义正"。所举的群小,也都确实的,尤其是时敏,虽在三百年后,也何尝无此等人,真令人惊心动魄。然而他的严责东林,是因为东林党中也有小人,古今来无纯一不杂的君子群,于是凡有党社,必为自谓中立者所不满,就大体而言,是好人多还是坏人多,他就置之不论了。或者还更加一转云:东林虽多君子,然亦有小人,反东林者虽多小人,然亦有正士,于是好像两面都有好有坏,并无不同,但因东林世称君子,故有小人即可丑,反东林者本为小人,故有正士则可嘉,苛求君子,宽纵小人,自以为明察秋毫,而实则反助小人张目。倘说:东林中虽亦有小人,然多数为君子,反东林者虽亦有正士,而大抵是小人。那么,斤量就大不相同了。

谢国桢[46]先生作《明清之际党社运动考》,钩索文籍,用力甚勤,叙魏忠贤[47]两次虐杀东林党人毕,说道:"那时候,亲戚朋友,全远远的躲避,无耻的士大夫,早投降到魏党的旗帜底下了。说一两句公道话,想替诸君子帮忙的,只有几个书呆子,还有几个老百姓。"

这说的是魏忠贤使缇骑捕周顺昌[48],被苏州人民击散的事。诚然,老百姓虽然不读诗书,不明史法,不解在瑜中求瑕,屎里觅道,但能从大概上看,明黑白,辨是非,往往有决非清高通达的士大夫所可几及之处的。刚刚接到本日的《大美晚报》[49],有"北平特约通讯",记学生游行,被警察水龙喷射,棍击刀砍,一部分则被闭于城外,使受冻馁,"此时燕冀中学师大附中及附近居民纷纷组织慰劳队,送水烧饼馒头等食物,学生略解饥肠……"谁说中国的老百姓是庸愚的呢,被愚弄诓骗压迫到现在,还明白如此。张岱又说:"忠臣义士多见于国破家亡之际,如敲石出火,一闪即灭,人主不急起收之,则火种绝矣。"(《越绝诗小序》)他所指的"人主"是明太祖,和现在的情景不相符。

石在,火种是不会绝的。但我要重申九年前的主张:不要再请愿[50]!

十二月十八——十九夜。

※　　※　　※

〔1〕 本篇第六、七两节最初发表于1936年1月上海《海燕》月刊第一期,八、九两节最初发表于同年2月《海燕》第二期。

〔2〕 施蛰存对《集外集》的批评,见他在《文饭小品》第五期(1935年6月)发表的《杂文的文艺价值》一文,其中说:"他(鲁迅)是不主张'悔其少作'的,连《集外集》这种零碎文章都肯印出来卖七角大洋;而我是希望作家们在编辑自己的作品集的时候,能稍稍定一下去取。因为在现今出版物蜂涌的情形之下,每个作家多少总有一些随意应酬的文字,倘能在编集子的时候,严格地删定一下,多少也是对于自己作品的一种郑重态度。"

〔3〕 梁实秋(1902—1987) 浙江杭县(今余杭)人,作家、翻译家。新月社的主要成员之一。1930年前后他任青岛大学教授兼图书馆主任时,曾取缔馆藏马克思主义书籍,包括鲁迅所译《文艺政策》在内。

〔4〕 蔡邕(132—192) 字伯喈,陈留圉(今河南杞县)人,东汉文学家。汉献帝时任左中郎将。后王允诛董卓,他受牵连下狱,死于狱中。他的著作流传至今的有后人所辑的《蔡中郎文集》十卷。在萧统《文选》中选有他的《郭有道碑文》。《述行赋》系有愤于当时宦官擅权而作。这里所引的四句,"工巧"原作"变巧","委"原作"消"(《蔡中郎文集》、《续古文苑》所载并同),四部丛刊本《蔡中郎文集》作"清"。《续古文苑》,二十卷,清代孙星衍编。

〔5〕 "愿在丝而为履"四句,见陶潜所作《闲情赋》。他在该文的序中说:"始则荡以思虑,而终归闲正,将以抑流宕之邪心。"这里说"止于礼义",即指此。"止于礼义",语出《诗经·关雎》序:"发乎情,止乎礼义。发乎情,民之性也;止乎礼义,先王之泽也。"

〔6〕 "精卫衔微木"四句,见陶潜所作《读山海经》之十。精卫事

见《山海经·北山经》:"发鸠之山……有鸟焉……名曰精卫,其名自詨,是炎帝之少女……游于东海,溺而不返,故为精卫;常衔西山之木石,以堙于东海。"形天事见《山海经·海外西经》:"形天与帝争神,帝断其首,葬之常羊之山。乃以乳为目,以脐为口,操干戚以舞。"

〔7〕 "金刚怒目" 见《太平广记》卷一七四引《谈薮》:"隋吏部侍郎薛道衡尝游钟山开善寺,谓小僧曰:'金刚何为怒目,菩萨何为低眉?'小僧答曰:'金刚怒目,所以降伏四魔;菩萨低眉,所以慈悲六道。'"

〔8〕《青光》 上海《时事新报》的副刊。林语堂的话原见刊于《宇宙风》第六期(1935年12月)他所作的《烟屑》,原文为:"吾好读极上流书或极下流书,中流书读极少。上流如佛老孔孟庄生,下流如小调童谣民歌盲词,泼妇骂街,船婆毒咒等。世界作品百分之九十五居中流,居中流者偷下袭上,但皆偷的不好。"

〔9〕《论语》 文艺性半月刊,林语堂等编,1932年9月在上海创刊,以登载幽默文字为主,1937年8月出至第一一七期停刊。《人间世》,小品文半月刊,林语堂主编,1934年4月在上海创刊,1935年12月出至第四十二期停刊。《宇宙风》,小品文半月刊,林语堂、陶亢德编辑,1935年9月在上海创刊,1947年8月出至第一五二期停刊。

〔10〕 "意德沃罗基" 德语 Ideologie 的音译,即"意识形态"。

〔11〕 张岱(1597—1679) 字宗子、石公,号陶庵,浙江山阴(今绍兴)人,明末清初文学家。久居杭州,明亡后避居剡溪山。著有《石匮书》、《琅嬛文集》、《陶庵梦忆》等。《琅嬛文集》是他的诗文杂集,六卷,这里所指的"特印本"是《中国文学珍本丛书》之一,由刘大杰校点,后面有乙亥(1935)十月卢前的跋文,其中说:"世方好公安竟陵之文,得宗子翩跹其间,化峭僻之途为康庄,知文章升降,故有其自也。"卢前,字冀野(1905—1951),江苏南京人,戏曲研究家,曾任光华大学、中央大学等

校教授。

〔12〕 《景清刺》 是一首关于景清谋刺永乐帝(朱棣)的乐府诗。景清(？—1402),明代真宁(今甘肃正宁)人,洪武进士,授编修,建文帝(朱允炆)时官御史大夫。据《明史·景清传》载,成祖(朱棣)登位,他佯为归顺,后以谋刺成祖,磔死。他被剥皮事,见谷应泰《明史纪事本末·壬午殉难》:"八月望日早朝,清绯衣入。……朝毕,出御门,清奋跃而前,将犯驾。文皇急命左右收之,得所佩剑。清知志不得遂,乃起植立嫚骂。抉其齿,且抉且骂,含血直噀御袍。乃命剥其皮,草楦之,械系长安门。"

〔13〕 "本色" 林语堂在《文饭小品》第六期(1935年7月)发表的《说本色之美》一文中说:"吾深信此本色之美。盖做作之美,最高不过工品,妙品,而本色之美,佳者便是神品,化品,与天地争衡,绝无斧凿痕迹。"

〔14〕 《琴操》 古琴曲,又指与古琴曲相配合的乐歌。张岱《琅嬛文集》中有《琴操》十章,《脊令操》是其中之一。脊令,一作鹡鸰,一种鸣禽类的小鸟。《诗经·小雅·常棣》:"脊令在原,兄弟急难。"后常喻作兄弟友爱。

〔15〕 关于唐太宗射杀建成元吉的事,据《新唐书·太宗皇帝本纪》载:"太子建成惧废,与齐王元吉谋害太宗(按即李世民,时封秦王),未发。(武德)九年(626)六月,太宗以兵入玄武门,杀太子建成及齐王元吉。"同书《隐太子建成传》载:"秦王射建成即死,元吉中矢走,(尉迟)敬德追杀之。"又同书《魏征传》载:"魏征(580—643),字玄成,魏州曲城(今河北巨鹿)人……隐太子(建成)引为洗马。征见秦王功高,阴劝太子早为计。太子败,王责谓曰:'尔阋吾兄弟,奈何?'答曰:'太子早从征言,不死今日之祸。……'(贞观)十七年,疾甚。……帝亲问疾,屏左右,语终日乃还。……是夕,帝梦征若平生,及旦,薨。帝

临哭,为之恸,罢朝五日。"

〔16〕 韩愈(768—824) 字退之,河阳(今河南孟县)人。唐代文学家。德宗贞元进士,历官至吏部侍郎兼京兆尹。自言郡望昌黎,世称韩昌黎。著有《韩昌黎集》。"臣罪当诛兮天王圣明"是他模拟周文王(西伯)的口气写的诗《拘幽操——文王羑里作》中的句子。

〔17〕 《述酒》 陶潜的这首诗,据南宋汤汉《陶靖节诗注》卷三的注语,认为是为当时最重大的政治事变——晋宋易代而作:"晋元熙二年(420)六月,刘裕废恭帝(司马德文)为零陵王,明年,以毒酒一罂授张伟使鸩王,伟自饮而卒;继又令兵人逾垣进药,王不肯饮,遂掩杀之。此诗所为作,故以《述酒》名篇也。"

〔18〕 《中学生》 以中学生为对象的综合性月刊。夏丏尊、叶圣陶等编辑,1930年在上海创刊,开明书店出版。

〔19〕 朱光潜(1897—1986) 安徽桐城人,文艺理论家。北京大学教授。这里所说的文章发表于《中学生》杂志第六十号(1935年12月)。

〔20〕 《江赋》 晋代郭璞作;《海赋》,晋代木华作。《小园》和《枯树》,二赋是北周庾信作。

〔21〕 "只在此山中"二句,见唐代诗人贾岛《寻隐者不遇》一诗。"笙歌归院落"二句,见唐代诗人白居易《宴散》一诗。

〔22〕 "至心归命礼"二句,是道教经典中常见的话,意思是诚心皈依道教,礼拜玉皇大帝。

〔23〕 沙孚(Sappho,约前612—约前580) 通译萨福,古希腊女诗人。她流传至今的作品只有两三篇完整的短诗和一些断片,内容主要是歌颂爱情和友谊。

〔24〕 亚波罗 希腊神话中光明、艺术、音乐、诗歌与健康之神。

〔25〕 钱起(722—约780) 字仲文,吴兴(今属浙江)人。唐天宝间进士,曾任考功郎中。唐代诗人中"大历十才子"之一。著有《钱考功集》。大历,唐代宗李豫年号(766—779)。鲁迅曾于1935年12月5日书录钱起《湘灵鼓瑟》赠冯宾符(仲足)。

〔26〕 "省试" 唐代各州县贡士到京城参加考试,由尚书省的礼部主试,故称省试或礼部试。

〔27〕 椒兰 指楚大夫子椒和楚怀王少子子兰。屈原在《离骚》中说:"余既以兰为可恃兮,羌无实而容长。……椒专佞以慢慆兮,樧又欲充夫佩帏。"据后汉王逸注:"兰,怀王少弟(按应为少子)司马子兰也,……内无诚信之实,但有长大之貌,浮华而已。……椒,楚大夫子椒也,……行淫慢佞谀之志,又欲援引面从不贤之类使居亲近。"

〔28〕 《大历诗略》 清代乔亿评选的唐诗选集,共六卷。

〔29〕 丈六 佛家语,指佛的身量。晋代袁宏《后汉纪·明帝纪》载:"佛身长一丈六尺。"

〔30〕 嵇康的著作今存《嵇中散集》十卷,有鲁迅校本。集中附录嵇喜、郭遐周等人的赠答诗共十四首,向子期、张辽叔等人的论难文共四篇。

〔31〕 阮籍的著作今存《阮籍集》十卷。集中有《答伏义书》,并录有伏义的《与阮嗣宗书》。伏义,字公表,生平不详。

〔32〕 《谢宣城集》 南朝齐诗人谢朓的诗文集,今存五卷,书后有宋代娄炤跋:"小谢自有全集十卷,但世所罕传……考其上五卷,赋与乐章以外,诗乃百有二首,而唱和联句,他人所□见者不与焉……其下五卷则皆当时应用之文;衰世之事,其可采者已载于本传、《文选》,余视诗劣焉,无传可也。"谢朓(464—499),字玄晖,陈郡阳夏(今河南太康)人,曾官宣城太守。

〔33〕 《独秀文存》　陈独秀的文集,1922年11月上海亚东图书馆出版。内分论文、随感录、通信三类;其中附录别人的论文、通信十四篇。

〔34〕 "传之其人"　语出司马迁《报任少卿书》:"藏之名山,传之其人。"

〔35〕 "榛楛弗剪"　语出晋代陆机《文赋》:"彼榛楛之勿剪,亦蒙荣于集翠。"榛楛,丛生的荆棘。

〔36〕 杨邨人曾在《现代》月刊第二卷第四期(1933年2月)发表《揭起小资产阶级革命文学之旗》一文,声称:"无产阶级已经树起无产阶级文学之旗,而且已经有了巩固的营垒,我们为了这广大的小市民和农民群众的启发工作,我们也揭起小资产阶级革命文学之旗,号召同志,整齐阵伍,也来扎住我们的阵营。"

〔37〕 "假想敌"　杜衡在《星火》第二卷第二期(1935年11月)发表的《文坛的骂风》一文中说:"杂文是战斗的。……但有时没有战斗的对象,而这'战斗的'杂文依然为人所需要,于是乎不得不去找'假想敌'。……至于写这些文章的动机,……三分是为了除了杂文无文可写,除了骂人无杂文可写,除了胡乱找'假想敌'无人可骂之故。"

〔38〕 禹鼎　相传夏禹铸九鼎,象征九州。《左传》宣公三年载周大夫王孙满的话:"昔夏之方有德也,远方图物,贡金九牧,铸鼎象物,百物而为之备,使民知神奸。故民入川泽山林,不逢不若;螭魅罔两莫能逢之。"据晋代杜预注:"螭(同魑),山神,兽形;魅,怪物;罔两,水神。"

〔39〕 钟谭　指明代文学家钟惺(1574—1624)和谭元春(1586—1637)。二人都是湖广竟陵(今湖北天门)人。他们在文学上主张抒写性灵、反对拟古,与袁中郎等的公安派基本相同;但为矫公安派的"浮浅",提倡幽深孤峭的风格,以致流于冷涩,被称为竟陵派。

〔40〕 几社　明末陈子龙、夏允彝等在江苏松江组织的文学社团。明亡后社中主要成员多参加抗清。王李，指明代文学家王世贞（1526—1590）和李攀龙（1514—1570）。他们是提倡拟古的"后七子"的代表人物。

〔41〕 东林　指明末的东林党。主要人物有顾宪成、高攀龙等，他们聚集在无锡东林书院讲学，议论时政，批评人物，对舆论影响很大。一部分比较正直的官吏也和他们互通声气，形成了以上层知识分子为主的政治集团。明天启五年（1625）他们遭到宦官魏忠贤的残酷迫害和镇压，被杀害的达数百人。

〔42〕 元祐党碑　宋徽宗时，蔡京当权，奏请把宋哲宗（年号元祐）朝反对王安石新法的司马光、苏轼等三〇九人镌名立碑于太学端礼门前，指为奸党，称为党人碑，或元祐党碑。党人子孙却引以为荣，当党人碑被毁之后，还重新摹刻。

〔43〕 王图（1557—1627）　陕西耀州人，明万历时任吏部侍郎，后官至礼部尚书。李三才（？—1623），陕西临潼人，明万历时任凤阳巡抚，官至户部尚书。项煜（？—1645），吴县（今属江苏）人，明崇祯时官至詹事，李自成克北京，项归降。周钟，南直（今属江苏）金坛人，明崇祯癸未庶吉士，李自成克北京，周归降。

〔44〕 时敏　常熟（今属江苏）人。明崇祯时官兵科给事中、江西督漕。李自成克北京，时归降。

〔45〕 科道　明清官制，都察院所属礼、户、吏、兵、刑、工六科给事中，及十五道监察御史，统称为科道。任孔当在南明鲁王小朝廷任浙江道监察御史。

〔46〕 谢国桢（1900—1982）　号刚主，河南安阳人，史学家。曾在北京图书馆、南京中央大学任职。著有《晚明史籍考》、《明清之际党

社运动考》等。《明清之际党社运动考》,1934年8月商务印书馆出版。

〔47〕 魏忠贤(1568—1627) 河间肃宁(今属河北)人,明代天启年间的秉笔太监。曾利用特务机关东厂滥杀较为正直有气节的人。当时一些趋炎附势之徒对他竞相谄媚。据《明史·魏忠贤传》载:"群小益求媚","相率归忠贤称义儿","监生陆万龄至请以忠贤配孔子"。

〔48〕 周顺昌(1584—1626) 字景文,吴县(今属江苏)人。天启中任吏部文选司员外郎,后被魏忠贤陷害,死于狱中。《明史·周顺昌传》载:"顺昌为人刚方贞介,疾恶如仇……及闻逮者至,众咸愤怒,号冤者塞道。至开读日,不期而集者数万人,咸执香为周吏部乞命……蜂拥大呼,势如山崩。旂尉东西窜,众纵横殴击,毙一人,余负重伤,逾垣走……顺昌乃自诣吏,又三日,北行。"

〔49〕 《大美晚报》 1929年4月美国人撒克里(T. O. Thackrey)在上海创办的英文报纸,1933年1月另出汉文版。1949年5月上海解放后停刊。这里所说的学生游行,是指"一二·九"学生运动。

〔50〕 关于不要再请愿的主张,参看《华盖集续编·"死地"》。

论 新 文 字[1]

汉字拉丁化[2]的方法一出世,方块字系的简笔字和注音字母[3],都赛下去了,还在竞争的只有罗马字拼音[4]。这拼法的保守者用来打击拉丁化字的最大的理由,是说它方法太简单,有许多字很不容易分别。

这确是一个缺点。凡文字,倘若容易学,容易写,常常是未必精密的。烦难的文字,固然不见得一定就精密,但要精密,却总不免比较的烦难。罗马字拼音能显四声,拉丁化字不能显,所以没有"东""董"之分,然而方块字能显"东""蝀"之分,罗马字拼音却也不能显。单拿能否细别一两个字来定新文字的优劣,是并不确当的。况且文字一用于组成文章,那意义就会明显。虽是方块字,倘若单取一两个字,也往往难以确切的定出它的意义来。例如"日者"这两个字,如果只是这两个字,我们可以作"太阳这东西"解,可以作"近几天"解,也可以作"占卜吉凶的人"解[5];又如"果然",大抵是"竟是"的意思,然而又是一种动物的名目,也可以作隆起的形容[6];就是一个"一"字,在孤立的时候,也不能决定它是数字"一二三"之"一"呢,还是动词"四海一"[7]之"一"。不过组织在句子里,这疑难就消失了。所以取拉丁化的一两个字,说它含胡,并不是正当的指摘。

主张罗马字拼音和拉丁化者两派的争执,其实并不在精密和粗疏,却在那由来,也就是目的。罗马字拼音者是以古来的方块字为主,翻成罗马字,使大家都来照这规矩写,拉丁化者却以现在的方言为主,翻成拉丁字,这就是规矩。假使翻一部《诗韵》[8]来作比赛,后者是赛不过的,然而要写出活人的口语来,倒轻而易举。这一点,就可以补它的不精密的缺点而有余了,何况后来还可以凭着实验,逐渐补正呢。

　　易举和难行是改革者的两大派。同是不满于现状,但打破现状的手段却大不同:一是革新,一是复古。同是革新,那手段也大不同:一是难行,一是易举。这两者有斗争。难行者的好幌子,一定是完全和精密,借此来阻碍易举者的进行,然而它本身,却因为是虚悬的计划,结果总并无成就:就是不行。

　　这不行,可又正是难行的改革者的慰藉,因为它虽无改革之实,却有改革之名。有些改革者,是极爱谈改革的,但真的改革到了身边,却使他恐惧。惟有大谈难行的改革,这才可以阻止易举的改革的到来,就是竭力维持着现状,一面大谈其改革,算是在做他那完全的改革的事业。这和主张在床上学会了浮水,然后再去游泳的方法,其实是一样的。

　　拉丁化却没有这空谈的弊病,说得出,就写得来,它和民众是有联系的,不是研究室或书斋里的清玩,是街头巷尾的东西;它和旧文字的关系轻,但和人民的联系密,倘要大家能够发表自己的意见,收获切要的知识,除它以外,确没有更简易的文字了。

　　而且由只识拉丁化字的人们写起创作来,才是中国文学的新生,才是现代中国的新文学,因为他们是没有中一点什么《庄子》和《文选》之类的毒的。

十二月二十三日。

＊　　＊　　＊

〔1〕 本篇最初发表于1936年1月11日《时事新报·每周文学》,署名旅隼。

〔2〕 汉字拉丁化　1931年,在海参崴举行的中国新文字第一次代表大会上,由吴玉章等拟定了"拉丁化新文字"方案,其特点是用拉丁字母拼写汉语,不标记声调。1933年起国内各地相继成立团体,进行推广。1935年12月曾由上海中文拉丁化研究会发起《我们对于推行新文字的意见》签名运动,至次年5月,有蔡元培、柳亚子、鲁迅、郭沫若、茅盾等文教界人士六百六十八人签名。

〔3〕 注音字母　1913年2月北洋政府教育部召开读音统一会,会上通过由会员钱玄同、许寿裳、鲁迅等提出的汉字注音方案,共字母三十九个,称为注音字母,1918年公布。1930年国民党政府教育部将它改名为"注音符号",重新公布。

〔4〕 罗马字拼音　泛指用拉丁字母(即罗马字母)拼音。1928年,国民党政府教育部(当时称大学院,蔡元培任院长)公布了"国语罗马字拼音法式"。这个文字改革方案由"国语罗马字研究委员会"的部分会员及刘复等人制定,赵元任是主要制作人。这种方案用拼法变化表示声调,有繁细的拼调规则,比较难学。1931年,吴玉章等又拟定了"拉丁化新文字",它不标声调,比较简单;1933年起各地相继成立各种团体,进行推广。

〔5〕 "日者"　《史记》有《日者列传》,记汉初卜者司马季主事。

〔6〕 "果然"是一种动物的名目,见洪迈《夷坚续志》:果然"似猿而大"。"果然"作隆起的形容,见《庄子·逍遥游》:"腹犹果然。"

〔7〕 "四海一" 唐代杜牧《阿房宫赋》:"六王毕,四海一。""一"作"统一"解。

〔8〕 《诗韵》 指供写诗用的一种韵书,按字音的五声(阴平、阳平、上、去、入)分类排列。

《死魂灵百图》小引[1]

果戈理开手作《死魂灵》第一部的时候，是一八三五年的下半年，离现在足有一百年了。幸而，还是不幸呢，其中的许多人物，到现在还很有生气，使我们不同国度，不同时代的读者，也觉得仿佛写着自己的周围，不得不叹服他伟大的写实的本领。不过那时的风尚，却究竟有了变迁，例如男子的衣服，和现在虽然小异大同，而闺秀们的高髻圆裙，则已经少见；那时的时髦的车子，并非流线形的摩托卡[2]，却是三匹马拉的篷车，照着跳舞夜会的所谓眩眼的光辉，也不是电灯，只不过许多插在多臂烛台上的蜡烛：凡这些，倘使没有图画，是很难想像清楚的。

关于《死魂灵》的有名的图画，据里斯珂夫说，一共有三种，而最正确和完备的是阿庚的百图[3]。这图画先有七十二幅，未详何年出版，但总在一八四七年之前，去现在也快要九十年；后来即成为难得之品，新近苏联出版的《文学辞典》里，曾采它为插画，可见已经是有了定评的文献了。虽在它的本国，恐怕也只能在图书馆中相遇，更何况在我们中国。今年秋末，孟十还[4]君忽然在上海的旧书店里看到了这画集，便像孩子望见了糖果似的，立刻奔走呼号，总算弄到手里了，是一八九三年印的第四版，不但百图完备，还增加了收藏家蔼甫列摩夫所藏的三幅,并那时的广告画和第一版封纸上的小图各一幅,共计一百零五图。

这大约是十月革命之际,俄国人带了逃出国外来的;他该是一个爱好文艺的人,抱守了十六年,终于只好拿它来换衣食之资;在中国,也许未必有第二本。藏了起来,对己对人,说不定都是一种罪业,所以现在就设法来翻印这一本书,除绍介外国的艺术之外,第一,是在献给中国的研究文学,或爱好文学者,可以和小说相辅,所谓"左图右史",更明白十九世纪上半的俄国中流社会的情形,第二,则想献给插画家,借此看看别国的写实的典型,知道和中国向来的"出相"或"绣像"[5]有怎样的不同,或者能有可以取法之处;同时也以慰售出这本画集的人,将他的原本化为千万,广布于世,实足偿其损失而有余,一面也庶几不枉孟十还君的一番奔走呼号之苦。对于木刻家,却恐怕并无大益,因为这虽说是木刻,但画者一人,刻者又别一人,和现在的自画自刻,刻即是画的创作木刻,是已经大有差别的了。

世间也真有意外的运气。当中文译本的《死魂灵》开始发表时,曹靖华[6]君就寄给我一卷图画,也还是十月革命后不多久,在彼得堡得到的。这正是里斯珂夫所说的梭可罗夫[7]画的十二幅。纸张虽然颇为破碎,但图像并无大损,怕它由我而亡,现在就附印在阿庚的百图之后,于是俄国艺术家所作的最写实,而且可以互相补助的两种《死魂灵》的插画,就全收在我们的这一本集子里了。

移译序文和每图的题句的,也是孟十还君的劳作;题句大概依照译本,但有数处不同,现在也不改从一律;最末一图的题句,不见于第一部中,疑是第二部记乞乞科夫免罪以后的事,这是那时俄国文艺家的习尚:总喜欢带点教训的。至于校印装制,则是吴朗西[8]君和另外几位朋友们所经营。这都应该在这里声明谢意。

一九三五年十二月二十四日,鲁迅。

*　　*　　*

〔1〕 本篇最初印入《死魂灵百图》。此书由鲁迅出资,于1936年7月以三闲书屋名义翻印出版。

〔2〕 摩托卡 英语 Motor-car 的音译,即汽车。

〔3〕 里斯珂夫(Н. С. Лысков) 俄国评论家。《死魂灵百图》中有《原序》一篇(孟十还译),内引他作的《关于〈死魂灵〉的插画》一文(原载1893年俄国《涅瓦》周刊第八期),其中说:"作《死魂灵》插画的有三个俄国艺术家:阿庚、蟠克莱夫斯基和梭可罗夫。"阿庚(1817—1875),俄国画家。这些插画的雕版者是培尔那特斯基,阿庚的同时代人。

〔4〕 孟十还 原名孟斯根,辽宁人,曾留学苏联,翻译家。

〔5〕 "出相"或"绣像" 都是指过去印入通俗小说的书中人物的白描画像。参看《且介亭杂文·连环图画琐谈》。

〔6〕 曹靖华(1897—1987) 河南卢氏人,未名社成员,翻译家。曾在苏联留学和在列宁格勒大学任教,归国后在北平大学女子文理学院、东北大学等校任教。译有长篇小说《铁流》等。

〔7〕 梭可罗夫(П. П. Соколов,1821—1899) 俄国画家。

〔8〕 吴朗西(1904—1992) 重庆开县人,翻译家、出版家。当时任上海文化生活出版社经理。

后　　记

　　这一本的编辑的体例,是和前一本相同的,也是按照着写作的时候。凡在刊物上发表之作,上半年也都经过官厅的检查,大约总不免有些删削,不过我懒于一一校对,加上黑点为记了。只要看过前一本,就可以明白犯官忌的是那些话。

　　被全篇禁止的有两篇:一篇是《什么是讽刺》,为文学社的《文学百题》[1]而作,印出来时,变了一个"缺"字;一篇是《从帮忙到扯淡》,为《文学论坛》而作,至今无踪无影,连"缺"字也没有了。

　　为了写作者和检查者的关系,使我间接的知道了检查官,有时颇为佩服。他们的嗅觉是很灵敏的。我那一篇《从帮忙到扯淡》,原在指那些唱导什么儿童年,妇女年[2],读经救国,敬老正俗,中国本位文化,第三种人文艺等等的一大批政客豪商,文人学士,从已经不会帮忙,只能扯淡这方面看起来,确也应该禁止的,因为实在看得太明,说得太透。别人大约也和我一样的佩服,所以早有文学家做了检查官的风传,致使苏汶先生在一九三四年十二月七日的《大晚报》上发表了这样的公开信:

　　"《火炬》编辑先生大鉴:

　　　　顷读本月四日贵刊'文学评论'专号,载署名闻问君的《文学杂谈》一文,中有——

'据道路传闻苏汶先生有以七十元一月之薪金弹冠入××(照录原文)会消息,可知文艺虽不受时空限制,却颇受"大洋"限制了。'

等语,闻之不胜愤慨。汶于近数年来,绝未加入任何会工作,并除以编辑《现代杂志》及卖稿糊口外,亦未受任何组织之分文薪金。所谓入××会云云,虽经×报谣传,均以一笑置之,不料素以态度公允见称之贵刊,亦复信此谰言,披诸报端,则殊有令人不能已于言者。汶为爱护贵刊起见,用特申函奉达,尚祈将原书赐登最近贵刊,以明真相是幸。专此敬颂

编安。

苏汶(杜衡)谨上。十二月五日。"

一来就说作者得了不正当的钱是近来文坛上的老例,我被人传说拿着卢布就有四五年之久,直到九一八以后,这才将卢布说取消,换上了"亲日"的更加新鲜的罪状。我是一向不"为爱护贵刊起见"的,所以从不寄一封辨正信。不料越来越滥,竟谣到苏汶先生头上去了,可见谣言多的地方,也是"有一利必有一弊"。但由我的经验说起来,检查官之"爱护""第三种人",却似乎是真的,我去年所写的文章,有两篇冒犯了他们,一篇被删掉(《病后杂谈之余》),一篇被禁止(《脸谱臆测》)了。也许还有类于这些的事,所以令人猜为"入××(照录原文)会"[3]了罢。这真应该"不胜愤慨",没有受惯奚落的作家,是无怪其然的。

然而在对于真的造谣,毫不为怪的社会里,对于真的收贿,也就毫不为怪。如果收贿会受制裁的社会,也就要制裁妄造收贿的谣言的人们。所以用造谣来伤害作家的期刊,它只能作报销,在实际上很少功效。

其中的四篇,原是用日本文写的,现在自己译出,并且对于中国的读者,还有应该说明的地方——

一,《活中国的姿态》的序文里,我在对于"支那通"加以讥刺,且说明日本人的喜欢结论,语意之间好像笑着他们的粗疏。然而这脾气是也有长处的,他们的急于寻求结论,是因为急于实行的缘故,我们不应该笑一笑就完。

二,《在现代中国的孔夫子》是在六月号的《改造》杂志上发表的,这时我们的"圣裔",正在东京拜他们的祖宗,兴高采烈。曾由亦光君译出,载于《杂文》[4]杂志第二号(七月),现在略加改定,转录在这里。

三,在《中国小说史略》日译本的序文里,我声明了我的高兴,但还有一种原因却未曾说出,是经十年之久,我竟报复了我个人的私仇。当一九二六年时,陈源即西滢教授,曾在北京公开对于我的人身攻击,说我的这一部著作,是窃取盐谷温教授的《支那文学概论讲话》里面的"小说"一部分的;《闲话》里的所谓"整大本的剽窃",指的也是我[5]。现在盐谷教授的书早有中译,我的也有了日译,两国的读者,有目共见,有谁指出我的"剽窃"来呢?呜呼,"男盗女娼",是人间大可耻事,我负了十年"剽窃"的恶名,现在总算可以卸下,并且将

"谎狗"的旗子,回敬自称"正人君子"的陈源教授,倘他无法洗刷,就只好插着生活,一直带进坟墓里去了。

四,《关于陀思妥夫斯基的事》是应三笠书房之托而作的,是写给读者看的绍介文,但我在这里,说明着被压迫者对于压迫者,不是奴隶,就是敌人,决不能成为朋友,所以彼此的道德,并不相同。

临末我还要记念谦田诚一君,他是内山书店的店员,很爱绘画,我的三回德俄木刻展览会,都是他独自布置的;一二八的时候,则由他送我和我的家属,以及别的一批妇孺逃入英租界。三三年七月,以病在故乡去世[6],立在他的墓前的是我手写的碑铭。虽在现在,一想到那时只是当作有趣的记载着我的被打被杀的新闻,以及为了八十块钱,令我往返数次,终于不给的书店,我对于他,还是十分感愧的。

近两年来,又时有前进的青年,好意的可惜我现在不大写文章,并声明他们的失望。我的只能令青年失望,是无可置辩的,但也有一点误解。今天我自己查勘了一下:我从在《新青年》上写《随感录》起,到写这集子里的最末一篇止,共历十八年,单是杂感,约有八十万字。后九年中的所写,比前九年多两倍;而这后九年中,近三年所写的字数,等于前六年,那么,所谓"现在不大写文章",其实也并非确切的核算。而且这些前进的青年,似乎谁都没有注意到现在的对于言论的迫压,也很是令人觉得诧异的。我以为要论作家的作品,必须兼想到

后　记

周围的情形。

自然,这情形是极不容易明了的,因为倘一公开,作家要怕受难,书店就要防封门,然而如果自己和出版界有些相关,便可以感觉到这里面的一部份消息。现在我们先来回忆一下已往的公开的事情。也许还有读者记得,中华民国二十三年(一九三四年)三月十四日的《大美晚报》上,曾经登有一则这样的新闻——

中央党部禁止新文艺作品

沪市党部于上月十九日奉中央党部电令、派员挨户至各新书店、查禁书籍至百四十九种之多、牵涉书店二十五家、其中有曾经市党部审查准予发行、或内政部登记取得著作权、且有各作者之前期作品、如丁玲之《在黑暗中》等甚多、致引起上海出版业之恐慌、由新书业组织之中国著作人出版人联合会集议、于二月二十五日推举代表向市党部请愿结果、蒙市党部俯允转呈中央、将各书重行审查、从轻发落、同日接中央复电、允予照准、惟各书店于复审期内、须将被禁各书、一律自动封存、不再发卖、兹将各书店被禁书目、分录如次、

店名	书名	译著者
神州	政治经济学批判	郭沫若
	文艺批评集	钱杏邨
	浮士德与城	柔　石
现代	中国古代社会研究	郭沫若
	石炭王	郭沫若

253

黑猫	郭沫若
创造十年	郭沫若
果树园	鲁　迅
田汉戏曲集（五集）	田　汉
檀泰琪儿之死	田　汉
平林泰子集	沈端先
残兵	周全平
没有樱花	蓬　子
挣扎	楼建南
夜会	丁　玲
诗稿	胡也频
炭矿夫	龚冰庐
光慈遗集	蒋光慈
丽莎的哀怨	蒋光慈
野祭	蒋光慈
语体文作法	高语罕
藤森成吉集	森　堡
爱与仇	森　堡
新俄文学中的男女	周起应
大学生私生活	周起应
唯物史观研究上下	华　汉
十姑的悲愁	华　汉
归家	洪灵菲
流亡	洪灵菲

后　记

	萌芽	巴　金
光华	幼年时代	郭沫若
	文艺论集	郭沫若
	文艺论续集	郭沫若
	煤油	郭沫若
	高尔基文集	鲁　迅
	离婚	潘汉年
	小天使	蓬　子
	我的童年	蓬　子
	结婚集	蓬　子
	妇人之梦	蓬　子
	病与梦	楼建南
	路	茅　盾
	自杀日记	丁　玲
	我们的一团与他	冯雪峰
	三个不统一的人物	胡也频
	现代中国作家选集	蒋光慈
	新文艺辞典	顾凤城
	郭沫若论	顾凤城
	新兴文学概论	顾凤城
	没落的灵魂	顾凤城
	文艺创作辞典	顾凤城
	现代名人书信	高语罕
	文章及其作法	高语罕

	独清文艺论集	王独清
	锻炼	王独清
	暗云	王独清
	我在欧洲的生活	王独清
湖风	美术考古学发现史	郭沫若
	青年自修文学读本	钱杏邨
	暴风雨中的七个女性	田 汉
	饥饿的光芒	蓬 子
	恶党	楼建南
	万宝山	李辉英
	隐秘的爱	森 堡
	寒梅	华 汉
	地泉	华 汉
	赌徒	洪灵菲
	地下室手记	洪灵菲
南强	屠场	郭沫若
	新文艺描写辞典(正续编)	钱杏邨
	怎样研究新兴文学	钱杏邨
	新兴文学论	沈端先
	铁流	杨 骚
	十月	杨 骚
大江	现代新兴文学的诸问题	鲁 迅
	毁灭	鲁 迅
	艺术论	鲁 迅

后　记

	文学及艺术之技术的革命	陈望道
	艺术简论	陈望道
	社会意识学大纲	陈望道
	宿莽	茅　盾
	野蔷薇	茅　盾
	韦护	丁　玲
	现代欧洲的艺术	冯雪峰
	艺术社会学底任务及问题	冯雪峰
水沫	文艺与批评	鲁　迅
	文艺政策	鲁　迅
	银铃	蓬　子
	文学评论	冯雪峰
	流冰	冯雪峰
	艺术之社会的基础	冯雪峰
	艺术与社会生活	冯雪峰
	往何处去	胡也频
	伟大的恋爱	周起应
天马	鲁迅自选集	鲁　迅
	苏联短篇小说集	楼建南
	茅盾自选集	茅　盾
北新	而已集	鲁　迅
	三闲集	鲁　迅
	伪自由书	鲁　迅
	文学概论	潘梓年

	处女的心	蓬　子
	旧时代之死	柔　石
	新俄的戏剧与跳舞	冯雪峰
	一周间	蒋光慈
	冲出云围的月亮	蒋光慈
合众	二心集	鲁　迅
	劳动的音乐	钱杏邨
亚东	义冢[7]	蒋光慈
	少年飘泊者	蒋光慈
	鸭绿江上	蒋光慈
	纪念碑	蒋光慈
	百花亭畔	高语罕
	白话书信	高语罕
	两个女性	华　汉
	转变	洪灵菲
文艺	安特列夫评传	钱杏邨
光明	青年创作辞典	钱杏邨
	暗云[8]	王独清
泰东	现代中国文学作家	钱杏邨
	枳花集	冯雪峰
	俄国文学概论	蒋光慈
	前线	洪灵菲
中华	咖啡店之一夜	田　汉
	日本现代剧选	田　汉

后　记

	一个女人	丁　玲
	一幕悲剧的写实	胡也频
开明	苏俄文学理论	陈望道
	春蚕	茅　盾
	虹	茅　盾
	蚀	茅　盾
	三人行	茅　盾
	子夜	茅　盾
	在黑暗中	丁　玲
	鬼与人心	胡也频
民智	美术概论	陈望道
乐华	世界文学史	余慕陶
	中外文学家辞典	顾凤城
	独清自选集	王独清
文艺	社会科学问答	顾凤城
儿童	穷儿苦狗记	楼建南
良友	苏联童话集	楼建南
商务	希望	柔　石
	一个人的诞生	丁　玲
	圣徒	胡也频
新中国	水	丁　玲
华通	别人的幸福	胡也频
乐华	黎明之前	龚冰庐
中学生	中学生文艺辞典	顾凤城

出版界不过是借书籍以贸利的人们,只问销路,不管内容,存心"反动"的是很少的,所以这请愿颇有了好结果,为"体恤商艰"起见,竟解禁了三十七种,应加删改,才准发行的是二十二种,其余的还是"禁止"和"暂缓发售"。这中央的批答和改定的书目,见于《出版消息》[9]第三十三期(四月一日出版)——

中国国民党上海特别市执行委员会批答执字第一五九二号

  (呈为奉令禁毁大宗刊物附奉说明书恳请转函中宣会重行审核从轻处置以恤商艰由)

呈件均悉查此案业准

中央宣传委员会公函并决定办法五项一、平林泰子集等三十种早经分别查禁有案应切实执行前令严予禁毁以绝流传二、政治经济学批判等三十种内容宣传普罗文艺或挑拨阶级斗争或诋毁党国当局应予禁止发售三、浮士德与城等三十一种或系介绍普罗文学理论或系新俄作品或含有不正确意识者颇有宣传反动嫌疑在剿匪严重时期内应暂禁发售四、创造十年等二十二种内容间有词句不妥或一篇一段不妥应删改或抽去后方准发售五、圣徒等三十七种或系恋爱小说或系革命以前作品内容均尚无碍对于此三十七种书籍之禁令准予暂缓执行用特分别开列各项书名单函达查照转饬遵照等由合仰该书店等遵照中央决定各点并单开各种刊物分别缴毁停售具报毋再延误是为至要件存此批

"附抄发各项书名单一份"
中华民国二十三年三月二十日
　　　　　　　　常务委员　吴醒亚
　　　　　　　　　　　　　潘公展
　　　　　　　　　　　　　童行白
　　先后查禁有案之书目（略）

这样子,大批禁毁书籍的案件总算告一段落,书店也不再开口了。

然而还剩着困难的问题:书店是不能不陆续印行新书和杂志的,所以还是永远有陆续被扣留,查禁,甚而至于封门的危险。这危险,首先于店主有亏,那就当然要有补救的办法。不多久,出版界就有了一种风闻——真只是一种隐约的风闻——

不知道何月何日,党官,店主和他的编辑,开了一个会议,讨论善后的方法。着重的是在新的书籍杂志出版,要怎样才可以免于禁止。听说这时就有一位杂志编辑先生某甲[10],献议先将原稿送给官厅,待到经过检查,得了许可,这才付印。文字固然决不会"反动"了,而店主的血本也得保全,真所谓公私兼利。别的编辑们好像也无人反对,这提议完全通过了。散出的时候,某甲之友也是编辑先生的某乙,很感动的向或一书店代表道:"他牺牲了个人,总算保全了一种杂志!"

"他"者,某甲先生也;推某乙先生的意思,大约是以为这种献策,颇于名誉有些损害的。其实这不过是神经衰弱的忧虑。即使没有某甲先生的献策，检查书报是总要实行的，不过用了别一种缘由来开始，况且这献策在当时，人们不敢纵谈，报章不敢记载，大家都认某甲先生为功臣，于是也就是虎须，谁也不敢捋。所以至多不过交头接耳，局外人知道的就很少，——于名誉无关。

总而言之，不知何年何月，"中央图书杂志审查委员会"到底在上海出现了，于是每本出版物上，就有了一行"中宣会图书杂志审委会审查证……字第……号"字样，说明着该抽去的已经抽去，该删改的已经删改，并且保证着发卖的安全——不过也并不完全有效，例如我那《二心集》被删剩的东西，书店改名《拾零集》[11]，是经过检查的，但在杭州仍被没收。这种乱七八遭，自然是普通现象，并不足怪，但我想，也许是还带着一点私仇，因为杭州省党部的有力人物，久已是复旦大学毕业生许绍棣[12]老爷之流，而当《语丝》登载攻击复旦大学的来函时，我正是编辑，开罪不少。为了自由大同盟而呈请中央通缉"堕落文人鲁迅"，也是浙江省党部发起的，但至今还没有呈请发掘祖坟，总算党恩高厚。

至于审查员，我疑心很有些"文学家"，倘不，就不能做得这么令人佩服。自然，有时也删禁得令人莫名其妙，我以为这大概是在示威，示威的脾气，是虽是文学家也很难脱体的，而且这也不算是恶德。还有一个原因，则恐怕是在饭碗。要吃饭也决不能算是恶德，但吃饭，审查的文学家和被审查的文学家却一样的艰难，他们也有竞争者，在看漏洞，一不小心便会被抢去了饭碗，所以必须常常有成绩，就是不断的禁，删，禁，删,第三个禁,删。我初到上海的时候,曾经看见一个西洋人从旅馆里出来,几辆洋车便向他飞奔而去,他坐了一辆,走了。这时忽然来了一位巡捕,便向拉不到客的车夫的头上敲了一棒,撕下他车上的照会。我知道这是车夫犯了罪的意思,然而不明白为什么拉不到客就犯了罪,因为西洋人只有一个,当然只能坐一辆,他也并没有争。后来幸蒙一位老上海告诉我,说巡捕是每月总得捉多少犯人的,要不然,就算他懒惰,于饭碗颇有碍。真犯罪的不易得,就只好这么创作了。我以为审查官的有时审得古里古怪,总要在稿子上打几条红杠子,恐怕也是这缘故。倘使真的这样,那么,他们虽然一定要把我的"契诃夫选集"[13]做成"残山剩水",我也还是谅解的。

这审查办得很起劲,据报上说,官民一致满意了。九月二十五日的《中华日报》云——

中央图书杂志审查委会工作紧张

中央图书杂志审查委员会、自在沪成立以来、迄今四阅月、审查各种杂志书籍、共计有五百余种之多、平均每日每一工作人员审查字、在十万以上、审查手续、异常迅速、虽洋洋巨著、至多不过二天、故出版界咸认为有意想不到之快、予以便利不少、至该会审查标准、如非对党对政府绝对显明不利之文字、请其删改外、余均一秉大公、无私毫偏袒、故数月来相安无事、过去出版界、因无审查机关、往往出书以后、受到扣留或查禁之事、自审查会成立后、此种事件、已不再发生矣、闻中央方面、以该会工作成绩优良、而出版界又甚需要此种组织、有增加内部工作

人员计划、以便利审查工作云、

如此善政,行了还不到一年,不料竟出了《新生》的《闲话皇帝》事件。大约是受了日本领事的警告罢,那雷厉风行的办法,比对于"反动文字"还要严:立刻该报禁售,该社封门,编辑者杜重远[14]已经自认该稿未经审查,判处徒刑,不准上诉的了,却又革掉了七位审查官,一面又往书店里大搜涉及日本的旧书,墙壁上贴满了"敦睦邦交"的告示。出版家也显出孤苦零丁模样,据说:这"一秉大公"的"中央宣传部图书杂志审查委员会"不见了,拿了稿子,竟走投无路。

那么,不是还我自由,飘飘然了么?并不是的。未有此会以前,出版家倒还有一点自己的脊梁,但已有此会而不见之后,却真觉得有些摇摇摆摆。大抵的农民,都能够自己过活,然而奥国和俄国解放农奴时,他们中的有些人,却哭起来了,因为失了依靠,不知道自己怎么过活。况且我们的出版家并非单是"失了依靠",乃是遇到恢复了某甲先生献策以前的状态,又会扣留,查禁,封门,危险得很。而且除怕被指为"反动文字"以外,又得怕违反"敦睦邦交令"了。已被"训"成软骨症的出版界,又加上了一副重担,当局对于内交,又未必肯怎么"敦睦",而"礼让为国",也急于"体恤商艰",所以我想,自有"审查会"而又不见之后,出版界的一大部份,倒真的成了孤哀子[15]了。

所以现在的书报,倘不是先行接洽,特准激昂,就只好一味含胡,但求无过,除此之外,是依然会有先前一样的危险,挨到木棍,撕去照会的。

后　　记

　　评论者倘不了解以上的大略,就不能批评近三年来的文坛。即使批评了,也很难中肯。

　　我在这一年中,日报上并没有投稿。凡是发表的,自然是含胡的居多。这是带着枷锁的跳舞,当然只足发笑的。但在我自己,却是一个纪念,一年完了,过而存之,长长短短,共四十七篇[16]。

　　一九三五年十二月三十一夜半至一月一日晨,写讫。

＊　　＊　　＊

　　〔1〕《文学百题》　参看本书第117页注〔1〕。该书原为百题,经国民党审查机关删去二十六题;出版时被删各题仍列入目录,下注"阙"字。

　　〔2〕妇女年　1933年冬,上海市商会和一些妇女团体为提倡国货,定1934年为妇女国货年,简称妇女年。

　　〔3〕××会　指国民党中央宣传委员会图书杂志审查委员会。

　　〔4〕《杂文》　文学月刊。1935年5月在日本东京创刊。先后由杜宣、勃生编辑。国内由上海群众杂志公司发行。至第三号被国民党当局查禁,第四号起改名《质文》,1936年11月停刊,共出八期。

　　〔5〕陈源(1896—1970)　笔名西滢,江苏无锡人,现代评论派主要成员之一。曾任北京大学教授。他在1926年1月30日《晨报副刊》发表《致志摩》一文,其中诬蔑鲁迅说:"他自己的《中国小说史略》,却就是根据日本人盐谷温的《支那文学概论讲话》里面的'小说'一部

265

分"。又在《现代评论》第二卷第五十期(1925年12月)的《闲话》中影射鲁迅"整大本的剽窃"。参看《华盖集续编·不是信》。

〔6〕 镰田诚一(1905—1934) 日本人,上海内山书店职员。他殁于1934年5月。鲁迅同年5月17日日记:"午后闻镰田政一(诚一)君于昨日病故,忆前年相助之谊,为之黯然。"

〔7〕 《义冢》 钱杏邨著短篇小说集,1928年亚东图书馆出版,国民党中央党部误以为是蒋光慈著。

〔8〕 《暗云》一书已列入本书目的"光华"部分(见第257页)。据《出版消息》第三十三期所载,在"亚东"部分应补入"《爱的分野》蒋光慈"一种。

〔9〕 《出版消息》 半月刊,1932年12月1日创刊,1935年3月停刊,共出四十八期,上海乐华图书公司编辑发行。

〔10〕 某甲 指《现代》杂志编者施蛰存。参看鲁迅1933年11月5日致姚克的信。

〔11〕 《拾零集》 共收杂文十六篇,1934年10月上海合众书店出版。该书封底印有"本书审查证审字五百五十九号"字样。

〔12〕 许绍棣(1898—1980) 浙江临海人。曾任国民党浙江省党部党务指导委员、浙江省教育厅厅长。1928年8月,《语丝》第四卷第三十二期刊出冯珧(徐诗荃)的《谈谈复旦大学》一文,揭露该校内部的一些腐败情形,出身该校的许绍棣于同年9月以国民党浙江省党务指导委员会名义禁止《语丝》在浙江发行。

〔13〕 "契诃夫选集" 指鲁迅翻译的《坏孩子和别的奇闻》,1936年上海联华书局出版。内收契诃夫早期的短篇小说八篇,其中七篇的译文曾先在《译文》月刊发表,但《波斯勋章》一篇,被国民党中央宣传委员会图书杂志审查委员会禁止刊登。

〔14〕 杜重远（1899—1943） 吉林怀德人。曾任辽宁商务总会会长。"九一八"事变后在上海参加抗日救亡运动。1934年创刊并主编《新生》周刊，因《闲话皇帝》事件被判处徒刑一年又两个月。后在新疆被盛世才杀害。

〔15〕 孤哀子 即父母双亡的人。《礼记·杂记上》："丧称哀子哀孙。"据清代赵翼《陔余丛考·孤哀子》，唐代以来，父丧称孤子，母丧称哀子；父母双亡，称孤哀子。

〔16〕 按本书除有题无文的《"题未定"草（四）》以外，共收杂文四十八篇。